ILONA BULAZEL

Verdorbene Ernte

Über das Buch:

Mehr als dreißig vermisste Frauen in den letzten acht Jahren. Vieles deutet auf ein Verbrechen hin, doch bisher fehlt von den Leichen jede Spur. Bald erkennt Hauptkommissarin Beate Kraus, dass sie einem Serienmörder gegenübertreten muss, der jede Grenze überschreitet, um seine niedersten Begierden zu befriedigen. Wie lockt man ein so grausames Monster in die Falle?
Als die Polizistin eines Tages auf den rätselhaften Abschiedsbrief einer Selbstmörderin stößt, überschlagen sich die Ereignisse. Eine Frauenleiche mit ungewöhnlichen Schnittverletzungen wird am Ufer des Neckars angespült, und kurz darauf verschwindet eine Studentin spurlos. Die zwanzigjährige Kelly liefert den Beamten wichtige Hinweise, gerät dabei aber selbst in tödliche Gefahr, als sie erkennt, dass der Mann ihrer Träume ein schreckliches Geheimnis hütet …

In dem Psychothriller »Verdorbene Ernte« wagt der Leser einen Blick in den dunkelsten Winkel der menschlichen Seele und begegnet dort der krankhaften Besessenheit, die einen Menschen zum Äußersten treiben kann.

Ilona Bulazel

VERDORBENE ERNTE

Psychothriller

Ilona Bulazel
Sinzheimer Str. 40b
76532 Baden-Baden

E-Mail: kontakt@autorib.de
Website: www.autorib.de
Facebook: http://www.facebook.com/ilonabulazel

ISBN 978-1-97402-190-1

Korrektorat:
Natalie Röllig

Buchsatz:
Die Autoren-Manufaktur, Berlin

Umschlaggestaltung:
Cover Design by James, GoOnWrite.com
Photo Image © iStock/Bliznetsov

Weitere Informationen zum Druck:
siehe Buchende

Inhalt

Kapitel 1

Es sah so aus, als würden die zarten Rosenknospen im Blut ertrinken. Zumindest schien es Verena so, als sie mit glasigem Blick beobachtete, wie der weiche Stoff gierig die rote Flüssigkeit aufsaugte, die warm an ihren Armen entlanglief. Sie liebte diese Bettwäsche mit den kleinen Röschen, hatte sie sich zu ihrem zweiundzwanzigsten Geburtstag gewünscht, und es war ihr nicht peinlich gewesen, sie vor aller Augen auszupacken. Die Erinnerung daran verblasste sofort wieder; mittlerweile fiel es Verena schwer, sich zu konzentrieren. Das Leben verließ ganz langsam den Körper der jungen Frau. Es entwich unaufhaltsam und gleichmäßig, so wie das Blut, das aus ihren Pulsadern strömte. Bald wäre es vorbei, und sie könnte endlich ihren Frieden finden.

Im Hintergrund lief das Radio, sie spielten einen Jazz-Song. Eigentlich mochte sie diese Art von Musik nicht, aber jetzt hatten die rauchige Stimme der Sängerin und die liebevoll gezupften Saiten des Kontrabasses eine tröstende Wirkung auf sie. Verena bedauerte ihre Entscheidung nicht, sie wollte diesen Weg bis zum dunklen Ende gehen. Würde man sie jetzt finden und die auseinanderklaffende Haut ihrer Unterarme zusammenflicken, wäre sie nicht dankbar, sondern ein weiteres Mal schrecklich enttäuscht von sich selbst und dem eigenen Versagen. Nein, sie hatte genug vom Leben, denn es war für sie längst kein Geschenk mehr, sondern nur noch eine Last.

Heiße Tränen liefen über ihr Gesicht.

Ich habe auf ganzer Linie versagt, dachte sie traurig und schloss für immer die Augen.

* * *

Zur gleichen Zeit

Kelly freute sich auf das Treffen mit Timo. Vor allem, weil sie ihn damit überraschen wollte. Normalerweise besuchte sie ihren Freund nicht unter der Woche. Das Geld war knapp und die Miete für das kleine Zimmer in Tübingen ließ sowieso nicht viel zum Leben übrig. Außerdem ließ ihr das Studium kaum Zeit für solche Kurztrips nach Baden-Baden. Höchstens einmal im Monat gönnte sie sich einen Wochenendausflug, ansonsten kam Timo zu ihr. Allerdings waren die letzten Tage so anstrengend gewesen, dass sie sich kurzfristig dazu entschlossen hatte, die mühsam beim Kellnern verdienten Euros zusammenzukratzen und in den Zug zu steigen.

Vor zwei Stunden hatte sie ihm eine SMS geschickt und mitgeteilt, dass sie später mit ihm skypen wolle. Seine Antwort war gespickt gewesen mit jeder Menge Herzen, »Ich liebe dich« und der Versicherung, heute Abend zu Hause zu sein, was Kellys Plan aufgehen ließ. Sie war gespannt auf seine Reaktion, wenn sie so unerwartet vor der Tür stehen würde.

Die Studentin sah aus dem Zugfenster und spürte, wie ihr das Blut in die Wangen schoss, während einer der Schnellzüge auf dem Gegengleis vorbeiraste. Sie träumte davon, sich an Timo zu schmiegen und seine Nähe zu genießen. Auf jeden Fall wollte sie leidenschaftlichen, zärtlichen Sex mit ihm haben, dann könnte sie endlich den Stress der letzten Tage vergessen. Das Studium war viel schwerer, als sie es sich vorgestellt hatte. Unermüdlich zitierten die Professoren die Statistiken der Studienabbrecher im Erstsemester. Der Druck war enorm, und in ihrem Fall kam erschwerend hinzu, dass sie nebenher auch noch Geld verdienen musste. Ständig herrschte Ebbe in der Kasse, und die staatlichen Zuschüsse reichten kaum, um die teuren Fachbücher zu kaufen. Aber noch schlimmer war für Kelly das Gefühl, vollkommen allein zu sein. Nicht dass es ihr an Selbstständigkeit gefehlt hätte. Schließlich war es ihr nicht erspart geblieben, schon früh zu lernen, für sich selbst zu sorgen. Ihr Vater war kurz nach ihrer Geburt gestorben, und die Mutter war ihm vor zwei Jahren gefolgt. Heute, mit neunzehn, fühlte sich Kelly wesentlich erwachsener als ihre gleichaltrigen Kommilitonen und benahm sich oft auch so. Vermutlich war das der Grund, warum es ihr selten gelang, mit den anderen Studenten in Kontakt zu kommen. Sie war einfach nicht der Typ für wilde Partys und chillige Nachmittage in einem Tübinger Straßencafé. Immer trieb sie die Vernunft an, denn sie musste ihr Geld zusammenhalten und konnte nicht auf finanzielle Unterstützung der Familie hoffen. In ihrem Leben gab es nur noch Timo Rober, der im Betrieb seines Vaters als Juniorchef arbeitete. Ein feines Lächeln huschte über Kellys Gesicht. Timo war ein gut aussehender Typ, und sie war richtig verliebt in den Fünfundzwanzigjährigen.

Automatisch besah sie ihr Spiegelbild in der Scheibe. Sie hatte sich bisher noch nicht entscheiden können, ob sie sich für hübsch oder hässlich halten sollte. Heute war Ersteres der Fall, denn im Moment gefielen ihr die schulterlangen kastanienbraunen Haare, die ihr blasses Gesicht mit den strahlenden blauen Augen einrahmten.

Endlich hielt der Zug am Hauptbahnhof in Baden-Baden. Sie sah auf die große Uhr am Eingang. Die Waggons hatten ihr Ziel pünktlich erreicht, und kurz nach acht Uhr abends fuhren auch noch regelmäßig Busse Richtung Innenstadt.

Kelly nahm einen großen Schluck aus ihrer Wasserflasche. Der Inhalt war mittlerweile so warm, dass man einen Teebeutel hätte hineinhängen können, aber was konnte man Mitte Juni auch anderes erwarten? Trotzdem verkniff sie es sich, eine kalte Dose aus einem der Automaten zu ziehen. Stattdessen verschwand sie in der öffentlichen Toilette und spritzte sich schnell etwas Deo unter die Achseln, bevor sie mit Schmetterlingen im Bauch in den Bus stieg.

* * *

Timo Rober hatte eine schicke Einliegerwohnung im Haus seiner Eltern. Kelly war vor Beginn des Semesters mit ihm zusammengekommen – und trotz der kurzen Dauer ihrer Beziehung hatte sie bereits einen Schlüssel zu seiner Wohnung. Natürlich war ihr bewusst, dass vor allem Timos Mutter mit der Wahl ihres Sprösslings nicht gerade glücklich war. Offensichtlich wünschte sie sich für ihren einzigen Sohn jemanden, der standesgemäßer war, und hoffte vermutlich darauf, dass die räumliche Entfernung die Beziehung schnell beenden würde. Kelly verdrängte solche Gedanken regelmäßig und verließ sich auf die Liebesschwüre ihres Freundes.

Leicht verschwitzt erreichte sie endlich ihr Ziel. Automatisch fuhr sie sich durch die Haare und tupfte sich mit einem Taschentuch über das Gesicht, dann zog sie mit einem glücklichen Lächeln den Schlüssel aus der Tasche und steckte ihn vorsichtig ins Schloss. Ihre Finger zitterten dabei, und albernerweise begann nun auch ihr Herz heftig gegen die Brust zu schlagen.

Natürlich wollte sie ihren Freund nicht zu Tode erschrecken, deshalb rief sie mit halblauter Stimme nach ihm. Zuerst glaubte sie, eine Antwort zu hören, aber dann wurde ihr klar, dass das Radio lief: ein Jazz-Song. Kelly erkannte die Sängerin; sie mochte deren rauchige Stimme und hielt das für ein gutes Zeichen. Erneut wollte sie Timos Namen rufen, da vernahm sie ein eigenartiges Geräusch. Sie stockte. Das klang nicht natürlich, deshalb überkam sie sofort ein Gefühl von Panik. Wieder folgte dieser merkwürdige Laut, so als wäre jemand dabei zu ersticken. Ja, plötzlich war sie sich ganz sicher, dass da ein Mensch verzweifelt nach Luft rang.

Ihre Sorge um Timo ließ sie loslaufen. Sie riss die Tür zum Schlafzimmer auf und hatte das Gefühl, ihr Körper würde von einer Sekunde zur anderen einfrieren. Unfähig, auch nur einen Ton von sich zu geben, blickte sie auf das breite Bett, in dem sie so zärtliche Stunden mit Timo verbracht hatte. Ohne es zu bemerken, liefen ihr schlagartig Tränen über die Wangen. So fühlte es sich also an, wenn man betrogen wurde.

Kelly stierte zu der blonden Frau, die unter Timo lag und ihre nackten Schenkel weit gespreizt hatte. Timos schnelle Bewegungen ließen sie die ganze Zeit spitze, ekstatische Töne ausstoßen. Allerdings waren die kaum zu hören, da sie von Timos Händen, die den Hals der Frau zudrückten, gedämpft wurden. Ganz eindeutig hatte sie Spaß an dem Spiel und keuchte ständig nach mehr.

Mit dem erschreckten Schrei der Blonden, die Timos Freundin gerade im Türrahmen entdeckt hatte, löste sich Kellys Starre. Sie stürmte aus dem Haus und rannte die Straße entlang. Dabei hatte sie es so eilig fortzukommen, dass sie an der nächstgelegenen Haltestelle nicht stoppte, sondern einfach weiterspurtete. Es wäre ihr unerträglich gewesen, jetzt still zu stehen und auf den Bus zu warten. Sie hatte das Gefühl, das japsende Geräusch, das sie vor wenigen Minuten voller Sorge ins Schlafzimmer gelockt hatte, würde sie verfolgen. Sie wusste jetzt, was das gewesen war, und ihr wurde übel. Endlich hielt sie an, stützte sich mit der Hand an einer Hauswand ab und spürte den Schweiß, der ihr den Rücken herunterlief. Timo hatte sie nicht nur mit einer anderen Frau betrogen, er hatte ihr auch die ganze Zeit verheimlicht, wie er wirklich war. Vor ihren Augen tauchte erneut diese bizarre Bettszene auf. Timo mit dem eigenartigen Knebel im Mund, wie ein Hund, der einen Ball im Maul hielt, und die blonde Schlampe mit dem aufgegeilten Gesichtsausdruck, die es genoss, beim Sex gewürgt zu werden.

Kelly erinnerte sich an die endlosen Reportagen im Fernsehen und Artikel im Internet über Sadomaso-Spiele, Bondage und solche Dinge. Timo hatte sie betrogen, offensichtlich gefiel ihm harter Sex mit drallen Blondinen, offensichtlich liebte er es, Frauen zu würgen, und stand darauf, selbst geknebelt zu werden. Es störte ihn nicht, dabei auszusehen wie ein psychopathischer Massenmörder, den man gerade für einen Gefangenentransport vorbereitet hatte. Die wenigen Sekunden an der Schlafzimmertür hatten gereicht, um zu erkennen, dass sie die letzten Monate einen Lügner geliebt hatte.

»Alles in Ordnung?«, riss sie eine Stimme aus ihren verzweifelten Gedanken.

Kelly schreckte auf. Eine Frau mittleren Alters sah sie besorgt an, und sie stammelte schnell: »Alles okay, es ist nur die Hitze, aber es geht schon wieder.« Mit einem »Danke« und wackligen Knien setzte sie sich in Bewegung, während ihr die Passantin unschlüssig nachblickte.

Die Studentin konnte kaum klar denken. Ihr Handy klingelte, und sie musste nicht auf das Display sehen, um zu wissen, dass das Timo war.

Ich will weg von hier, schoss es ihr durch den Kopf.

Sie hätte es jetzt nicht ertragen, ihm gegenüberzutreten. Ihre Schritte wurden schneller, während sie auf die Uhr blickte. Eilig kramte sie ihren Geldbeutel aus der Tasche und hastete zum nächsten Taxistand.

»Wie weit komme ich damit?«, fragte sie den Fahrer, der in der Reihe ganz vorne parkte, und drückte ihm einen Fünfeuroschein und einige Münzen in die Hand.

Der Mann antwortete mit geduldiger Stimme. Er war schon älter und schien in seinem Beruf bereits einiges erlebt zu haben, sodass ihn dieses aufgelöste Mädchen und ihr Ansinnen nicht überraschten.

»Wohin wollen Sie denn?«, entgegnete er freundlich.

»Bahnhof«, gab Kelly heiser zurück und konnte nur mühsam ein Schluchzen unterdrücken.

Nach Mitternacht betrat Kelly ihr fünfzehn Quadratmeter großes Zimmer in Tübingen und warf sich aufs Bett. Die Tränen waren ihr längst ausgegangen, aber der Schmerz saß tief. Natürlich, man hörte davon, dass Frauen von ihren Männern betrogen wurden – aber das passierte doch nur den anderen! Wie war es also möglich gewesen, dass sie sich so in Timo getäuscht hatte? Wieder hörte sie den Klingelton ihres Handys. Geräuschvoll zog sie die Nase hoch und kramte es aus der Tasche.

»Es ist nicht, wie du denkst ... Es hat mir nichts bedeutet ... ein Ausrutscher ... Ich wollte das nicht ...«, las sie die vielen SMS, die er ihr in den letzten Stunden geschickt hatte. Gerade erreichte sie eine weitere: »Fahre sofort zu dir nach Tübingen!«

Dieses Mal antwortete sie. »Wage es nicht, hier aufzutauchen«, tippte sie hektisch ein und versendete die Nachricht. Anschließend schaltete sie ihr Handy aus und rief wütend: »Arschloch!«

In dem Moment fiel ihr ein, dass die Wände im Haus so dünn wie Papier waren, und sie hielt sich automatisch die Hand vor den Mund. Das Letzte, was sie jetzt noch gebrauchen konnte, war ein wütender Mitbewohner, der sich in seiner Nachtruhe gestört fühlte.

* * *

Ungefähr drei Stunden später

Es war eine schöne Sommernacht. Warm, aber nicht zu heiß, sondern mit genau der richtigen leichten Brise, die nach der Hitze des Tages für eine angenehme Abkühlung sorgte, ohne die Menschen frösteln zu lassen. Eine Nacht, in der die Straßen auch gegen drei Uhr morgens noch nicht leer gefegt waren und leichtsinnige junge Frauen anlockte.

Komisch, dass so viel von der Jahreszeit abhängt. Im Winter, da sind sie alle darauf bedacht, Fahrgemeinschaften zu bilden, sich mit dem Taxi nach Hause bringen zu lassen oder nur in kleinen Grüppchen durch die Gassen zu streifen, dachte er zufrieden und grinste selbstgefällig.

Es war ein anziehendes Grinsen in einem attraktiven Gesicht. Zumindest sah er sich selbst so. Zielsicher ging er durch die Straßen der Innenstadt. Wo war sein Opfer? Wo war die eine Leichtsinnige, die annahm, die bösen Buben würden sich in milden Nächten nicht hinauswagen?

Sein Weg führte ihn zu einem Klub. Einer der wenigen, die bis zum frühen Morgen geöffnet hatten. Irgendwann würde die Tür aufschwingen, und die, die heute Nacht für ihn bestimmt war, würde ihm direkt in die Arme laufen. Länger warten konnte er jedenfalls nicht.

Das letzte Mal war eine ganze Weile her, und er wusste nicht, ob er deswegen erleichtert sein sollte. Aber das spielte ohnehin keine Rolle mehr, denn in den vergangenen Stunden war sein Blick wieder einmal auf die eigenen Grenzen gefallen. Es würde sich niemals ändern. Ihm blieb keine Wahl, und er wusste genau, was er zu tun hatte. Deshalb war das, was nun folgen sollte, unvermeidlich. Auch heute fühlte er sich wie ein Gefäß, das zu klein für seinen Inhalt war. Da wütete etwas in ihm, das unbedingt an die Oberfläche wollte, das nach außen drängte wie eine Flutwelle. Und wenn das nicht gelingen sollte, dann würde ihn das Toben in seinem Inneren zerreißen.

Plötzlich reckte er den Kopf. Sein Körper war kerzengerade, alle Muskeln spannten sich an. Dort war sie. Jung und keineswegs unschuldig. Sein Blick folgte der Gestalt, die sich nun von zwei Freundinnen verabschiedete. Eine liebevolle Umarmung, Küsschen links, Küsschen rechts, albernes Gekicher und das wertlose Geschwafel über Freundschaft und Zusammenhalt. Dann folgte das Klappern von Absätzen auf dem Kopfsteinpflaster.

Mühsam hielt er sich zurück. Er musste vorsichtig sein, sonst würde ihn noch jemand sehen. Das Zweiergespann verschwand endlich um die Ecke – vermutlich schon längst vertieft in Lästereien über die Dritte im Bunde, die heute Nacht ihm gehören sollte und jetzt allein Richtung Neckar stöckelte.

Er setzte sich in Bewegung. Die innere Anspannung ließ er sich nicht anmerken. Wäre ihm zufällig jemand begegnet, hätte er in keiner Weise verdächtig gewirkt. Es dauerte nicht lange, und er sah ihre schlanke Silhouette vor sich. Sie machte es ihm einfach, indem sie sich immer weiter von den Wohnhäusern entfernte.

Er bereitete sich auf seinen Auftritt vor. Mit einem hinterhältigen Grinsen hob er sein Handy ans Ohr und fing an zu sprechen. »Und wie geht es ihr jetzt?«, fragte er bestürzt und registrierte, wie sich die junge Frau vor ihm umdrehte.

Sie schien kurz erschrocken, aber nicht beunruhigt, als sie bemerkte, dass er telefonierte.

»Dann bin ich ja erleichtert, richten Sie meiner Mutter doch bitte aus, dass ich sie morgen besuchen werde«, fuhr er fort und verabschiedete sich gerade in dem Moment von seinem imaginären Gesprächspartner, als er sein Opfer erreicht hatte.

Sofort tat er besorgt und sagte: »Oh, hoffentlich habe ich dich nicht erschreckt? Ich war so in Gedanken, ein Anruf vom Krankenhaus, meine Mutter …« Dann tat er so, als wäre ihm plötzlich bewusst, dass er einer völlig Fremden persönliche Dinge anvertraute, und murmelte: »Ich bin ein wenig neben der Spur.«

Sein Gegenüber lächelte äußerst interessiert. Er roch das herbe Parfüm, irgendein angesagter Sommerduft, den sie jetzt gerade alle trugen, und auch die Alkoholfahne entging ihm nicht. Ihr Blick war glasig und signalisierte ihm, dass sie mit dem, was sie vor sich sah, zufrieden war.

Die Masche mit der kranken Mutter funktionierte immer.

Augenscheinlich hegten Frauen keinen Verdacht gegen Männer, die mitten in der Nacht wie aus dem Nichts auftauchten und von ihrer Mutter sprachen.

»Ich brauche einen Kaffee«, sagte er und bemühte sich, jungenhaften Charme zu versprühen, dabei blickte er wie zufällig auf seine Uhr. Im Schein der Straßenlaterne würde ihr nicht entgehen, wie teuer der Zeitmesser an seinem Handgelenk war. »Was ist, darf ich dich einladen, nachdem du schon meine Lebensgeschichte kennst?«

Sie lachte, und automatisch dachte er an eine meckernde Ziege. »Weiß nicht?«, entgegnete sie und stieß erneut unnatürliche Laute aus.

»Na komm, du solltest sowieso nicht alleine hier unterwegs sein. Hast du denn keinen Freund?«

»Es ist kompliziert«, antwortete sie ihm bereitwillig und fügte noch an: »Kaffee wäre gar nicht so verkehrt.«

Kurz darauf setzten die beiden ihren Spaziergang fort. Nachdem sie nun zu reden begonnen hatte, stand ihr Mund nicht mehr still. Unaufgefordert erzählte sie ihm in allen Einzelheiten die dramatischen Höhen und Tiefen ihrer aktuellen Beziehung. Wer wann mit wem und warum Schluss gemacht, sich wieder versöhnt hatte und so weiter. Dabei achtete sie nicht auf den Weg, und er genoss das Gefühl, sein Opfer derart in Sicherheit zu wiegen. Er musste sie nur noch zu seinem Auto bringen, dann war ihm der Erfolg gewiss.

Doch plötzlich entwickelte sich die Nacht anders als geplant. Ihr Handy klingelte, und sofort las sie mit einem dämlichen Quietschen die empfangene Nachricht.

»Das ist mein Exfreund, er will reden, jetzt gleich, ich muss sofort zu ihm«, sagte sie voller Begeisterung. »Das mit dem Kaffee klappt leider doch nicht. Trotzdem danke, man sieht sich mal wieder!«

Sie wollte sich schon umdrehen und verschwinden, da hielt er sie am Arm fest.

»He, was soll denn das?«, krähte sie wütend und versuchte sich loszumachen. »Bist du ein Perverser, oder was?«

Der Alkohol machte sie mutiger, als es eigentlich ihrem Naturell entsprach. Zu spät wurde ihr bewusst, dass er ihr körperlich weit überlegen war und sie sich in eine gefährliche Situation manövriert hatte. Ängstlich suchte sie mit den Augen die Umgebung ab. Sie war nicht weit von ihrer Studenten-WG entfernt. Aber hier, direkt am Neckarufer, gab es keine Menschenseele, sondern nur den kleinen Park auf der einen und die im Mondlicht glitzernde Wasseroberfläche auf der anderen Seite.

Ein Albtraum wurde soeben Wirklichkeit, und die Panik ließ sie keinen klaren Gedanken mehr fassen. Sie stand hier auf dem schmalen Weg mit einem völlig Fremden, der seinen Griff um ihren Arm gerade verstärkte. Horrorbilder erschienen vor ihrem geistigen Auge, ihr Mund öffnete sich, und schrille Schreie um Hilfe drangen aus ihrer Kehle.

So hatte er sich das nicht vorgestellt, und keinesfalls konnte er sie schreien lassen. Ein einziger Schlag genügte, um sie zum Schweigen zu bringen, jetzt gab es kein Zurück mehr. Die junge Frau am Boden schluchzte, flehte ihn an, aber er hörte ihre Worte nicht. Sie hatte ihm die Nacht verdorben. Er ging in die Knie und berührte ihr Haar. »War das wirklich nötig?«, fragte er, und es klang resigniert.

Sie wollte antworten, Zeit gewinnen, aber ihr Schicksal war bereits besiegelt. Er legte ihr den Arm um den Hals und riss an ihrem Kopf, als wäre der nichts weiter als ein schwierig zu öffnender Schraubverschluss. Sein Opfer versuchte sich vergeblich aus dem festen Griff zu winden, als er noch stärker auf ihren Kehlkopf drückte. Der Sauerstoffmangel machte es ihr unmöglich, sich gegen ihren überlegenen Angreifer zur Wehr zu setzen. Wieder riss er brutal an ihrem Hals. Er keuchte, Schweiß stand auf seiner Stirn, und die Adern an den Schläfen traten bereits dick hervor, ehe ihn das laute Knacken, als endlich ihr Genick brach, erleichtert ausatmen ließ.

Er stieß den toten Körper von sich, stand auf und klopfte sich den Dreck von den Kleidern. Dabei schnappte er mehrmals geräuschvoll nach Luft, so wie ein Läufer, der eine lange Distanz überwunden hatte und nun seinen angestrengten Organismus in den Ruhezustand zurückversetzen musste.

»Das war nicht, was ich wollte«, entfuhr es ihm genervt, und er trat mit dem Fuß wütend gegen die tote Frau am Boden. »Das war nicht, was ich wollte«, rief er noch einmal, und seine Stimme wurde lauter.

Anstatt ihm die ersehnte Erlösung zu bringen, hatte diese dumme Schlampe sein Leid nur noch vergrößert. Ob es ihm helfen würde, die anderen Dinge mit ihr zu machen? Zumindest könnte er das versuchen. Schnell tastete er in seinen Taschen nach einem Messer. Natürlich war das nicht das geeignete Werkzeug, denn so einen Fall hatte er nicht eingeplant.

Wo sollte er anfangen? Er schüttelte den Kopf, so war es nicht richtig. Dabei improvisieren zu müssen, widerstrebte ihm.

»Reiß dich zusammen«, flüsterte er angestrengt und zerschnitt der Toten das Oberteil. Er kam sich stümperhaft vor. Was er hier gerade tat, warf ihn zurück. Es verhöhnte all das, was er sich so mühsam erschaffen hatte. Seine Hände zitterten, als er das Messer am Bauch der jungen Frau ansetzte.

Es hätte so schön mit dir werden können, dachte er wehmütig, dann stach er zu.

Umständlich führte er die Klinge, die ihm nicht gehorchen wollte. Was ihm sonst Freude machte, entwickelte sich zu einer unangenehmen Pflichterfüllung. Ungeduldig hielt er mit einer Hand ein Stück Haut in die Höhe, zog es straff, um es leichter mit dem Messer durchtrennen und damit endgültig vom Körper abschneiden zu können, als er plötzlich Stimmen vernahm.

Diese Nacht schien verflucht. Er hielt inne und ließ den Hautlappen zurückschnalzen. Tatsächlich kam jemand in seine Richtung. Mindestens zwei Personen, nach der lautstarken Unterhaltung zu urteilen, die gerade geführt wurde. Es blieb ihm nichts anderes übrig, als nach den Beinen der Frau zu greifen und sie zum Ufer zu zerren.

Lediglich ein leises Platschen war zu hören, als er ihren Körper in den Neckar gleiten ließ, dann entfernte er sich schnell im Schutz der Hecken und Sträucher. Der Geruch ihres Blutes umgab ihn auf seinem Weg nach Hause. Aber es war kein befriedigendes Gefühl, den Tod auf diese Weise zu spüren. Im Gegenteil, es bereitete ihm Qualen, ließ ihn grausam leiden, denn er war nicht auf seine Kosten gekommen. Die Erlösung war ihm versagt geblieben, und dafür würde irgendwer büßen müssen.

Kapitel 2

... Ich habe diesen Weg gewählt, weil es der einzig richtige für mich ist. Es fällt mir schwer, in Worte zu fassen, wie satt ich das alles habe. Dieser ständige Kampf. Du würdest jetzt vermutlich sagen, dass ich wieder einmal viel zu melodramatisch bin, aber was soll ich dagegen tun? Für mich ist die Welt eben so. Ich bin es leid, nicht zu wissen, wie ich mein Studium finanzieren soll, immer Angst zu haben vor der Zukunft und dauernd mit meinem Versagen klarkommen zu müssen. Und jetzt, nachdem ich auch noch die Prüfungen versaut habe ...

Du hattest natürlich mit allem vollkommen recht. Aber Du warst ja immer schon die Klügere von uns beiden. Ich hätte auf Dich hören sollen, von Anfang an. Es tut mir so entsetzlich leid. Katja ist übrigens genau so, wie Du mir prophezeit hast. Aber ich war blind und taub, das weiß ich jetzt. Ich hatte geglaubt, sie könnte mir einen Ausweg bieten, aber den gab es wohl nicht für mich. Ich hoffe, Du verurteilst mich nicht. Ich bedauere zutiefst, dass ich nicht mehr den Mut aufgebracht habe, Dir ein letztes Mal gegenüberzutreten, aber ich hatte eben nie Deine Stärke.

Behalte mich trotzdem in guter Erinnerung, Du bleibst für immer meine liebste Freundin!
Deine Verena

Kelly ließ das Blatt Papier sinken. Sie saß auf dem Bett ihres kleinen Zimmers, den einzigen Stuhl hatte sie Hauptkommissarin Beate Kraus überlassen. Ein weiterer Beamter lehnte an der Wand.

»Geht es Ihnen gut?«, fragte die Polizistin behutsam und beobachtete jede Reaktion ihres Gegenübers.

Hauptkommissarin Beate Kraus war eine Frau mit verschlossener Miene. Ihre kurzen schwarzen Haare betonten die intelligenten grauen Augen und hätten sie hübsch erscheinen lassen, wäre da nicht dieser leicht abweisende Blick der Vierundvierzigjährigen. Den hatte sie sich schon vor langer Zeit zugelegt, und er ermöglichte es ihr, eine gewisse Distanz zwischen sich und den traurigen Schicksalen anderer Menschen zu wahren.

Dabei war es keineswegs so, dass ihr Mitgefühl fehlte; aber Mitgefühl half nicht dabei, Verbrechen aufzuklären. Im Gegenteil, es vernebelte die Sinne, störte die Objektivität und klammerte die Logik aus. Trotz ihrer guten Vorsätze und der harten Schule, durch die sie hatte gehen müssen, um sich in einem immer noch überwiegend von Männern dominierten Beruf durchzusetzen, fiel es ihr gerade besonders schwer, sich an die eigenen Prinzipien zu halten.

Diese Mädchen erinnerten sie einfach zu sehr an ihre eigene Tochter. Anne war gerade mitten in der Vorbereitung für das mündliche Abitur und so schwer zu bändigen wie ein wildes Fohlen. Und dabei lauerten doch so viele Gefahren da draußen.

»Nein, es geht mir nicht gut!«, rissen sie die trotzigen Worte von Kelly Miller aus ihren Gedanken. »Wie können Sie das überhaupt annehmen?« Das Mädchen starrte die Hauptkommissarin mit vorwurfsvollen Augen an. »Sie kommen hierher und erzählen mir, dass sich meine beste Freundin letzte Nacht die Pulsadern aufgeschnitten hat, und …«

Sie stockte, plötzlich bekam sie keine Luft mehr, begann zu zittern und wurde von einem Weinkrampf geschüttelt.

Ohne zu zögern, stand Beate Kraus auf, legte der Studentin die Hand auf die Schulter und sprach beruhigend auf sie ein: »Tut mir leid, meine Frage war unangebracht.«

Kelly tat es gut, die Wärme eines anderen Menschen zu spüren. Seit gestern Abend war ihre Welt auseinandergebrochen. Timo, den sie für ihre große Liebe gehalten hatte, war nichts weiter als ein verdammter Lügner, und ihre ehemals beste Freundin hatte sich umgebracht. Langsam hörte das Zittern auf, und ihre Atmung beruhigte sich.

Die Polizistin setzte sich zurück auf den wackeligen Stuhl, reichte ihrer Zeugin ein Taschentuch und versuchte, nach einem rauen Räuspern, das Gespräch wieder auf eine sachliche Ebene zurückzuführen.

»Erzählen Sie mir doch bitte von Verena«, begann sie mit der Befragung.

»Sie war drei Jahre älter und hatte wie ich ihre Eltern verloren.«

»Das tut mir leid, das war sicher nicht einfach.«

»Mein Vater war Engländer, deshalb mein Name. Er starb, als ich ein Baby war, und meine Mutter vor zwei Jahren. Ich war anschließend für kurze Zeit in einer Wohngruppe, und so lernte ich Verena kennen. Wir freundeten uns an und hielten engen Kontakt, auch als sie vor anderthalb Jahren nach Tübingen ging, um zu studieren.«

»Wie lange sind Sie schon hier?«, fragte nun der blasse Begleiter der Hauptkommissarin und sah dabei stur auf seinen Organizer, um sich die Antwort zu notieren.

»Das ist mein erstes Semester.« Kelly blickte zum Fenster, und da die Sonne durchschien, konnte sie die feine Staubschicht sehen, die auf der Scheibe lag. Genauso wie den Abdruck der eigenen Stirn, der entstanden war, als sie sich gestern Nacht verzweifelt dagegen gelehnt hatte. Sie drehte den Kopf und sah die Polizistin an. »Ich habe sie im Stich gelassen. Ich war nicht für sie da.«

Beate Kraus reichte ein weiteres Taschentuch, und Kelly schnäuzte sich leise.

»Wir hatten Streit.«

»Wann war das?«

»Vor ungefähr zwei Wochen.«

»Würden Sie uns erzählen, worum es dabei ging?«

Kelly wollte schon zu sprechen ansetzen, da fiel ihr etwas ein, und sie stockte. Ihr Gesichtsausdruck wurde skeptisch. »Sie sagten doch, es war Selbstmord, warum interessiert Sie das dann überhaupt?«

Beate Kraus war diese Frage heute schon einmal gestellt worden, und zwar von ihrem Vorgesetzten. Kurz überlegte sie, ob sie Kelly Miller die gleiche ehrliche Antwort geben oder lieber nach Ausflüchten suchen sollte, doch sie entschied sich schließlich für eine Zwischenlösung.

»Eine junge Frau ist tot. Wir sollten Gewissheit haben, was die Umstände angeht, das sind wir jedem Menschen schuldig.«

Kelly nickte, und die Polizistin ergänzte in Gedanken: *Und falls es jemanden gibt, der dafür verantwortlich ist, werde ich denjenigen zur Rechenschaft ziehen.*

»Verena hatte sich verändert. Sie war plötzlich von der Idee besessen, dass das Leben ihr gegenüber ungerecht war. Sie fing an, andere zu beneiden, schämte sich dafür, nie Geld zu haben, so was eben«, bemühte sich Kelly um eine Antwort.

Offensichtlich vermittelte die Polizistin der Studentin das Gefühl, nicht zu verstehen, denn Kelly holte weiter aus: »Es gibt viele Kommilitonen, die bekommen ihre Ausbildung von den Eltern finanziert. Manche haben eine große Wohnung, sogar ein Auto und genug Taschengeld für Partys. Bei mir und Verena war das eben anders. Ich nehme Jobs an, um über die Runden zu kommen, und manchmal ist das echt stressig.«

Wieder dachte Beate Kraus an ihre eigene Familiensituation. Sie hatte Anne allein großgezogen, allerdings war ihr Exmann nie kleinlich gewesen, und sie hatte selbst auch immer ein gutes Auskommen gehabt. Wenn ihre Tochter nächstes Jahr ein Studium beginnen würde, bekäme sie ebenfalls eine elterliche Vollausstattung.

Wahrscheinlich hält Anne das für selbstverständlich, dachte die Hauptkommissarin ein wenig enttäuscht.

»Jedenfalls ist sie irgendwie an diese Katja gekommen«, fuhr Kelly fort.

Der blasse Begleiter von Hauptkommissarin Kraus richtete sich ein wenig auf. Endlich wurde es interessant. Sie waren vor allem hier, um zu erfahren, was es mit jener Katja aus dem Abschiedsbrief der Toten auf sich hatte.

»Wer ist das?«, hakte die Polizistin nach.

»Katja Preiwald«

»Preiwald, wie der Politiker?«, entfuhr es dem Polizisten, der dafür einen vorwurfsvollen Blick von seiner Vorgesetzten erntete und rot anlief.

»Genau«, erwiderte Kelly eisig. »Die gut aussehende, reiche Katja Preiwald, die einer der wenigen Studentenverbindungen vorsteht, die nur Frauen aufnimmt.«

»Was hatte Ihre Freundin mit Frau Preiwald zu tun?«, fasste Beate Kraus nach.

»Sie hat versucht dort unterzukommen.«

Dass die Polizistin überrascht die Augenbrauen hochzog, entging Kelly nicht. »Ich war genauso erstaunt«, sagte sie deshalb. »Verena war eigentlich nicht der Typ für so was. Ich meine die Regeln, das ganze Drumherum und so.« Sie zögerte, bevor sie sagte: »Außerdem ist Katja Preiwald eine falsche Schlange.«

Beate Kraus hatte keine Ahnung, ob dieses hübsche Mädchen, das hier wie ein Häufchen Elend auf dem Bett saß, nur eifersüchtig auf die neuen Entwicklungen in Verenas Leben gewesen war oder über eine gute Menschenkenntnis verfügte, aber dem würde sie noch nachgehen.

»Verena wollte unbedingt in diese Verbindung aufgenommen werden. ›Die kümmern sich um mich, ermöglichen es mir, mich voll und ganz auf das Studium zu konzentrieren, und später hilft mir deren Netzwerk, beruflich etwas zu erreichen‹, hat sie mir vorgeschwärmt.«

Beate Kraus kramte gedanklich ihre Kenntnisse über Studentenverbindungen hervor. Sie wusste, dass der Eintritt in eine Verbindung normalerweise eine Verpflichtung auf Lebenszeit war. Als Student wurde man unterstützt, fasste irgendwann, manchmal auch mithilfe der Altmitglieder, beruflich Fuß und musste später das Gleiche für die nächste Studentengeneration tun. Grundsätzlich also eine vernünftige Sache.

»Sie sahen das nicht so wie Ihre Freundin?«, wandte sie sich an Kelly.

Die verzog ärgerlich den Mund. »Sie denken, ich habe es ihr nicht gegönnt, oder?«

Die Polizistin machte eine unverbindliche Kopfbewegung.

»Das ist nicht wahr«, entgegnete Kelly daraufhin wütend. »Ich hätte es ihr von Herzen gegönnt, auch wenn ich mir das für mich nicht vorstellen könnte, nur …« Sie zögerte, dann beendete sie den Satz. »… nur nicht in der Verbindung von Katja Preiwald. Ich kenne solche Frauen, und ich habe sie ausreichend beobachten können.«

Sie bemerkte, dass die Hauptkommissarin sie fragend ansah.

»Ich bediene in einer Kneipe, in der sich die Preiwald und ihr Hofstaat regelmäßig treffen. Man bekommt einiges mit, wenn man verschwitzt die Tabletts durch die Menschenmassen jongliert. Diese Katja ist ein gemeiner Mensch. Die Mädchen, die sich ihr anschließen, behandelt sie wie Dreck.«

»Und Verena hat das nicht bemerkt?«

Kellys Gesichtsausdruck war hart. »Nein, sie war begeistert von der Frau, hielt sie für eine Heilige.« Sie straffte die Schultern. »Hören Sie, ich war nicht eifersüchtig, ich hätte Verena gewünscht, einen Weg für sich zu finden. Glauben Sie, es war mir daran gelegen, mich mit der einzigen Freundin, die ich hatte, zu streiten? Glauben Sie im Ernst, ich wollte eines Tages Besuch von der Polizei bekommen, die mir einen an mich adressierten Abschiedsbrief unter die Nase hält?« Ungeduldig wischte sie sich die Tränen aus dem Gesicht.

Sie lebt also doch noch. Keine Leiche, kein Tod, es gibt Rettung, schoss es ihm durch den Kopf.

Er wollte die Frau berühren, um sie ans Ufer zu ziehen, als sich ihr Mund öffnete.

Ein kleiner Flusskrebs schob sich zwischen den Lippen hervor. David schreckte hektisch zurück, kam im Schlamm kaum von der Stelle und verlor die Kontrolle über seinen Magen.

Erst viel später, als man ihn längst in eine Rettungsdecke gehüllt und mit Beruhigungsmitteln versorgt hatte, konnte er aufhören zu zittern. Aber jedes Mal, wenn er die Augen schloss, sah er das Gesicht der Toten vor sich und empfand tiefes Mitgefühl für die Frau, die so jung hatte sterben müssen.

* * *

Etwas später

»Bist du etwa zu weit gegangen?«, fragte Ronja anklagend, was ihrer Gesprächspartnerin ganz und gar nicht gefiel.

»Seit wann hat man dich zur Königin der Benimmregeln gemacht?«, antwortete Katja Preiwald deshalb schnippisch und warf angriffslustig ihren Kopf mit dem dichten hellblonden Haar in den Nacken.

Sie ist wirklich eine Schönheit, dachte Ronja und betrachtete verstohlen die schlanke Gestalt, die gebräunte Haut und die intensiven grünen Augen. *Schön und ein echtes Miststück,* folgte ein weiterer Gedanke, bevor sie schließlich sagte: »Du musst ja wissen, was du tust.«

»Ganz genau!« Katja sah Ronja wütend an und ärgerte sich nicht das erste Mal darüber, dass dieser Bauerntrampel überhaupt im Haus aufgenommen worden war.

Ronja hielt ihrem Blick stand. Sie hatte zwar wenig von Katjas Schönheit, besaß dafür aber einen messerscharfen

Verstand. Längst war ihr klar, dass die Dinge aus dem Ruder gelaufen waren. Oh ja, die anderen, die hingen an Katjas Lippen und küssten den Boden, auf dem sie ging. Und da sie meist auch Angst vor ihr hatten, taten sie unterwürfig alles, was man von ihnen verlangte.

Ronja war schon lange Mitglied in dieser Studentenverbindung und würde im nächsten Semester im Ausland einige Kurse belegen. So wie es aussah, lag eine glänzende Zukunft vor ihr. Damals hatte Katja gerade erst die Leitung des Hauses übernommen und sich noch nicht wie eine machtgierige Sadistin aufgeführt. Ronja mischte sich nur selten ein. Sie wusste nicht, was Katja von ihren Neuzugängen erwartete, konnte sich aber vorstellen, dass sie sich auch dabei als unbarmherzige Despotin gab. Da Ronja allerdings irgendwann beschlossen hatte, das Leben einer Egoistin zu führen, interessierten sie die Einzelheiten nicht. Wenn sich diese dummen Hühner von einer wie Katja herumkommandieren und demütigen lassen wollten, dann bitte, sollten sie es tun. Die meisten waren sowieso genauso kalt und gefühllos. Aber Verena war anders gewesen, und nun war sie tot. Jemand von der Polizei hatte gerade wegen ihres Selbstmordes Fragen gestellt.

Katja betrachtete Ronja und spürte Erleichterung bei dem Gedanken, dass diese Nervensäge bald verschwinden würde. Die anderen Mitglieder hatte sie nämlich fest im Griff. Niemand von denen wagte es, ihre Entscheidungen infrage zu stellen.

»Ich prophezeie dir, dass Ärger ins Haus steht«, ließ Ronja nicht locker, der es gefiel, Katja auf die Palme zu bringen.

»Unsinn! Außerdem hat sie sich umgebracht, was hat das mit mir zu tun?«, zischte Katja, und ihr Gesicht sah für einen Moment aus wie ein Hochglanzfoto, das zu oft gefaltet worden war. »Du fühlst dich ihr wohl verbunden, weil ihr beide aus einfachen Verhältnissen stammt?«, fuhr Katja arrogant fort.

Tatsächlich hatte sie damit den Nagel auf den Kopf getroffen.

Ronja verzog übertrieben den Mund und ließ sich nicht anmerken, wie sehr sie solche Bemerkungen trafen. »Für jemanden mit einem überdurchschnittlich hohen Intelligenzquotienten ziehst du überraschend häufig die falschen Schlüsse. Ärger steht bevor, du wirst schon sehen«, entgegnete sie daher und verließ ohne Eile den Raum. Sie wusste allerdings genau, dass die grünen Augen ihr hasserfüllt nachblickten.

Katja fluchte wenig damenhaft, was den jungen Mann auf der weißen Ledercouch endlich den Kopf heben ließ. Er hatte das Wortgefecht der beiden Frauen nur mit halbem Ohr verfolgt und sich lieber seinem Smartphone gewidmet. Aber da es ihn anmachte, wenn Katja so ordinär wurde, reagierte er nun mit einem anzüglichen Kommentar: »Baby, was kennst du doch für schmutzige Wörter.«

»Ach halt die Klappe«, fuhr sie ihn an, »und nenn mich nicht Baby. Das ist bescheuert!«

Sie ließ den Blick über die Einrichtung wandern. Der Raum war nach ihren Vorstellungen ausgestattet worden: modern, schick und sehr, sehr teuer. Alles lief bestens, und jetzt funkte ihr diese kleine *Bitch* mit ihrem Selbstmord dazwischen.

»Glaubst du, Ronja hat recht und wir müssen mit Ärger rechnen?«, ließ jetzt auch Johann nicht locker.

»Ronja ist eine Hinterwäldlerin, die sich nichts traut und nicht die nötigen Voraussetzungen mitbringt, andere zu führen.«

»Im Gegensatz zu dir, Ba…« Er verkniff sich das »Baby«, stand auf und wollte ihr einen Kuss geben.

Katja drehte genervt den Kopf zur Seite. »Was soll das?«, schnauzte sie ungehalten. »Bilde dir nicht ein, dass ich so etwas wie deine kleine Freundin bin.«

Er sah sie einen Moment wütend an, zuckte mit den Schultern und ignorierte ihre letzte Bemerkung. In solchen Augenblicken beruhigte er sich damit, dass Katja eben ihre Launen hatte. Ansonsten hätte er sich eingestehen müssen, dass er nichts weiter als ein Lückenbüßer für die schöne Blondine war. Bestenfalls ein Laufbursche, jemand, der den Dreck wegräumen und gelegentlich die Stiefel seiner Herrin lecken durfte. Zugegeben, zwischendurch gefiel es ihm sogar, sich demütigen zu lassen – aber an manchen Tagen trieb ihn Katja in den Wahnsinn, und er hatte das Gefühl, die Kontrolle zu verlieren. In solchen Momenten wollte er sie nur noch unterwerfen. Er malte sich ihre Gegenwehr aus und spürte in sich den Wunsch, ihr einfach das Genick zu brechen.

»Hörst du mir überhaupt zu?«, holte sie ihn verärgert aus seinen gewalttätigen Fantasien zurück.

Da er tatsächlich nicht wusste, was gesagt worden war, antwortete er resigniert: »Was soll ich tun?«

»Du hast sie doch nicht mehr, oder?«

»Ach, darum geht es.« Johann entspannte sich. »Ist längst erledigt, wie gewünscht«, log er, denn dieses eine Mal hatte er sich Katjas Befehlen widersetzt. Aber das musste sie vorerst nicht erfahren.

Sie zeigte ihr bezauberndes Lächeln und erwiderte: »Dann ist ja alles gut. Sehen wir uns später?«, fragte sie unschuldig.

Johann nickte. Er wusste, dass er damit entlassen war, und ging.

Im Flur traf er auf Ronja, womöglich hatte sie gelauscht.

»Sie mag keine neugierigen Menschen«, sagte er deshalb amüsiert.

Ronja hob die Augenbrauen und antwortete mit einem sarkastischen Unterton: »Sie mag überhaupt keine Menschen. Ich dachte, das wäre dir mittlerweile klar.«

Johann lachte, er machte sich nicht die Mühe, Katja zu verteidigen. Wozu auch? Sie war eben so. Wenn er sie nicht eines Tages umbringen würde, könnte er sie immer noch heiraten. Mit ihr wurde es immerhin nie langweilig. Und außerdem sah sie sehr gut aus, genau wie er. Die Kinder, die sie miteinander hätten, wären sicher einmal echte Schönheiten. Und gesellschaftlich wären sie auch ein perfektes Paar. Seine Eltern hätten gewiss nichts dagegen, eine verwandtschaftliche Verbindung mit den Preiwalds einzugehen.

Katjas Pläne hingegen sahen völlig anders aus. Sie würde ihr Leben ganz sicher nicht mit einem Schlappschwanz wie Johann verschwenden. Aber momentan war der ihre geringste Sorge. Warum hatte sich dieses elende Miststück auch umbringen müssen und ihr damit die Polizei auf den Hals gehetzt? Der Beamte hatte ihr aus Verenas Abschiedsbrief vorgelesen.

»Was ist zwischen Ihnen vorgefallen?«, hatte er sie anschließend höflich gefragt. Vermutlich war der Polizist, ein Mann Ende vierzig, genauestens über ihren einflussreichen Vater informiert. Offensichtlich war er geschult im Umgang mit Prominenten, so war es Katja zumindest vorgekommen.

»Ich war gezwungen, der armen Verena die Aufnahme in unsere Verbindung zu verweigern. Es hat einfach nicht gepasst. Aber viel entscheidender war, dass sie den Anforderungen des Studiums nicht gewachsen war. Das geht ja auch aus diesem Brief hervor. Wie es scheint, gibt sie mir dafür die Schuld. Das ist natürlich bedauerlich.«

Der Beamte hatte mitfühlend genickt und sich sehr verständnisvoll gezeigt, als Katja ihre Bestürzung über Verenas Tod mit bekümmerter Miene und filmreifem Entsetzen zum Ausdruck gebracht hatte.

»Ich bedauere, Sie mit der Angelegenheit belästigt zu haben«, waren seine treffenden Abschiedsworte gewesen.

Genau so hatte sie sich gefühlt: belästigt. Jedenfalls hoffte sie, dass das der erste und gleichzeitig auch letzte Besuch der Polizei gewesen war. Ein Selbstmord war ja nun wahrlich nichts, weswegen man die Gelder der Steuerzahler verplempern musste, redete sie sich selbst gut zu.

Sie setzte sich seufzend an den dunklen Schreibtisch, öffnete die oberste Schublade und entnahm ihr einige Utensilien. Geschickt streute sie aus einer kleinen Tüte ein weißes Pulver auf die glatte Oberfläche eines Taschenspiegels, portionierte es in zwei gleich große Häufchen und formte aus denen jeweils eine Line. Dann zog sie das Kokain mit einem silbernen Röhrchen ihre zierlichen Nasenlöcher hinauf und zuckte zurück. Ihre Züge entspannten sich, und sie betrachtete ihr makelloses Gesicht in dem Handspiegel. Zufrieden zwinkerte sie sich zu und verzog die Lippen zu einem hinterhältigen Lächeln, bevor sie mit einem gefährlichen Unterton zu ihrem Abbild sagte: »Ich bin schön *und* intelligent, also nehmt euch lieber in Acht. Denn wer mich unterschätzt, wird das bitter bereuen.«

Kapitel 3

Am späten Nachmittag

Während Hauptkommissarin Beate Kraus von ihrem Gespräch mit Verenas Professoren direkt zu einem Leichenfund am Neckarufer gerufen wurde, steuerte Carmen Raub ihren Wagen aus der Stadt.

Schade, dass ihr Arbeitsplatz ein ganzes Stück von Tübingen entfernt lag. Sie hätte es nämlich bevorzugt, in den Pausen einen Latte macchiato in der City zu trinken, anstatt sich in der spartanisch eingerichteten Cafeteria des Instituts einen Kaffee aus dem Automaten zu ziehen. Andererseits barg die Abgeschiedenheit auch einige Vorteile. Keine Cafés und Lokale bedeuteten auch keine Ablenkung. Sicherlich war das ein ausschlaggebendes Argument der Investoren gewesen, ausgerechnet diesen gottverlassenen Rübenacker zu erwerben und darauf ein weltweit anerkanntes Forschungsinstitut zu errichten.

Carmen fuhr die letzten Kilometer über eine enge Serpentinenstraße, bevor sie das moderne weiße Gebäude erreichte, das neben einem alten Bauernhof auf einem der vielen Hügel stand. Auf dem asphaltierten Parkplatz befanden sich nur noch wenige Autos, was die Vierzigjährige nicht wunderte – zurzeit fand nämlich ein wichtiger Wissenschaftskongress in Stockholm statt.

Erfreut stellte sie daher fest, dass die Schattenplätze am Rand, direkt neben dem kleinen Wäldchen, alle frei waren. Der heutige Tag war schon mit siebenundzwanzig Grad am Morgen gestartet, und die Hitze flimmerte über den staubigen Straßen. Schnell stellte sie ihren Kleinwagen in das markierte Rechteck und stieg aus.

Wie still es heute ist, fast schon ausgestorben, schoss es ihr durch den Kopf.

Dann huschte ein zaghaftes Lächeln über ihr sonst eher mürrisch wirkendes Gesicht. Carmen arbeitete bereits seit fünfzehn Jahren als Assistentin für Doktor Hans Torgen, der seines Zeichens ein brillanter Mediziner und Verhaltensforscher war. Heute Nachmittag würden sie ungestört sein; etwas, das sie sehr genoss. Vor langer Zeit einmal, da hatte auch er es nicht erwarten können, mit ihr allein zu sein. Aber das war ewig her und nur von kurzer Dauer gewesen. Der heute Fünfzigjährige schien sich an die heimlichen Fummeleien in der Besenkammer, den leidenschaftlichen Sex im Büro hinter dem Schreibtisch und seine Versprechungen von einer festen Beziehung nicht mehr zu erinnern. Carmen war trotzdem all die Jahre geblieben, warum auch nicht? Für sie würde es nie einen anderen geben, und eines Tages, wenn er es satthatte, sich mit jungen Dingern auszutoben, würde er zu ihr zurückkommen, davon war sie überzeugt.

Immer noch lächelnd umrundete sie den Wagen und öffnete den Kofferraum, um ihre Aktentasche herauszuholen.

Dann passierte alles ganz schnell. Jemand umschloss mit kräftigen Fingern ihren Oberarm und zog sie unsanft herum. Carmen schrie auf, der Schreck fuhr ihr in alle Glieder.

»Sieh mich an!«, brüllte der Mann, der so unerwartet aufgetaucht war und dessen Speichel gerade ihre Wange traf. »Sieh mich an!«, rief er erneut aufgeregt und riss sich das verschwitzte T-Shirt nach oben.

Hans Torgens Assistentin versuchte zurückzuweichen, stieß aber nur gegen das Blech ihres Autos.

»Das ist Leben!«, lallte ihr Gegenüber und schlug sich mit der Hand auf den unnatürlich weißen Bauch mit dem dreckigen Bauchnabel, wobei er ein klatschendes Geräusch verursachte. »Willst du ihn anfassen?«

Das war zu viel für Carmen, sie verlor die Nerven und fing an, um Hilfe zu schreien.

Der Angreifer geriet in Panik, sah sie ängstlich an und verzog sein seltsam starres Gesicht, bevor er einen jämmerlichen Ton ausstieß.

Die Szene war nicht unbeobachtet geblieben. Schon hörte sie Stimmen.

»Paul, was machst du denn da?«, vernahm sie die scharfe Ermahnung von Leon Neller. Kurz darauf drang das Geräusch schneller, trampelnder Schritte an ihr Ohr.

Neben ihr tauchte Doktor Torgen auf, der sich sehr zu ihrem Ärger nicht ihr, sondern dem vermeintlichen Übeltäter näherte und beruhigend auf diesen einsprach.

»Paul, alles ist gut. Du weißt doch, dass du die Menschen nicht erschrecken darfst«, sagte der Arzt beinahe liebevoll.

Der so Angesprochene zog laut die Nase hoch. Er hatte sich mittlerweile auf den Boden fallen lassen und die Arme um sich geschlungen. Dabei wippte er vor und zurück und weinte. »Nichts gemacht, nur das Leben gezeigt!«, stammelte er vorwurfsvoll.

»Aber sicher, du bist ein guter Junge«, beruhigte ihn Doktor Torgen. »Und deshalb wirst du jetzt aufstehen und mit deinem Bruder nach Hause gehen.«

Während er das sagte, nickte er Leon zu, der nun ebenfalls neben Carmen auftauchte. Dessen ungeduldigem Gesichtsausdruck konnte man entnehmen, wie wenig ihm der Auftritt seines Bruders in den eigenen Zeitplan passte. »Los, komm schon«, brummte er daher unfreundlich in Pauls Richtung.

Der schniefte noch einmal, stand aber gehorsam auf und würdigte Carmen keines Blickes mehr.

Allerdings wiederholte er erneut seine Worte, und als er sagte »Nichts gemacht, die Frau ist böse!«, hatte Carmen für einen Moment das Gefühl, der angeblich so harmlose Paul hätte eine Spur Gehässigkeit in diesen Satz gelegt. Sie erschauderte.

Erst als Leon und Paul Richtung Bauernhof verschwanden, wandte sich Doktor Torgen an sie: »Carmen, alles in Ordnung?«

Die Gelegenheit schien günstig, und so entschied sie sich für eine kleine Darbietung. Zittrig griff sie nach hinten, um sich am Kofferraum abzustützen. Sie schloss die Augen und hauchte theatralisch: »Mein Kreislauf, die Hitze.« Dabei schwankte sie leicht.

Torgen war sofort an ihrer Seite und legte den Arm um sie. Carmen klammerte sich ängstlich an den Mann und flüsterte: »Mir ist schwindelig.«

Sie genoss seine Nähe, spürte die immer noch muskulöse Brust und die starken Arme, als er sie nun vorsichtig ins Institut geleitete. Dort setzte er sie sanft auf einen Sessel, brachte ihr Wasser und ein leichtes Kreislaufmittel.

»Wird es denn gehen, oder soll dich jemand nach Hause fahren?«

»Nein«, stieß sie heftig aus, wütend darüber, dass er sie einfach so in die Obhut eines anderen geben wollte. Dann besann sie sich jedoch und sagte ruhiger: »Nein, das wird nicht nötig sein, ich habe mich nur so erschrocken.«

Der gut aussehende Wissenschaftler zuckte mit den Schultern und sagte: »Du kennst Paul doch. Er ist völlig harmlos, hat manchmal eben nur Probleme, sich auszudrücken. Vermutlich mag er dich einfach.«

Na fantastisch, dachte Carmen.

Das Letzte, was sie sich wünschte, war, das Objekt der Begierde eines geistig Zurückgebliebenen zu sein. Sie verstand sowieso nicht, warum Hans so einen Narren an dieser Bauernfamilie von nebenan gefressen hatte. Gut, Paul war in den Anfangsjahren Teil seiner Studien im Bereich der Verhaltensforschung gewesen. Aber die Arbeiten waren längst abgeschlossen. Und aus dem zurückgebliebenen drolligen Kind war ein Mann geworden, dem die geistige Fähigkeit fehlte, die eigene Kraft einzuschätzen. Carmen hätte ihn deshalb lieber in einer geschlossenen Einrichtung gewusst, als ihm ständig an ihrem Arbeitsplatz zu begegnen.

Das Grundstück hatte früher der Familie Neller gehört, deshalb schloss deren Bauernhof heute direkt an das Forschungsinstitut an. Viel war von der Landwirtschaft allerdings nicht mehr übrig. Die Obstwiesen wurden noch bewirtschaftet, und gelegentlich hielten sich die Nellers ein paar Schweine. Außerdem gab es noch einige Gästezimmer, in denen das Institut die Studenten unterbrachte, die in den Semesterferien in den Büros aushalfen. Mehr wusste Carmen nicht, und ehrlich gesagt interessierte sie sich auch kaum dafür. Wenn sie hier etwas zu sagen gehabt hätte, wäre das angrenzende Gelände schon längst aufgekauft und die Nellers sprichwörtlich vom Hof gejagt worden.

* * *

Leon ärgerte sich über diesen Zwischenfall. Ohne Rücksicht zu nehmen, zerrte er Paul mit sich.

Plötzlich blieb sein Bruder stehen. »Ich habe nichts falsch gemacht«, sagte er unbeholfen, und Leon verzog genervt das Gesicht.

»Ich habe dir schon tausendmal gesagt, dass du dich vom Institut fernhalten sollst!«

»War nicht im Institut, sondern auf dem Parkplatz«, antwortete ihm Paul spitzfindig.

»Du hast mich sehr gut verstanden«, entgegnete Leon zornig. Er wusste genau, wann sich Paul absichtlich begriffsstutzig zeigte, um nicht für sein Fehlverhalten getadelt zu werden.

»Ich habe nichts gemacht«, sagte der daraufhin gleichgültig, machte sich aus Leons Griff los und hastete eilig voran.

Der vierundzwanzigjährige Leon fuhr sich über das akkurat geschnittene kurze, dunkle Haar, rückte sein anthrazitfarbenes Jackett zurecht, lockerte den Krawattenknoten und stieß geräuschvoll die Luft aus. Als er zum Haus kam, hörte er die Stimme seiner Mutter: »Paul, Junge, alles in Ordnung?«

Wie es aussah, hatte sich Klara Nellers Sohn entschieden, ihr keine Antwort zu geben. Stattdessen griff er nach einem Stück Brot und wollte sich an der Wurstdose auf dem Tisch zu schaffen machen. Gerade setzte er den Dosenöffner an.

»Lass das, die ist nicht für dich, die geht auf den Markt«, sagte Klara streng und versuchte ihm den Öffner wegzunehmen, was er sich allerdings nicht gefallen lassen wollte.

Als Leon schließlich die Küche betrat, wurde er Zeuge des nächsten Tumultes.

Im Gegensatz zu seiner Mutter war er nicht zimperlich und entriss seinem Bruder grob die Wurstdose samt Öffner. Sein bedrohliches »Hör sofort auf!« zeigte augenblicklich Wirkung.

Klara zuckte unter seinem scharfen Ton ebenfalls zusammen. Sie wusste, wann es besser war, zu schweigen und Leons Geduld nicht überzustrapazieren.

Die träge, unterwürfige Art, mit der sie ihrem Sohn nun eine Tasse Kaffee reichte, bewirkte jedoch genau das Gegenteil von dem, was sie beabsichtigt hatte.

Leon machte keinen Hehl aus seiner Wut: »Ist es denn so schwer, auf Paul aufzupassen? Himmelherrgott, mehr verlangt doch keiner von euch. Ich kümmere mich darum, dass ihr versorgt seid, dann erledigt gefälligst die paar Pflichten, die ihr habt.« Und mit einem gefährlichen Unterton fügte er noch an: »Dafür braucht man weiß Gott keinen Universitätsabschluss.«

»Ist ja gut, mein Junge«, stammelte Klara und hob ihm erneut den Becher hin.

Wütend schlug ihn ihr Leon aus der Hand. »Hast du mir überhaupt zugehört? Ihr sollt euch an unsere Abmachung halten, sonst gibt es vielleicht bald keinen Hof mehr.« Damit stürmte er ohne ein weiteres Wort aus der Küche, setzte sich in seinen Sportwagen und fuhr mit quietschenden Reifen davon.

Klara seufzte. Sie war nicht besonders gescheit, das hatte man ihr immer gesagt, und sie hatte das bisher noch nie angezweifelt. Sie dachte an ihre beiden Söhne und wie unterschiedlich Geschwister doch sein konnten. Leon war der Kluge und Paul eben etwas schwerfällig, genau wie sie selbst. Irgendwie eigenartig, wo die beiden doch Zwillinge waren. Hinter sich hörte Klara Schritte. Paul, der an seinem Brotkanten kaute, sah nicht auf, als das vierte Mitglied der Familie Neller die Küche betrat. Es war Klaras Bruder Gustav, der mit einem Brummen am Tisch Platz nahm.

Er bemerkte die zerbrochene Kaffeetasse am Boden und fragte ungehalten: »Was ist hier los?«

»Paul hat heute die Assistentin des Doktors belästigt. Leon hat ihn gerade zurückgebracht!«

»Du dusslige Kuh«, war alles, was Gustav dazu zu sagen hatte.

Klara machte sich nicht die Mühe zu erklären, wie aufwendig es war, die ganze Zeit ein Auge auf Paul zu haben und gleichzeitig auch noch die anderen Arbeiten verrichten zu müssen. Stattdessen stellte sie ihrem Bruder ein großzügig bestücktes Vesperbrett vor die Nase.

»Was macht er da?«, richtete Gustav nun das Wort an seine Schwester.

Er war ein grobschlächtiger Kerl mit zusammengewachsenen Augenbrauen, einem stoppeligen Bart und großen Händen mit dicken, krummen Fingern, dic an Klauen erinnerten und an deren Enden gelbe Nägel wucherten.

»Er isst«, antwortete ihm Klara knapp.

Sie mochte es nicht, wenn Gustav so tat, als könnte Paul ihn nicht hören.

»Er soll mir morgen beim Umgraben helfen«, wandte sich

Gustav erneut an seine Schwester anstatt an seinen Neffen. Dabei kaute er unappetitlich auf einem Stück Salami.

»Ich brauche ihn beim Einkochen der Marmelade«, entgegnete Klara ruhig, da sie wusste, wie sehr ihrem Sohn die Zusammenarbeit mit seinem Onkel verhasst war.

»Unsinn, er hilft mir auf dem Feld. Dann kommt er schon nicht auf dumme Ideen. Ich wette, Leon wird mir beipflichten.« Damit war für Gustav die Angelegenheit erledigt.

Klara schwieg dazu, wie gewöhnlich; wahrscheinlich hatte ihr Bruder sowieso recht.

* * *

Kelly hatte keine Wahl. Auch wenn ihr überhaupt nicht danach war, ihr kleines, enges Zimmer zu verlassen, das ihr mehr denn je wie eine kuschelige Zuflucht erschien, musste sie zur Arbeit. In der Kneipe, in der sie kellnerte, war bei schönem Wetter am Abend für gewöhnlich die Hölle los. Das bedeutete eine gute Provision und ordentliches Trinkgeld. Außerdem hätte es ihr Anton, der Besitzer, niemals verziehen, wenn sie ihm so kurzfristig abgesagt hätte.

Die Nachricht von Verenas Tod nahm sie schwer mit. Sie fühlte sich schuldig, egal was diese Polizistin sagte. Vielleicht hätte sie der Freundin noch eine Chance geben und erneut das Gespräch suchen sollen. Es war möglicherweise ein Fehler gewesen, darauf zu vertrauen, dass Verena den ersten Schritt tun würde.

Mit trüben Gedanken trat Kelly aus dem mehrgeschossigen Haus und blinzelte in die Abendsonne. Plötzlich berührte sie jemand an der Schulter. Sie erschrak und fuhr herum – vor ihr stand Timo und lächelte schüchtern. Oh, sie kannte dieses Lächeln nur zu gut. Sie hatte sich genau deshalb in ihn verliebt. Für eine Sekunde fühlte sie noch einmal dieses wunderbare Glücksgefühl, dann traf sie die Erinnerung, hart und unbarmherzig.

»Verschwinde!«, fuhr sie ihn heftig an.

Er wollte auf sie zugehen, aber Kelly machte einen ausladenden Schritt zurück.

»Denkst du nicht, wir sollten darüber reden? Du bedeutest mir …«

Sie schnitt ihm das Wort ab. »Spar dir das! Ich will weder mit dir reden noch dich jemals wiedersehen!«

»Es war ein Fehler und hat mir nichts bedeutet«, versuchte er, sie zu besänftigen.

»Aber mir hat es etwas bedeutet!«, entgegnete sie mit belegter Stimme und konnte die Tränen nicht länger zurückhalten. »Mir hat es sogar sehr viel bedeutet, denn jetzt weiß ich wenigstens, wie sehr ich mich in dir getäuscht habe.«

»Das hast du nicht. Lass uns diese Sache vergessen, ich liebe dich.« Wieder versuchte er, sich ihr zu nähern, und wieder wich sie zurück.

»Ich will, dass du gehst«, schleuderte ihm Kelly entgegen, die nicht fassen konnte, dass er so tat, als hätte er lediglich eine Verabredung mit ihr vergessen.

»Du benimmst dich kindisch«, ließ er jedoch nicht locker, und sein Gesichtsausdruck zeigte einen wachsenden Unmut.

»Kindisch?« Kellys Stimme wurde schrill. »Du ziehst mit irgendeiner dahergelaufenen Schlampe eine Sadomasonummer durch und wunderst dich, dass ich enttäuscht bin? Du hast mich belogen und betrogen, und jetzt verschwinde!«

Er griff nach ihrem Arm. »Meinst du, ich lasse mich so abservieren?« Mit einem Mal war nichts mehr übrig von dem einst so charmanten Timo. »Manchmal braucht ein Mann eben ein bisschen mehr als nur Blümchensex im Dämmerlicht.«

»Ach, jetzt ist das Ganze also meine Schuld?« Kelly konnte nicht glauben, was sie da gerade eben hörte. Und obwohl sie das nicht für möglich gehalten hatte, wuchs ihre Enttäuschung noch mehr. »Lass mich sofort los«, rief sie jetzt wütend und wurde lauter.

Timo verstärkte seinen Griff und sah sie beinahe hasserfüllt an.

Ihr kurzer Aufschrei lenkte die Aufmerksamkeit einer Gruppe Studenten auf sie, die sofort die Richtung wechselten und auf das streitende Paar zukamen.

»Alles in Ordnung?«, fragte einer von ihnen und sah Kelly besorgt an. Dann wanderte sein Blick zu Timo und dessen Hand, die immer noch fest den Oberarm seiner Exfreundin umschloss.

Augenblicklich ließ er sie los. »Nur ein Missverständnis«, begann er die Angelegenheit zu verharmlosen.

Mittlerweile hatten die anderen Studenten ihren Freund eingeholt. Sie trugen alle die gleichen Studentenmützen und gehörten ganz offensichtlich zu einer Verbindung.

»Sieht mir nicht nach Missverständnis aus«, fuhr nun einer von ihnen Timo an.

Kelly rieb sich wütend die schmerzende Stelle am Arm und sagte: »Mein Exfreund, er wollte gerade für immer gehen.«

Noch bevor Timo darauf etwas entgegnen konnte, ergriff der fremde Student das Wort: »Also auf Wiedersehen, Herr Exfreund!«

Die Gruppe der Verbindungsbrüder, so schien es, rückte noch etwas näher zu Kelly und drängte Timo zur Seite.

Der verzog wütend das Gesicht. »Vollidioten«, rief er, als er sich sicher sein konnte, dass er nicht Gefahr lief, verprügelt zu werden, und verschwand.

»Alles in Ordnung?«, wandte sich Kellys Retter noch einmal an die Studentin.

»Ja, vielen Dank.« Die Erleichterung war ihr anzuhören. Als die jungen Männer darauf bestanden, ihr sicheres Geleit bis zu ihrem Arbeitsplatz zu geben, konnte sie kaum ablehnen und fand das insgeheim auch sehr süß.

Anton, der Wirt, sah überrascht zu Kellys Eskorte, hatte aber keine Zeit, nach Einzelheiten zu fragen, sondern gab bereits hektisch Anweisungen: »Du nimmst draußen die erste Reihe und den Ecktisch an der Terrassentür, wir haben heute volles Haus, der runde Tisch ist reserviert …«

Kelly hörte kaum zu. Erst jetzt wurde ihr so richtig bewusst, was da gerade eben passiert war. Timo hatte sie nicht nur betrogen, er hatte ihr heute auch das erste Mal Angst eingejagt. Hätte man ihr das vorhergesagt, wäre sie ungläubig und kopfschüttelnd davongelaufen. Wie wäre ihr Streit weitergegangen, wenn die fremden Studenten nicht eingegriffen hätten? Neigte Timo zu Gewalt? Sie dachte an die Bettszene, die sie beobachtet hatte.

»Kelly, stimmt was nicht?« Der Wirt berührte sie an der Schulter, was sie zusammenzucken ließ.

Sie hatte keine Kraft, ihm eine ehrliche Antwort zu geben, und log deshalb: »Nein, alles bestens, ich verteile schon mal die Sitzkissen.« Und sofort stürzte sie sich in die Arbeit, um nicht mehr an all die tragischen Dinge denken zu müssen, die in den letzten Tagen geschehen waren.

Eine Stunde später war das Lokal samt Terrasse gerammelt voll. Es wurde gelacht, gesungen, heiß debattiert und natürlich auch ordentlich getrunken. Bei der Hitze würde der Bierabsatz eine Rekordmarke erreichen. Kelly war bereits durchgeschwitzt, denn wer viel trank, brauchte auch eine gute Grundlage. Also mussten sie und ihre Kollegin unermüdlich große Teller mit Schupfnudeln, Maultaschen und Spätzle zu den Gästen tragen. Antons Gesicht ähnelte mit jedem Bon, der über die Theke ging, mehr einer fetten, zufriedenen Kröte. Und Kelly wusste jetzt schon, dass ihr dieser Abend einen Geldsegen in die Haushaltskasse spülen sollte.

Während sie ein volles Tablett leerer Gläser zwischen den Gästen hindurchbalancierte, betrat eine Gruppe junger Frauen das Lokal. Sie zogen sofort die Blicke auf sich, vor allem die der männlichen Anwesenden. Auch Kelly entging der Auftritt von Katja Preiwald und deren Anhang nicht. Sie waren zu zehnt, alle aufgestylt, als wären sie auf dem Weg zu einem Presseball. Schnell war klar, dass sie es waren, die den runden Tisch reserviert hatten. In dem Moment kam Kelly eine Idee. Sie stellte das schmutzige Geschirr ab, schnappte sich ihre Kollegin und machte der den Vorschlag zu tauschen.

»Du willst die eingebildeten Ziegen bedienen?«, fragte diese daraufhin ungläubig, grinste breit und gab gerne ihre Einwilligung.

Kelly hätte nicht sagen können, warum ihr daran so viel lag. Aber aus irgendeinem Grund bildete sie sich ein, es Verena schuldig zu sein. Vielleicht schnappte sie etwas auf. Etwas, das den Tod von Verena erklären könnte, etwas, das ihr die eigenen Schuldgefühle nahm.

Zunächst sah es nicht danach aus, und Kelly war voll und ganz damit beschäftigt, die vielen Sonderwünsche des runden Tisches zu erfüllen: Spätzle mit und ohne Gluten, Getränke kalt, aber nicht zu kalt, Schweinebraten ohne Schwein … Schnell bereute sie ihre Entscheidung, und auch die mitleidigen Blicke der Kollegin konnten ihre Stimmung nicht heben.

Da alle Tische besetzt waren, mussten sich einige Gäste mit Stehplätzen begnügen und versperrten die sowieso schon engen Durchgänge für die Bedienungen. Aber nachdem das Essen serviert war, wurde es etwas ruhiger.

Kelly beobachtete weiterhin verstohlen Katja Preiwald. Ihr fiel auf, dass diese die Angewohnheit hatte, ständig wie ein lauernder Raubvogel ihre Umgebung zu scannen. Gelegentlich lächelte sie dabei einen der Typen an, der in bierseliger Stimmung glaubte, in der schönen Blondine seine Traumfrau entdeckt zu haben.

Dann tat sich endlich etwas. Ein junger Mann ging auf Katja zu und beugte sich zu ihr. Kelly wischte wie zufällig den Tisch hinter den beiden ab. Etwas, das sie ausgesprochen gründlich tat. Leider erfuhr sie nur, dass der Mann Johann hieß und wohl gerade störte, denn er zog mit grimmigem Gesicht in Richtung Bar davon.

Kelly wollte schon aufgeben, als gleich nach Johann eine weitere Person zu Katja trat und ihr etwas ins Ohr flüsterte.

Es war eine Frau, und dieses Mal war Katjas Reaktion ungehalten. »Nicht hier«, zischte sie und gab der anderen ein Zeichen, ihr zu folgen.

Die beiden verschwanden zu den Toiletten. Sosehr sich Kelly auch bemühte, es gelang ihr nicht, rechtzeitig den kleinen Vorraum zu erreichen, um das gesamte Gespräch zu hören. So waren es lediglich ein paar Sätze, die ihr Ohr erreichten.

»Ich werde der Verbindung nicht beitreten«, sagte die Unbekannte um eine feste Stimme bemüht.

»Du weißt, dass dir eine Chance entgeht!«, schnappte Katja ungehalten.

»Ja, aber ich habe mich entschieden. Ich mache dabei nicht mit«, erwiderte die andere, stammelte noch ein »Tut mir leid« und ließ Katja stehen. Sie stürmte regelrecht aus der Nische und lief Kelly, die sich nicht schnell genug in die Ecke zurückziehen konnte, praktisch direkt in die Arme.

Die Fremde murmelte eine Entschuldigung, und für einen Moment sah Kelly in das zarte Gesicht der Frau. Sie war keinesfalls älter als zwanzig und hatte ein fast noch kindliches Aussehen. Ihre großen Augen, die kleine Stupsnase und der volle Mund erinnerten an ein Puppengesicht, das eingehüllt war von blonden Wellen. Im nächsten Augenblick hatte sie auch schon das Lokal verlassen.

Direkt nach ihr trat Katja aus dem Vorraum.

Kelly stand ihr gegenüber, vergaß die eigenen Vorsätze und sprach die Studentin an: »Ich war eine Freundin von Verena«, fiel sie mit der Tür ins Haus. »Was ist zwischen euch vorgefallen?«

Katja runzelte ungläubig die Stirn. »Was?« Plötzlich begriff sie, wen sie vor sich hatte. »Alles klar«, antwortete sie genervt, »du bist diese Freundin aus dem Brief.«

»Ich möchte es nur verstehen«, versuchte es Kelly ein wenig versöhnlicher.

»Tja, das würde ich auch gerne, aber manchmal ist da nichts zu verstehen. Es gibt eben schwache Menschen.«

»Verena war nicht schwach«, erwiderte Kelly wütend. Die Kaltschnäuzigkeit ihres Gegenübers erschreckte sie. »Irgendetwas muss passiert sein, vielleicht etwas in deiner Verbindung?«

Katja zog die Augenbrauen nach oben, was ihr ein katzenhaftes Aussehen verlieh. »Vorsicht«, entgegnete sie, und es war unmissverständlich, wie das gemeint war. Trotzdem präzisierte sie ihre Warnung noch: »Sollte mir zu Ohren kommen, dass du mich und mein Haus in den Dreck ziehen willst, werde ich gegen dich vorgehen.«

»Ich will nur Antworten, sie war immerhin meine Freundin.«

Katja lachte geziert auf. »Wenn ich mich recht erinnere, wart ihr längst zerstritten, also spiel dich hier nicht so auf. Wahrscheinlich hat sie sich wegen dir umgebracht, weil du nicht für sie da gewesen bist?« Sie bemerkte, dass sie Kelly damit getroffen hatte, und verschränkte selbstgefällig die Arme vor der Brust.

»Das ist nicht wahr«, stieß Kelly verzweifelt hervor, unfähig, zu verbergen, wie sehr sie diese Worte verletzten.

»Sie war eine schlechte Studentin, hat ihre Prüfungen vermasselt und außerdem nicht verstanden, was es bedeutet, meiner Studentenverbindung beizutreten. Sie war ein schwacher Mensch. Das ist alles, Geheimnis gelüftet«, fügte Katja noch gelangweilt an, und während sie sich an Kelly vorbeidrängte, sagte sie überheblich: »Geh Bier verteilen oder Teller waschen, aber stehle mir nicht meine Zeit.«

Kelly hörte hinter sich die Stimme ihres Chefs: »Herrgott, wo bleibst du denn! Tisch drei will bezahlen.«

»Ich brauche fünf Minuten«, rief sie ihm zu und schob sich durch das Gedränge ins Freie. Dort holte sie tief Luft. Was für ein Reinfall. Sie hatte sich von Katja Preiwald runterputzen lassen und nichts erfahren. Im Gegenteil, jetzt waren ihre eigenen Schuldgefühle nur noch größer. Kurz dachte sie darüber nach, dieses unbekannte Mädchen mit dem Puppengesicht aufzuspüren. Vielleicht wusste die etwas, immerhin schien sie keine Anhängerin von Katja zu sein. Aber dann verwarf sie den Gedanken, sie kannte die Frau ja nicht – wo hätte sie also mit der Suche anfangen sollen? Vermutlich wäre es besser, sich mit Verenas Tod abzufinden. Erschöpft und traurig lehnte sie gegen die Hauswand, doch plötzlich fühlte sie sich unbehaglich und sah sich irritiert um. Beobachtete sie jemand? Timo? Sie hatte sich ein Stück vom Eingang entfernt, beschloss nun aber zurückzugehen.

Eine Gruppe Raucher stand um einen Bistrotisch vor der Tür. Sie erkannte Carmen Raub, die Assistentin von Doktor Torgen, der ebenfalls anwesend war. In den Semesterferien würde sie in deren Institut als Aushilfe arbeiten. Höflich grüßte sie die Frau, die ihr zunickte. Vermutlich hatte die keine Ahnung mehr, wer Kelly war. Es schien sowieso, als wäre Carmen Raub voll und ganz auf ihren Chef konzentriert, der gerade sehr auffällig mit drei jungen Frauen anbändelte.

Sie hörte ihn noch mit schleppender Stimme lallen: »Ich lade euch alle zum Frühstück nach Paris ein.«

Woraufhin die jungen Frauen kicherten und sich mit einem »Kein Interesse, Opa« verabschiedeten.

Kelly verzog das Gesicht. Sie wollte weder nach Paris noch in eine andere ausländische Metropole. Ihr schmerzten die Füße, und sie war erschöpft. Sie wünschte sich nach Hause, um sich dort für immer zu verkriechen.

* * *

Beinahe zärtlich strich er ihr über das weiche Haar, das so himmlisch nach Sommerwiese duftete. Sie schlief, ihr Brustkorb hob und senkte sich gleichmäßig, und die großen, runden Augen waren geschlossen, sodass man die langen Wimpern sehen konnte, die einen starken Kontrast zu der hellen Haut der Wangen bildeten. Die vollen Lippen hatte sie leicht geöffnet, und ein wenig getrocknetes Blut klebte noch im Mundwinkel. Der Arm, mit dem sie an der dreckigen Mauer angekettet war, hatte Schrammen und Kratzer. Eine Folge ihrer hilflosen Versuche, sich zu befreien. Dabei war auch das leichte Sommerkleid zerrissen und einer ihrer Schuhe verloren gegangen. Aber jetzt ruhte sie friedlich in dem kalten Gewölbe und spürte keine Furcht.

Auf die K.-o.-Tropfen konnte man sich verlassen. Für gewöhnlich ließen sich die Frauen nämlich nicht freiwillig hier herunterführen. Aber was machte das schon? Es spielte keine Rolle, ob es ihnen gefiel oder nicht. Es ging einzig und allein um ihn und seine Bedürfnisse. Dabei war es völlig unerheblich, wer sie ihm erfüllte. Er war nicht wählerisch, suchte nicht nach dem perfekten Opfer für komplizierte Rituale, nein, er brauchte nur ein Mittel zum Zweck. Eine der Frauen hatte ihn einmal gefragt, warum er sie so hassen würde. Die Frage war ihm unlogisch erschienen. Warum sollte er eine von ihnen hassen? Er hasste doch auch nicht die Kuh, die ihm ein saftiges Steak lieferte. Diese Gedanken waren absurd. Er brauchte das eine wie das andere lediglich, um seine körperlichen Bedürfnisse zu befriedigen.

Er dachte an die Frau im Neckar. Das hatte er nicht zu Ende bringen können. Die Polizei hatte die Leiche bereits gefunden, das ärgerte ihn, machte ihm aber keine Angst. Erfreulicherweise hatte dafür dieses Mal alles perfekt geklappt.

Die attraktive Blonde war ihm quasi direkt in die Arme gelaufen. Aufgewühlt hatte sie das Lokal verlassen, so sehr mit den eigenen Sorgen beschäftigt, dass ihre Sinne nicht für die drohende Gefahr geschärft waren.

In dieser Nacht hatte er sein Opfer ohne Unterbrechungen zum Auto locken können. Willig nahm sie dort einen Schluck aus der präparierten Flasche, kurz darauf saß sie im Fahrzeug, lallend und bewegungsunfähig, damit er sie hierherbringen konnte. Leider ließ die Wirkung der Droge schnell nach, darum hatte er sie mit einem Faustschlag bändigen müssen. Das war ein guter Auftakt gewesen.

Die Dosis, die er ihr daraufhin verpasst hatte, würde sie eine Weile ruhigstellen. Sollte sie sich erst einmal ausschlafen. Dann wollte er sich Zeit für sie nehmen und endlich seinen hungrigen Körper sättigen.

Kapitel 4

An diesem Morgen war Beate Kraus schon früh auf dem Revier. Sie hatte den Fall Verena abschließen müssen, als die Meldung des Leichenfundes im Neckar eingegangen war. Da es sich bei Verena definitiv um Selbstmord gehandelt hatte, sah ihr Vorgesetzter keine Notwendigkeit, weiter zu ermitteln. Abgesehen davon musste sie sich fragen, was sie überhaupt gehofft hatte zu finden. Vielleicht jemanden, den man hätte verantwortlich machen können? Ja, im Prinzip ging es ihr genau darum. Hätte es einen Schuldigen gegeben, wäre sie in der Lage gewesen, denjenigen wegzusperren, um künftig Frauen wie Verena vor ihm zu schützen. Aber das war lächerlich, und das wusste sie auch. In so einem Fall gab es niemanden, den man vor Gericht stellen konnte, und sie musste die traurige Wahrheit akzeptieren, dass auch die Polizei nicht in der Lage war, die Menschen vor sich selbst zu schützen.

Einem spontanen Impuls folgend griff sie zu ihrem Handy und wollte ihre Tochter anrufen. Dann fiel ihr ein, dass die noch im Bett lag – gestern Nacht war Anne auf einer Party gewesen. Beate hatte wieder einmal den getreuen Chauffeur gespielt und sie von dort abgeholt, was ihr einen Vortrag über gluckende Mütter eingebracht hatte.

Sie verzog das Gesicht und sah sich den Bericht der Gerichtsmedizin an. Er behandelte die Frauenleiche, die man gestern aus dem Neckar gezogen hatte.

Ihr junger Kollege betrat das Büro und stellte ihr einen Becher Kaffee vor die Nase.

Dankbar umschloss sie die Tasse mit beiden Händen und lehnte sich zurück. Frank Kröner war ein netter und ehrgeiziger Typ. Er hatte noch nicht den resignierten Blick, den sie bei älteren Kollegen manchmal wahrnahm und immer häufiger bei sich selbst morgens im Spiegel entdeckte.

Wie viele Leichen bedurfte es, um eines Tages mit dem Gefühl aufzuwachen, nichts mehr verändern zu können? Auch heute spürte sie die Frustration. Eine junge Frau war brutal getötet worden.

»Was hältst du davon?«, besann sich Beate und deutete auf den Bericht.

»Der Schnitt am Bauch ist seltsam. Was sollte das? Um sie zu töten, war der nicht tief genug. Bei der Waffe handelt es sich vermutlich um ein besseres Taschenmesser. Außerdem waren das keine Einstiche, sondern Schnitte, so als wollte man die Haut ablösen. Jedenfalls sieht das die Gerichtsmedizin so.«

»Ja, die Todesursache ist der Genickbruch«, bestätigte seine Vorgesetzte.

»Denkst du, wir haben es mit einem Perversen zu tun?«, spann Frank Kröner den Faden weiter.

»Spuren von sexuellen Handlungen gab es nicht«, antwortete die Hauptkommissarin langsam. »Jedoch gut möglich, dass er gestört wurde und nicht beenden konnte, was er geplant hatte.«

»Wir haben mit den Freundinnen des Opfers gesprochen.« Kröner begann die Aussagen zusammenzufassen: »Sie waren in einem Klub, keine besonderen Vorkommnisse. Vor der Tür haben sich die drei verabschiedet. Das Opfer wollte direkt nach Hause. Der Exfreund sagt aus, er hätte ihr eine SMS geschickt wegen einer Aussprache …«

Auf Beate Kraus' verständnislosen Blick hin fuhr er fort: »War wohl eine der sogenannten On-Off-Beziehungen. Jedenfalls hat der Exfreund ein Alibi. Er saß bis morgens in der Gemeinschaftsküche und hat auf seine Freundin gewartet.«

»Dafür gibt es Zeugen?«

»Erstaunlicherweise ja, offensichtlich schläft dort keiner.«

Beate Kraus wollte etwas erwidern, als die Tür aufging und eine rundliche Frau mit wachem Blick den Raum betrat. »Das kam eben aus der Vermisstenabteilung, könnte etwas für dich sein.«

»Ja?« Die Hauptkommissarin wartete ungeduldig auf die Information.

»Heute Morgen erhielten wir einen Anruf von einem sehr besorgten Elternpaar, deren neunzehnjährige Tochter nicht nach Hause gekommen ist.«

»Wie lange vermisst?«

»Erst wenige Stunden, ich weiß«, winkte die Kollegin ab. »Aber das Mädchen sollte heute Morgen nach Frankfurt zum Flughafen«, sagte sie und rollte vielsagend mit den Augen.

»Und? Herrgott, spuck es aus!«, warf Beate Kraus nun ungehalten ein.

»Heute wollte sie mit zwei Freundinnen zu einem überaus kostspieligen Trip nach New York aufbrechen. Ein Geschenk der Eltern.«

»So etwas lässt man nicht einfach sausen«, mischte sich jetzt Frank Kröner ein.

»Sehe ich genauso«, antwortete die Kollegin. »Zudem war das Mädchen zuverlässig, intelligent und hatte ein sehr gutes Verhältnis zu ihren Eltern.«

»Das heißt es immer«, brummte Kröner wenig beeindruckt.

»Mag sein, aber manchmal stimmt es auch. Außerdem ist das mit dem Urlaub wirklich verdächtig«, erwiderte Beate Kraus besorgt. »Man läuft nicht weg, wenn man so etwas geplant hat. Was ist mit den Krankenhäusern, gab es Unfälle mit bisher nicht identifizierten Opfern?«

»Uns liegt nichts vor, und die Eltern haben selbst schon seit den frühen Morgenstunden Himmel und Hölle in Bewegung gesetzt.«

»Ich denke, wir müssen das sehr ernst nehmen. Ich spreche mit den zuständigen Kollegen«, erwiderte Beate und ließ sich eine Kopie der Unterlagen geben.

Als Frank mit seiner Vorgesetzten wieder allein war, fragte er überrascht: »Fällt das denn in unsere Zuständigkeit?«

Die Hauptkommissarin verzog das Gesicht. »Noch nicht, und ich hoffe, dass das so bleibt. Aber wir haben die Leiche einer jungen Frau. Der Mörder, so scheint es, wurde bei dem, was er ihr antun wollte, gestört. Kurz darauf verschwindet eine weitere Frau. Und das ist leider nicht alles.« Sie öffnete eine Schublade und zog einen Aktenordner heraus. »Hier, sämtliche Fälle von vermissten Frauen, die nicht in die Kategorie Ausreißer passen.«

Ihr entging nicht, dass der Kollege gerade an ihrer Objektivität zweifelte. Vermutlich glaubte er, sie wäre von ihrer Arbeit besessen und würde schon seit Jahren irgendeinem Phantom hinterherjagen.

»Sieh mich nicht so an. Dieser Ordner ist nicht nur in meinem Schreibtisch. Wir vermuten schon lange, dass manche der Vermissten Opfer einer Gewalttat wurden, leider haben wir nie einen Beweis dafür gefunden.«

»Und wie kommt ihr dann darauf?«, hakte Kröner skeptisch nach.

»Natürlich können Menschen untertauchen, aber die wenigsten haben das doch ernsthaft vor. Die meisten Ausreißer sind bald wieder da. Entweder weil ihnen das Leben auf der Straße plötzlich gar nicht mehr so romantisch erscheint wie anfangs gedacht oder weil sie aufgegriffen werden. Und falls sie einen tödlichen Unfall haben …« Sie ließ den Satz unvollendet.

»… findet man irgendwann die Leiche«, ergänzte Frank Kröner.

Beate Kraus legte die Hand auf die Akte vor sich. »Bei all diesen Frauen gab es nie einen Hinweis auf ihren Verbleib und …« Sie machte eine bedeutsame Pause, um sich der ganzen Aufmerksamkeit des Kollegen sicher zu sein. »… bei allen ist es sehr unwahrscheinlich, dass sie freiwillig verschwunden sind.«

»So wie bei dem Mädchen, das heute nach New York fliegen wollte«, antwortete er grimmig. Er warf einen Blick auf das Foto und las den Namen darunter: »Nina Wäldele. Sie sieht so jung aus.« Obwohl er dagegen ankämpfte, berührte ihn das Schicksal der Frau auf dem Bild.

»Sie ist sehr hübsch, hat ein richtiges Puppengesicht«, stellte Beate Kraus fest.

»Ähneln sich die Frauen denn?«, fragte Kröner und deutete mit dem Kinn auf die Akte.

»Wir haben bisher keinen gemeinsamen Nenner gefunden, aber du kannst dir die Unterlagen gerne ansehen. Sie sind in der Datenbank. Jedenfalls werden wir die Entwicklungen im Fall Nina Wäldele im Auge behalten.«

* * *

Nina erwachte und hatte das Gefühl, ihr Schädel würde zerspringen. Sie versuchte, sich zu bewegen, fühlte einen stechenden Schmerz in der Schulter und glaubte immer noch in einem schrecklichen Traum gefangen zu sein. Die nächsten Sekunden hoffte sie, der modrige Geruch in ihrer Nase könnte verschwinden und der vertraute Duft der Bettwäsche, die ihre Mutter immer mit einem speziellen Weichspüler behandelte, würde ihr signalisieren, dass alles vorbei war und nur in ihrer Fantasie stattgefunden hatte. Aber der Gestank blieb trotz ihrer verzweifelten Stoßgebete. Es gelang ihr nicht länger, die Illusion vom eigenen Bett in ihrem Elternhaus, umgeben von Liebe und Geborgenheit, aufrechtzuerhalten. Ihre Knochen schmerzten vom harten Boden, und sie fror, denn die Feuchtigkeit ihres Gefängnisses hatte längst das dünne Sommerkleid überwunden. Das einzig Warme waren die Tränen, die über ihre Wangen liefen.

Nina öffnete die Augen und starrte in die Dunkelheit. Sie schluchzte, versuchte, mit der Hand ihre Umgebung abzutasten, spürte aber nichts außer kaltem Stein. Um ihr linkes Handgelenk lag ein metallener Reif, man hatte sie also angekettet. Nur wenige Zentimeter konnte sie sich mit der schweren Kette bewegen. Sie zerrte und zog daran, stemmte sich mit aller Kraft gegen die Mauer, um die Fessel loszuwerden, hatte aber keine Chance. Aus dem Schluchzen wurde ein Wimmern, aus dem Wimmern ein verzweifeltes Schreien um Hilfe. Was auch immer sie tat, niemand schien darauf zu reagieren. Ihre Gedanken überschlugen sich, was war passiert? Sie bemühte sich, gegen die Panik anzukämpfen, die Angst zu überwinden, um vielleicht so eine Lösung zu finden.

Ja, sagte sie sich, *ich muss nachdenken, ich muss nachdenken …* Der hämmernde Kopfschmerz und die ausgetrocknete Kehle machten es ihr schwer, sich zu konzentrieren, trotzdem gelang es ihr, sich an den gestrigen Tag zu erinnern. Alles war so wunderbar gelaufen. Ihre Koffer waren gepackt, das kleine Abschiedsessen mit den Eltern sehr entspannend gewesen. Sie hatten gelacht, über New York gesprochen, und anschließend hatte Nina beschlossen, eine Entscheidung zu treffen. Sie war zu Katja Preiwald gegangen und hatte der mitgeteilt, dass sie nicht mitspielen würde. Es war unangenehm gewesen, schließlich schwamm man ja nicht jeden Tag gegen den Strom. Aber auch wenn sie mit wackligen Knien vor der Leiterin der Studentenverbindung gestanden hatte, war es ihr gelungen, der großen Katja Preiwald eine Abfuhr zu erteilen. Stolz war sie gewesen, hatte sich für besonders erwachsen gehalten. Letzten Endes hatte sie eine wichtige Entscheidung getroffen, und zwar das erste Mal ganz ohne die Hilfe ihrer Eltern, denn die hatte sie nicht beunruhigen wollen. Außerdem hatte sie vor Katja viel zu viel Respekt, als dass sie einem Außenstehenden irgendetwas von dem, was in der Verbindung vor sich ging, erzählt hätte.

Die Beine dicht an den Körper gezogen, versuchte sie sich instinktiv klein zu machen.

Sie hatte jegliche Vorsicht vergessen, sich täuschen lassen, naiv einen Schluck Wasser angenommen und erinnerte sich jetzt an das unangenehme Schwindelgefühl und den Kontrollverlust. Undeutliche Bilder vom Inneren des Wagens erschienen vor ihrem geistigen Auge, sie hatte versucht die Tür zu öffnen, er hatte sie schmerzhaft daran gehindert. Das Nächste war dieser Keller, das Reißen an der Kette ...

Nina schluchzte erneut. Sie würde niemals hier herauskommen.

Plötzlich hörte sie ein Geräusch und Stimmen, da war jemand. Verzweifelt fing sie erneut an, um Hilfe zu rufen. Ihre Kehle schmerzte, aber sie hörte nicht auf zu schreien und zu betteln, man möge sie doch endlich aus diesem Verlies befreien. Als sie bereits alle Hoffnung aufgegeben hatte, drehte sich der Schlüssel im Schloss und das Licht ging an.

»Bitte, lassen Sie mich gehen«, keuchte Nina, und ihre Stimme überschlug sich.

Der Mann verzog keine Miene. Er sah sie an, als wäre sie nicht ganz bei Trost, als würde sie etwas fordern, das er unmöglich erfüllen konnte.

»Bitte!« Aus ihren Worten hörte man die pure Verzweiflung heraus, aber er tat so, als wäre alles in bester Ordnung und reichte ihr eine Flasche Wasser.

Anstatt mit der freien Hand danach zu greifen, umschlossen ihre zarten Finger den Stoff seines Hosenbeins. »Bitte, ich werde auch niemandem etwas sagen!« Sie begann zu weinen.

Er schüttelte ihre Hand wie einen lästigen Fussel ab und stellte die Wasserflasche neben sie auf den Boden.

Nina hatte Angst, daraus zu trinken. Was, wenn er sie wieder betäuben wollte? Aber ihre trockene Kehle und der leere Magen stimmten sie am Ende doch um. Gierig nahm sie einen großen Schluck. Das kühle Getränk war eine Wohltat, aber als sie erneut um Gnade flehen wollte, zeigten die Beruhigungsmittel darin ihre Wirkung. Wieder war sie in die Falle getappt. Fast hätte sie bei diesem Gedanken hysterisch aufgelacht, aber dafür war die Bewusstlosigkeit schon zu nahe.

Er wird mich töten, so oder so, dachte sie unglücklich.

* * *

Am Nachmittag

An der Stelle, an der man die Leiche aus dem Wasser gezogen hatte, flatterte noch ein Rest Absperrband im lauen Sommerwind. Beate Kraus wollte sich erneut den Fundort ansehen. Sie hatten mit den Eltern der jungen Frau gesprochen, die aus Reutlingen stammte und in Tübingen ein Studium begonnen hatte. Der Tag war anstrengend gewesen, und die Hauptkommissarin freute sich auf ein erfrischendes, duftendes Bad, um ihren erschöpften Körper zu belohnen.

»Ich habe mir die Akte angesehen«, sagte Frank Kröner unvermittelt, als er neben seiner Vorgesetzten das Neckarufer ablief.

»Und?«, fragte sie müde und ließ gleichzeitig die Umgebung auf sich wirken.

»Das erste Opfer, das infrage kommt, verschwand vor acht Jahren. Denkst du wirklich, dass jemand über eine so lange Zeit Menschen ermordet, ohne gefasst zu werden?«

»Warum sollte er aufhören, wenn er jedes Mal davonkommt?«, gab sie zurück und schüttelte die Schläfrigkeit ab. Sie hatte die Akte schon so oft durchgelesen, dass sie sie fast auswendig kannte. Selbst einige Namen der vermissten Frauen hatten sich ihr eingeprägt. Über die Jahre hatten sich verschiedene Kollegen und Abteilungen damit befasst, aber alle waren zu dem gleichen Schluss gekommen: Man konnte ein Verbrechen erst aufklären, wenn dafür auch Beweise vorlagen. Und so waren die ausbleibenden Leichenfunde zwar etwas, das den Familien der Vermissten noch Hoffnung ließ, aber gleichzeitig, so bitter es sich anhörte, auch der Grund, warum die Polizei nicht vorankam.

Frank Kröner schien ihre Gedanken gelesen zu haben. »Es gibt keine Leichen. Hat er sie vielleicht alle im Neckar versenkt, und sein letztes Opfer liefert endlich eine Spur?«

»Möglich, aber unwahrscheinlich. Sollte unsere Theorie stimmen, dann hat er in den letzten Jahren mehr als dreißig Frauen umgebracht, so gut kann man keine Leichen versenken. Der Neckar ist belebt, irgendwann hätte ihn jemand beobachten müssen. Außerdem hatten wir auch schon Polizeitaucher im Fluss.«

»Demnach lässt er die Leichen woanders verschwinden. Das ist doch der entscheidende Punkt, warum wir nicht vorankommen. Offensichtlich hat unser Mann einen Weg gefunden, das über so lange Zeit durchzuziehen. Wie du gesagt hast, gleichen sich die Opfer nur darin, dass alles Frauen sind. Die jüngste Vermisste, die man ihm zugeordnet hat, war gerade siebzehn Jahre alt, die älteste dreißig. Und das war es auch schon. Manche hat man vor ihrem Verschwinden in einer Bar oder Disco gesehen, andere waren am hellen Tag mitten in der Fußgängerzone unterwegs. Ich habe mir alles genau durchgelesen, aber ich konnte kein Schema erkennen. Man geht zwar von einem Mann als Täter aus, kann aber natürlich nichts ausschließen …«

Beate Kraus sah ihren Kollegen interessiert an. »Du hast dich ernsthaft damit beschäftigt?«

»Ja, natürlich«, gab er ein wenig beleidigt ob ihrer Zweifel an seiner Arbeitsmoral zurück.

»Das ist gut«, sagte sie versöhnlich, »aber behalte die Distanz, sonst frisst dich so ein Fall eines Tages auf.«

Er lächelte.

»Was ist?«, fragte sie überrascht.

Zögernd antwortete er: »Hat er dich aufgefressen, dieser Fall?«

Beate Kraus wandte sich ab und lief ein paar Schritte Richtung Ufer. Schon glaubte er, sie würde ihm seine Frage übel nehmen und nicht darauf eingehen, aber dann antwortete sie doch: »Aufgefressen hat er mich noch nicht, aber jeden Tag nagt er ein bisschen mehr an mir.«

* * *

»Wo warst du gestern?«, schnauzte Katja Preiwald ungeduldig.

Ihr Gegenüber lehnte lässig an der Theke. Er sah gut aus, in seinem teuren Anzug. Auf dem markanten männlichen Gesicht zeichnete sich ein leicht arrogantes Lächeln ab, und er warf nun einen abschätzigen Blick auf Katjas wohlgeformten Körper.

Ironisch fragte er: »Sind wir seit Neuestem verheiratet?« Noch lächelte Leon Neller, aber im nächsten Moment veränderte sich sein Gesichtsausdruck, und er kniff die Augen zusammen. Dann machte er einen Schritt auf sie zu. Er stand nun so dicht vor ihr, dass sie sein Rasierwasser riechen konnte, während er zischte: »Rede nie wieder in diesem Ton mit mir!« Seine Lippen hatten sich kaum bewegt, aber die Drohung, die er in diese wenigen Worte legte, war unüberhörbar. Endlich trat er zurück, lächelte wieder und sagte, als würde er übers Wetter plaudern: »Die Polizei war bei dir?«

Katjas Herz raste. Leon Neller jagte ihr Angst ein – etwas, das bisher nur wenigen Menschen gelungen war. Gleichzeitig fühlte sie sich auf geradezu lächerliche Weise von ihm angezogen. Sie hatte sich tatsächlich schon vorgestellt, wie es wohl mit ihm im Bett wäre. Ob er zwischen ihren Schenkeln auch den Macho geben würde, hart und unerbittlich? Wenn er sie so behandelte wie gerade eben, verspürte sie Lust und rasende Wut zugleich.

»Prinzessin, ich rede mit dir«, wurde er eine Spur ungeduldiger, und Katja hätte es am liebsten sofort mit ihm auf der ekelhaften Toilette dieser Spelunke getrieben, aber sie riss sich zusammen.

»Das hat nichts zu bedeuten. Eine meiner Anwärterinnen hat sich umgebracht, das betrifft nur mich.«

Er packte sie grob am Handgelenk. »Einen Scheiß betrifft nur dich, wenn die kleine Schlampe Drogen im Blut gehabt hat.«

»Lass mich los«, entgegnete Katja gereizt, die seinen Griff nicht wirklich als unangenehm empfand. Er hatte starke Hände und einen trainierten Körper, das konnte man sehen. »Sie hat sich die Pulsadern aufgeschlitzt, das hatte nichts mit Drogen zu tun.«

Leon ließ langsam ihren Arm los. »Also hast du sie einfach nur so in den Tod getrieben?« Sein Mund verzog sich zu einem breiten Grinsen.

»Was soll das denn heißen?«

»Wir wissen doch beide, dass du ein böses Mädchen sein kannst.«

»Was redest du denn da?« Katja gefiel nicht, welche Wendung das Gespräch plötzlich nahm.

Aber Leon schien ihr gar nicht zuzuhören, sondern sagte nur: »Vergiss nicht, ich weiß alles.«

Dann drückte er Katja ein Tütchen in die Hand. Das Ganze lief schnell und unauffällig ab, genauso wie die Übergabe der Geldscheine, die Katja als Bezahlung in Leons Jackentasche verschwinden ließ.

»Ich gehe jetzt«, sagte sie giftig.

Woraufhin er seine Hand hob, ihr mit dem Zeigefinger über die Wange strich und sagte: »Künftig keine Polizei mehr, sonst musst du dir jemand anderen suchen.«

Sie nickte kurz, drehte sich ruckartig um und verließ das kleine Bistro mit äußerst gemischten Gefühlen.

* * *

Auf dem Hof der Nellers

»Leon, Junge, ich habe dich gar nicht kommen hören«, sagte Klara Neller überrascht, als sie die offene Zimmertür bemerkte und ihren Sohn vor dem Spiegel stehen sah.

Da er nicht antwortete, trat sie zögernd ein. Noch immer schwieg der Mann vor dem Kleiderschrank und schien ganz darauf konzentriert, seine Krawatte zu binden.

»Du musst mit Gustav reden, es gibt Probleme mit dem Traktor«, versuchte sie ein Gespräch zu beginnen.

»Kann das nicht«, folgte nun doch eine Reaktion.

Klara spürte einen Anflug von Panik. »Paul?«, rief sie entsetzt, »was treibst du denn da?«

Der Angesprochene drehte sich um und zerrte an der Krawatte um seinen Hals, als wäre es der Strick, mit dem er die Kuh zur Weide führen wollte. Sie hatte Paul nicht gleich erkannt. Immerhin waren er und Leon Zwillinge. Sie glichen sich in Statur und Haarfarbe. Selbst ihre Gesichtszüge würden übereinstimmen, wäre Paul nicht durch die Behinderung gezeichnet.

»Um Gottes willen, Paul, zieh sofort die Sachen aus!«, fuhr sie ihn hektisch an. Sie wollte sich nicht ausmalen, wie Leon auf das unerlaubte Eindringen seines Bruders reagieren würde.

»Ich will aber auch ein Mann sein«, nörgelte Klaras Sohn, und sie fühlte sich sofort mit der Situation überfordert.

Der Junge hörte nicht mehr auf sie. Ständig wollte er Leon nacheifern, mit ihm ausgehen und so sein wie er. In letzter Zeit war es ganz besonders schlimm geworden. Neulich hatte er sogar davon gesprochen, heiraten zu wollen. Und mit beruhigenden Worten ließ er sich längst nicht mehr abspeisen. Sie sollte einmal mit Doktor Torgen sprechen, der war immer hervorragend mit Paul ausgekommen. Klara atmete durch, froh, eine Lösung gefunden zu haben – aber jetzt galt es, den Schaden zu begrenzen.

»Los, zieh die Sachen aus!«

Paul kniff den Mund zusammen, schlang seine Arme um den Oberkörper und schüttelte vehement den Kopf.

»Paul, bitte«, versuchte es Klara erneut, aber sein Blick wurde nur noch trotziger.

»Was hältst du davon, wenn wir in die Stadt fahren und dir einen eigenen Anzug kaufen?«

Paul schien an dem Vorschlag interessiert.

»Das geht aber nur, wenn du Leons Sachen ausziehst und brav mit nach unten kommst.« Klara hatte keine Ahnung, wie sie ihr Versprechen erfüllen sollte. Vermutlich würde ihr Leon dafür kein Geld geben, und Gustav wäre sowieso nicht bereit, sie in die Stadt zu fahren, aber das war jetzt nebensächlich. Hauptsache, Paul gehorchte ihr.

»Beeil dich, dann können wir umso früher aufbrechen.«

Obwohl Klaras List anfänglich zu funktionieren schien, überlegte es sich ihr Sohn doch wieder anders und krähte bockig: »Nein, ich will *diesen* Anzug, keinen aus der Stadt.«

Wäre Klara nicht so aufgeregt gewesen, hätte sie vielleicht das boshafte Aufflackern in seinen Augen bemerkt; aber so nahm sie an, er könnte einfach nicht begreifen, wie ernst die Lage war.

Paul wusste genau, dass ihm sein Bruder ausdrücklich verboten hatte, sein Zimmer zu betreten und irgendetwas anzufassen. Damit war alles, was sich in Leons Räumen befand, natürlich eine einzige Verlockung. Paul schlich sich gerne hierher, wenn er ein Abenteuer suchte. Und wenn ihn Leon jetzt erwischen würde, gäbe der sicher der Mutter die Schuld daran. Immerhin hatte die ja nicht aufgepasst. Paul genoss es, wenn alle um ihn herumwirbelten und ihm ihre Aufmerksamkeit schenkten, ansonsten war das Leben auf dem Hof sehr einsam. Warum behandelten sie ihn auch so gemein? Er war nicht blöd, und es ärgerte ihn, dass die anderen das dachten. Außerdem hatte er längst begriffen, was hier vor sich ging. Sie gönnten ihm keinen Spaß, kein Glück.

Aber das würde er sich nicht länger gefallen lassen. Es war an der Zeit, selbst eine Familie zu gründen, egal was seine Mutter sagte. Er wollte ein Mädchen für sich, warum konnte das denn keiner verstehen? Schließlich war er längst kein Kind mehr. Der Einzige, der ihn wenigstens manchmal wie einen Erwachsenen behandelte, war Leon. Aber auch nur, wenn der keine schlechte Laune hatte. Dann erzählte er Paul von den Dingen, die Männer für gewöhnlich so taten, und Pauls Verlangen wuchs noch mehr. Aber er machte Fortschritte. Heimlich übte er vor dem Spiegel. Und mit viel Anstrengung gelang es ihm immer besser, seine Gesichtszüge zu kontrollieren. Wenn er sich bemühte, verschwand die Starre und er wirkte nicht mehr wie eine Karikatur seines Bruders Leon, sondern glich dem auf fast unheimliche Weise. Wenn er also nun auch noch dessen Kleidung tragen würde …

Seine Mutter unterbrach unsanft diese Träumereien. Sie zerrte an der Anzugjacke und wollte ihn so zwingen, diese auszuziehen.

Paul wehrte sich, schlug sogar nach Klara, die erschrocken aufschrie, als er mit der Faust ihr Kinn traf.

Hinter ihnen polterte Gustav ins Zimmer. »Was soll das?« Er wollte dazwischengehen, da hörten sie alle drei den lauten Motor von Leons Wagen.

Einen Moment starrten sie sich erschrocken an, dann beschloss Gustav zu gehen. »Ich lass mich da nicht mit hineinziehen«, blaffte er ungehalten und stapfte davon.

Klara weinte, und Paul bekam ein schlechtes Gewissen. Er zog sich ohne ein weiteres Wort um und verschwand, während sich seine Mutter beeilte, alles in Ordnung zu bringen.

Sie betrat die Küche, als Leon gerade mehrere Fünfzigeurobanknoten abzählte und vor Gustav auf den Tisch legte. »Das ist für die Reparatur des Traktors, und das …« Er blätterte weitere Scheine hin. »… das ist für einen neuen Häcksler.«

Gustav sah zu Klara, und dann blickten beide fragend zu Leon.

»Du hast doch gesagt, der wäre zu schwach«, sagte der ohne großes Interesse und schnitt sich ein Stück des selbst gemachten Rührkuchens ab.

»Ja, schon ...«, antwortete Gustav zögernd, bemerkte die Unmutsfalte zwischen Leons Augen, fügte schnell ein »Vielen Dank!« an und ließ das Thema Häcksler schleunigst fallen.

Leon schien zufrieden und trat zum Fenster. Er mochte diesen Raum. Die Küche war ihm immer der liebste Ort auf dem Hof gewesen, zumindest früher als Kind. Damals hatte sich die Zukunft noch so einfach dargestellt. Alles war vertraut und normal gewesen, bis er den Hof das erste Mal hatte verlassen müssen. Am Anfang war ihm die Schule aufregend vorgekommen, aber schnell hatte er sich in der Welt außerhalb seiner gewohnten Umgebung gefürchtet. Grausam war sie ihm begegnet und hatte ihn ausgeschlossen. Paul war es noch schlimmer ergangen, aber der hatte das wenigstens nicht begriffen. Und dann war Leon eines Tages alles klar geworden. Fast hätte man sagen können, ihn hätte eine Vision heimgesucht, aber in Wahrheit hatte er nur die Realität erkannt. Die Realität in ihrer ganzen Härte. Für ihn war das der Startschuss in ein neues Leben gewesen. Heute wagte niemand mehr, Leon Neller zu beleidigen. Heute hatten sie alle Angst vor ihm, und das war ein ausgezeichnetes Gefühl.

Als er sich jetzt umdrehte, blickte er in die tumben Gesichter seiner Familie. Er verabscheute sie für ihre Schwächen, und doch konnte er sich nicht von ihnen lossagen. Deshalb finanzierte er auch ihren Unterhalt, allerdings nicht aus Großzügigkeit, sondern vor allem aus Berechnung, denn er brauchte sie aus mehreren Gründen. Einer davon war die Tarnung. Seine unsauberen Geschäfte brachten eine Menge Geld. Der Bauernhof half ihm, eine legale Fassade aufrechtzuerhalten. Offiziell war er der Geschäftsführer des landwirtschaftlichen Betriebes mit gutem Gehalt und festem Wohnsitz.

»Ihr solltet demnächst wieder auf den Markt«, sagte er unvermittelt.

»Aber wir haben doch gar keine Ware«, antwortete ihm Klara naiv, die nicht verstand.

Gustav, der ahnte, dass Leon gleich sehr genervt sein würde, sprang dieses Mal für seine Schwester ein. »Ich nehme an, wir werden bis dahin etwas finden, nicht wahr, Junge?«

Der Alte ist ein Ekelpaket, aber noch der Schlauste der drei, dachte Leon gerade. »So ist es«, gab er ihm ungeduldig zur Antwort und ging zur Tür. Bevor er die Küche jedoch verließ, wandte er sich noch an seinen Bruder: »Für dich habe ich ein kleines Geschenk.« Leon grinste verschwörerisch, und Paul war sofort hellauf begeistert.

»Was ist es?«, fragte er aufgeregt. »Ein Auto, so wie deines? Oh bitte, ich will auch so eines!«

Leon lachte. »Das wird wohl nie passieren«, antwortete er gehässig und fuhr in bedrohlichem Tonfall fort, »mein Geschenk an dich ist, dass ich dich heute verschone.«

Sofort verharrten alle reglos.

»Aber wenn ich noch einmal mitbekomme, dass du in meinem Zimmer warst, schwöre ich, dass du das bitter bereuen wirst.« Leons Gesicht war verzerrt und sein Zorn fast greifbar, als würde er wie ein dichter Nebel durch den Raum wabern. Abrupt drehte er sich um und ging, ohne sich zu verabschieden.

Klara sah zu Gustav, der den Blick senkte. »Er hat gefragt, sollte ich ihn etwa anlügen?«, verteidigte sich der Mann. »Du weißt, wie er sein kann, wenn er herausfindet, dass man ihn belogen hat.«

Seine Schwester nickte unglücklich. Ja, das wusste sie nur zu gut, deshalb ließ sie es dabei bewenden. Sie musste in Zukunft einfach noch besser auf Paul aufpassen.

* * *

Nina kam zu sich. Sie war noch immer in dem stinkenden Raum, aber dieses Mal saß sie nicht angekettet an der Wand, sondern auf einem Stuhl. Ihre Arme waren hinter der Lehne gefesselt, die Beine mit dicken Stricken fixiert. Sie hob den Kopf und sah in den grellen Schein der Neonröhre. Wenigstens hatte er das Licht angelassen, sodass sie ihr Gefängnis sehen konnte. Ein fensterloser Raum mit kalten, dunkelgrauen Steinwänden. Nina blinzelte heftig, um ihren Blick zu schärfen. Die Betäubungsmittel in ihrem Körper machten es ihr nicht leicht, einen klaren Gedanken zu fassen.

Langsam registrierte sie, dass er ihr das Kleid ausgezogen hatte. Er war also bereits dabei, ihr den letzten Rest Würde zu nehmen. Halb nackt ließ er sie hier sitzen, und sie fühlte sich noch verletzlicher als zuvor. Ihr war kalt, und sie zitterte, obwohl ihre Füße auf etwas Weichem standen. Sie bewegte die Zehen. Was war das? Es fühlte sich nicht unangenehm an, eher wie ein kuschliger, zerfaserter Teppich. Mühsam beugte sie sich nach vorne, um etwas erkennen zu können.

Und dann blickte sie voll Entsetzen auf das feine Gespinst unter ihren Füßen. Ninas Kehle entwich ein heiserer Schrei; das konnte nicht sein, sie musste sich getäuscht haben. Plötzlich hatte sie das Verlangen, die Beine anzuheben, dem weichen Untergrund zu entkommen, aber das war ihr nicht möglich. Die junge Frau keuchte, wollte den Blick eigentlich nicht noch einmal senken, aber trotzdem suchte sie erneut mit den Augen den Boden ab. Sie hatte sich nicht getäuscht – das, was ihre Füße vor den kalten Steinplatten schützte, waren Haare, Unmengen menschlicher Haare in unterschiedlichen Farben. Sie erkannte lange Strähnen, glatte und gelockte, die man um ihren Stuhl drapiert hatte, so als wäre es darum gegangen, ein großes Vogelnest nachzubilden. Manche waren verklebt; Nina versuchte zu verdrängen, dass die dunkle Schmiere, die die Büschel zusammenhielt, Blut war, aber es gelang ihr nicht.

Oh Gott, wenn er doch nur das Licht löschen würde, dachte sie nun verzweifelt.

Der Anblick, der sich ihr hier bot, war schlimmer als die Dunkelheit und das, was sie sich in ihren schlimmsten Albträumen ausgemalt hatte. Die junge Frau schloss die Augen, drückte die Lider fest zusammen, denn jetzt, als ihre Sinne für die Gräuel geschärft waren, da bemerkte sie auch die dunklen Flecken auf den Fliesen und nahm auf einmal einen ganz bestimmten Geruch wahr. Längst hatte sie sich an den Gestank der menschlichen Ausscheidungen gewöhnt, der hier unten allgegenwärtig schien. Urin und Schweiß vermischt mit dem metallenen Geruch des Blutes, etwas, das sie bereits die ganze Zeit über in der Nase gehabt hatte, auch wenn sie es erst jetzt benennen konnte. Nein, im Augenblick wurde all das überlagert von etwas viel Stärkerem, und Nina verlor jede Hoffnung. Was sie da roch, war die Todesangst, die intensiv, beinahe penetrant an diesen Gefängnismauern haftete. Wie ein Bild, das aus vielen kleinen Teilen bestand, bedeckte sie die Wände, und jedes Mal, wenn eine weitere verzweifelte Seele auf diesen Stuhl gebunden wurde, fügte sich dem Werk ein neues Mosaiksteinchen hinzu.

»Ich werde sterben«, flüsterte Nina und wünschte sich aus tiefstem Herzen, nicht zu sehr leiden zu müssen.

Kapitel 5

Kelly hatte den Abend frei und nutzte die Zeit, um ihr Zimmer auf Vordermann zu bringen. Das würde sie von den Grübeleien ablenken, und außerdem musste sie sowieso noch packen. In wenigen Tagen sollte sie ihren Ferienjob im Institut von Doktor Torgen antreten. Idealerweise erhielt sie dort freie Kost und Logis. Die Arbeit war nicht besonders anspruchsvoll, und da das Institut etwas abgeschieden lag, konnte sie die Ruhe nutzen, um zu lernen.

Kelly hatte den Job zuerst gar nicht annehmen wollen, denn eigentlich hätte sie die Semesterferien lieber mit Timo verbracht. Zum Glück hatte die Vernunft damals gesiegt, sonst säße sie jetzt ohne Freund *und* ohne Job da. Schnell verdrängte sie die Gedanken an ihren Ex. Sie zwang sich, nach vorne zu sehen. Während ihrer Abwesenheit würde sie das Zimmer dem Freund eines Nachbarn überlassen, der drei Wochen Urlaub in Tübingen plante. Das sparte ihr die Miete.

Kelly stopfte gerade alles, was mit Timo zu tun hatte, in einen großen Müllsack, als es an der Tür klopfte. Ohne lange nachzudenken, öffnete sie, rechnete mit einem ihrer Stocknachbarn und erschrak fast zu Tode, als ausgerechnet Timo vor ihr stand. Er machte einen zerknirschten Eindruck und hielt ihr einen üppigen Strauß roter Rosen entgegen.

»Verschwinde«, stieß sie wütend hervor und wollte ihm die Tür vor der Nase zuschlagen.

Timo war schneller und schob sich in die Öffnung. »So lass mich doch mindestens meine Entschuldigung vortragen«, versuchte er es versöhnlich. »Du siehst übrigens super aus, deine Haare glänzen heute besonders schön, deine Augen …«

Kelly war kurz davor auszurasten und unterbrach ihn verärgert: »Spar dir die Sprüche! Wie kannst du es wagen, überhaupt noch einmal bei mir aufzutauchen? Zuerst betrügst du mich, und dann fängst du an, handgreiflich zu werden. Dafür gibt es keine Entschuldigung. Nimm deinen lächerlichen Blumenstrauß und verpiss dich!«

Normalerweise hasste es die junge Studentin, ausfallend zu werden, aber der Zorn ließ sie die Beherrschung verlieren.

»Ich wollte mich lediglich bei dir entschuldigen«, entgegnete er ungeduldig. »Mittlerweile frage ich mich, warum du dich so anstellst. In dem Laden, in dem du bedienst, geht es ja auch öfter einmal ruppig zu. Außerdem bist du selbst keine Heilige.«

»Was soll das denn heißen?«, fragte Kelly überrascht, bereute aber sofort, dass sie überhaupt auf seine Bemerkung eingegangen war.

»Na, mit der schönen Blonden hast du Streit angefangen, obwohl die zu deinen Gästen gehört hat.«

Kelly war für einen Augenblick sprachlos. Spielte er tatsächlich auf ihre Unterredung mit Katja Preiwald an? Wie konnte er überhaupt davon wissen?

»Du fragst dich sicher, woher ich das weiß«, sagte er hinterhältig, so als hätte er Kellys Gedanken gelesen. »Nun, ich war zufällig in dem Lokal, hast du mich nicht gesehen?«

Die Art, wie er die Frage stellte, jagte der Studentin einen Schauer über den Rücken. Sie hatte an dem Abend das Gefühl gehabt, beobachtet zu werden; war das also doch Timo gewesen?

»Du verfolgst mich«, entgegnete sie sachlich. Keinesfalls wollte sie ihm gegenüber Angst zeigen. »Was soll das werden?«

»Ich verfolge lediglich meine Interessen«, antwortete er, und seine Gesichtszüge verhärteten sich.

»Du solltest langsam kapieren, dass ich nicht mehr zu deinen Interessen gehöre. Das muss aufhören. Ich will dich nicht mehr sehen, lass mich in Ruhe.« Um ihrer Aussage noch mehr Nachdruck zu verleihen, verschränkte sie demonstrativ die Arme vor der Brust.

Er starrte sie wütend an. Dann folgte ein teuflisches Grinsen, er hatte schon längst den gepackten Koffer bemerkt. »Verstehe, du machst dich auf den Weg zu deinem Ferienjob. Wo war das noch mal?«

»Raus!«, zischte sie wütend.

Tatsächlich machte er einen Schritt zurück, und Kelly schlug schwungvoll die Tür zu.

»Wir sehen uns bald wieder«, rief er durch das Holz.

Die Studentin hatte das Gefühl zu ersticken, sie atmete schnell und hektisch. Zwar war sie ihrem Exfreund selbstbewusst entgegengetreten, aber innerlich hatte sie vor Angst gezittert. So lehnte sie nun nervös gegen die Wand und lauschte angestrengt auf seine sich entfernenden Schritte. Eine ganze Weile blieb sie noch reglos stehen, bevor sie es wagte, die Zimmertür einen Spalt aufzuziehen.

Vorsichtig trat sie auf den Gang. Timo war verschwunden, aber den Blumenstrauß hatte er zurückgelassen. Kelly betrachtete die grünen Stängel, von denen er die runden Blüten abgerissen hatte. Diese lagen zertrampelt daneben. Schnell holte sie einen Handfeger, entfernte die Überreste des Rosenstraußes, schlüpfte zurück in ihr Zimmer und verriegelte die Tür.

»Wir sehen uns bald wieder«, waren Timos letzte Worte gewesen, und mittlerweile war sich Kelly sicher, dass sie das als Drohung zu verstehen hatte.

* * *

Nina hatte Schmerzen. Wegen der engen Fesseln spürte sie ihre Arme und Beine kaum noch. Außerdem hatte sie keine Ahnung, seit wie vielen Stunden sie auf diesem Stuhl im grellen Neonlicht saß. Vielleicht waren es bereits Tage. Zwischenzeitlich hatte sie den Drang, die Blase entleeren zu müssen, nicht länger unterdrücken können, roch den eigenen Urin und Schweiß, und zitterte vor Angst und Erschöpfung.

Schlaf war ihr nicht vergönnt, deshalb schreckte sie auch augenblicklich auf, als der Schlüssel erneut im Schloss gedreht wurde.

Als sie ihn sah, begann Nina zu wimmern. »Lassen Sie mich gehen …«

Es folgte keine Antwort. Stattdessen näherte er sich langsam seinem Opfer und begutachtete, so schien es, kritisch sein Werk, indem er mehrere Male den Stuhl umrundete. Seine Schritte waren gemächlich, zwischendurch stieß er ein leises »Scht« aus, um auf ihr Betteln nach Gnade zu reagieren. Es klang, als wollte er ein kleines Kind beruhigen, das aus einem Albtraum erwacht war und jetzt nur schwer wieder einschlafen konnte.

Nina vermochte die Angst nicht länger zu ertragen. Ihre Stimme schwoll an, wurde schrill und laut. Sie stemmte sich mit aller Kraft gegen die Fesseln, scheuerte ihre Haut daran, bis diese aufsprang und sich das helle Seil dunkelrot verfärbte.

Die ganze Zeit über schwieg er und beobachtete sie. Sein Blick glitt über ihren verschwitzten Körper, blieb zwischen ihren Schenkeln hängen und wanderte zurück zu den kaum bedeckten Brüsten.

Ihr Schreien fing an, ihn zu stören. Er wollte sich auf diesen Augenblick konzentrieren, ihn genießen und sich nicht vom Winseln der Frau ablenken lassen.

Für einen Moment verschwand er aus Ninas Sichtfeld, dann trat er erneut vor sie und drückte ihr einen Streifen Klebeband über den Mund. Alles, was ihr jetzt noch blieb, waren flehende Blicke. Sie riss die Augen weit auf – aber ihm bedeuteten ihre Tränen nichts, und dass sie ihn derart verzweifelt anstarrte, ignorierte er.

Gemächlich zog er seine Kleider aus. Stück für Stück entblößte er seinen Körper, faltete die Wäscheteile sorgsam zusammen, so als müsste er sich an eine strenge Zeremonie halten, und ergötzte sich währenddessen an ihren weiblichen Formen.

Als er nun auch die Unterhose abstreifte, begann sein Opfer erneut voller Entsetzen an den Fesseln zu rütteln. Erstickte Schreie drangen unter dem Klebeband hervor. Er näherte sich ihr und fing an sie zu berühren, strich vorsichtig mit den Händen über den zitternden Körper, während Nina heiße Tränen weinte und sich unnatürlich verkrampfte.

Abrupt ließ er von ihr ab. Sie bekam kaum noch Luft, atmete schwer und hatte es aufgegeben, für ihre Rettung zu beten. Stattdessen flehte sie um einen schnellen Tod.

Sie hörte das Hantieren hinter ihrem Rücken, und der Gedanke an einen bevorstehenden Schmerz ließ sie kurzzeitig das Bewusstsein verlieren.

Der Mann betrachtete die in sich zusammengesackte Gestalt und war zufrieden. Er hatte eine gute Wahl getroffen. Das Gefühl von Erlösung durchströmte seinen Körper. Er setzte die Maschine an ihrem Kopf an und beobachtete fasziniert, wie leicht es war, Schönheit zu zerstören.

Als Nina wieder zu sich kam, spürte sie das Vibrieren auf ihrem Schädel. Dann glitt etwas Weiches über ihre Schultern. Erst jetzt begriff die junge Frau, was da eben mit ihr geschah. Sie sah die blonden Strähnen, die auf den Boden fielen, und fing wieder an zu weinen. Ihr Körper bebte, und als sie den Kopf bewegen wollte, hielt er ihn mit eisernem Griff, während er sie kahl rasierte. So absurd das in dieser Situation vermutlich war, musste Nina daran denken, wie viel Angst sie als Kind vor dem Friseur gehabt hatte. Ihre Mutter zog sie heute noch damit auf. Um jeden Zentimeter hatte sie gefeilscht und nichts hergeben wollen von der blonden Mähne, die immer schon ihr ganzer Stolz gewesen war. Aber was machte das jetzt noch, wo ihr dieser Mann doch sowieso alles nehmen wollte? Dem Nest aus Haaren unter ihren Füßen würde er Ninas Pracht hinzufügen, um seine kranken Begierden dadurch zu befriedigen.

Sie hatte keine Kraft mehr zu kämpfen. Sie gab ihre Versuche, sich aus seinem Griff zu winden, auf und folgte mit den Augen den feinen Strähnen, die wie welkes Laub zu Boden fielen. Es war ihr gleichgültig, dass ihre Kopfhaut zu bluten begann, als er viel zu grob mit dem stumpfen Rasierer darüber kratzte. Sie ignorierte seinen Geruch, der unangenehm säuerlich war und ihr unter anderen Umständen ein Würgen verursacht hätte. Und sie spürte auch nicht seine Haut auf der ihren, wenn er seinen nackten Unterleib von hinten gegen Ninas Rücken presste.

Er hingegen nahm jeden Kontakt mit dem Körper der Frau genussvoll wahr, achtete peinlich genau darauf, dass seine Bewegungen nicht zu hastig waren, und betrachtete sein verunstaltetes Opfer, als hätte er ein Meisterwerk erschaffen. Seine Lippen berührten für einen Moment Ninas kahlen Schädel. Er sprach noch immer nicht, aber im Stillen sendete er ihr mit diesem Kuss einen Abschiedsgruß. Jetzt war es mit seiner Beherrschung vorbei. Von hinten packte er ihren Kopf, zerrte daran und begann vor Lust, jaulende Töne auszustoßen. Sein Mund öffnete sich weit, während er Ninas Genick zum Brechen bringen wollte. Plötzlich schrie er wie ein verletztes Tier auf, dem man soeben den Gnadenstoß verpasste. Es war der Moment ihres Todes, der ihm diesen unmenschlichen Laut entlockte, der Moment, in dem er mit einem brutalen Ruck Ninas Wirbelsäule durchtrennte. Der Mann stieß jetzt ein letztes, wehmütiges Stöhnen aus. Endlich ließ er von ihr ab, warf einen sehnsüchtigen Blick auf den seltsam verdrehten Kopf, bevor er rückwärts zur Wand taumelte, daran langsam heruntersank und sich dort leise weinend zusammenkauerte.

* * *

Am nächsten Tag

Johann rekelte sich genüsslich in seinem Bett. Er fühlte sich gut, sogar ausgezeichnet, und das war nicht Katjas Verdienst.

Katja, dachte er erschrocken. Nein, mit Katja hatte das nichts zu tun.

Auf einmal war er hellwach. Was war gestern Nacht passiert? Er hörte ein leises Knistern, spürte die Anwesenheit eines anderen Menschen in seinem Zimmer, konnte sogar den fremden Duft wahrnehmen und erinnerte sich plötzlich an alles: Der Streit mit Katja, der fast ausgeartet wäre. Seine Frustration, das Gefühl zu zerspringen, die Drogen, die er genommen hatte, der erlösende Blackout und der anschließende Brummschädel. Gegen halb drei Uhr morgens war er irgendwie auf der Straße gelandet und durch die Innenstadt gestapft. Genau in Ronjas Arme.

»He, was ist denn mit dir passiert?«, sprach sie ihn halb belustigt, halb besorgt an, und er verlor sich in ihren Augen.

»Komm, ich fahre dich nach Hause«, war ihre Reaktion auf sein Schweigen, und er widersprach nicht.

»Warum bist du so spät noch unterwegs?«, fragte er sie lahm.

»War auf einer Party, einer langweiligen Party, aber außer mir wollte keiner gehen.«

Sie schien sich darüber jedoch nicht zu ärgern. Etwas, das Johann als angenehm unanstrengend empfand. Überhaupt textete sie ihn jetzt nicht zu, sondern hakte gelegentlich nur nach, ob sie abbiegen oder weiter geradeaus fahren sollte. Er lotste sie durch die Stadt bis zu seiner Wohnung.

»Schönes Gebäude«, kommentierte Ronja seine Bleibe und wollte sich schon verabschieden, da schlüpfte ihm ein »Nein« über die Lippen. Sein Gesicht verfärbte sich dunkelrot. Was war nur in ihn gefahren? Sie sah ihn lediglich fragend an, und er stammelte etwas von einem Kaffee, den sie sich verdient habe, und dass er sonst vor lauter schlechtem Gewissen nicht einschlafen könne. Schließlich wollte er sich wenigstens für den Taxiservice bedanken.

Ronja sah weder verlegen zur Seite noch bediente sie sich zaghafter Ausreden, um ihn zum Betteln zu zwingen. Stattdessen entgegnete sie schlicht »Kaffee hört sich gut an« und stieg aus.

Danach passierte alles wie von allein. Seine teure Espressomaschine verursachte einen höllischen Lärm, als er seinem Gast das versprochene Dankeschön zubereitete, und Ronja machte einen Witz über die Vorteile alter Kaffeemaschinen mit Papierfilter. Sie nahm ihm die Tasse ab, nippte daran, betrachtete seine Einrichtung und bemerkte höflich, dass sie stilvoll sei.

Er hörte ihr nicht mehr zu. Er vergaß Katja und alle mit ihr verbundenen Probleme und hatte nur noch den Wunsch, Ronja zu küssen. Ausgerechnet Ronja. Wie oft war er schon wegen ihrer spitzen Bemerkungen verärgert gewesen. Stets hatte er den Eindruck gehabt, sie würde ihn nicht ernst nehmen, sogar für etwas beschränkt halten. Ja, manchmal hatte sie ihn mit ihren intelligenten Augen und dem wachen Verstand ein wenig eingeschüchtert. Zudem war sie keine Schönheit so wie Katja. Niemand drehte sich nach Ronja um oder trat automatisch einen Schritt zur Seite, um ihr Platz zu machen. Andererseits war es ja nicht so, dass Ronja hässlich wäre. Ganz im Gegenteil, sie wirkte irgendwie … niedlich. Und dann hatte er aufgehört zu denken, ihr die Kaffeetasse aus der Hand genommen und sie zaghaft auf den Mund gekusst.

Die Erinnerung an die letzten Stunden löste eine eindeutige körperliche Reaktion bei Johann aus, und er öffnete die Augen.

Als hätte sie gespürt, dass er an sie dachte, sah ihn Ronja an. Sie stand neben dem Bett, war vollständig bekleidet und im Begriff zu gehen.

Jetzt verzog sie ein wenig ihr Gesicht, brachte ein trauriges Lächeln zustande und sagte: »Mach die Augen wieder zu, so ersparst du uns einen peinlichen Abschied.«

Er war verdutzt, richtete sich ein wenig auf und entgegnete: »Wie meinst du das? Wo willst du überhaupt hin? Es ist mitten in der Nacht.«

Sie lachte, und es war ein helles, fröhliches Lachen ohne irgendein gekünsteltes Gehabe. »Romeo, wir haben fast schon Mittag.«

In diesem Moment klingelte Johanns Handy auf dem Nachttisch, er griff automatisch danach und las die SMS eines Freundes. Er war gerade dabei, seinen Termin für die Lerngruppe zu verpassen.

»Nachricht von Katja?«, fragte Ronja, die genau diese Unterhaltung hatte vermeiden wollen. Sie wusste doch ohnehin, dass letzte Nacht keine Bedeutung für ihn gehabt hatte. Warum war sie nur mit ihm gegangen? Stets bemühte sie sich, ihm ihre Ablehnung zu zeigen, und dann ließ sie sich ohne Gegenwehr sofort ins Bett ziehen. Zugegeben, sie hatte es genossen. Er war ein sanfter, zärtlicher Liebhaber, und er hatte sie rücksichtsvoll behandelt, in ihr ungeahnte Leidenschaften ausgelöst und ihr damit den besten Sex ihres Lebens beschert. Jetzt wollte sie die Erinnerung daran bewahren und nicht durch Lügen und fadenscheinige Ausreden kaputtmachen. »Ich gehe – und keine Sorge, ich werde ihr nichts erzählen«, sagte sie deshalb, bevor er ihr eine Antwort geben konnte.

»Nein!« Er stand auf, bemerkte, dass er völlig nackt und immer noch erregt war, und schlang sich schnell das Laken um die Hüften. »Darum geht es nicht«, antwortete er hastig. »Ich muss jetzt los, aber das hat nichts mit Katja zu tun.«

»Also willst du, dass ich ihr sage, was gestern Nacht zwischen uns passiert ist?«

»Nein!«, rief er vehement, und einen kurzen Moment spiegelte sich Enttäuschung in ihrem Blick wider. Er hielt sie an den Armen fest. »Es ist nicht das, was du denkst. Das mit uns war etwas Besonderes.«

Sie machte sich los. »Genau: *war*, Vergangenheit. Aber ich kann Dinge für mich behalten.«

»Ronja …« Er trat erneut vor sie. »Kann ich dich anrufen?«

»Warum nicht?«, entgegnete sie steif.

»Wir sollten darüber reden, aber jetzt ist ein schlechter Zeitpunkt. Ich muss zu einem Termin, Lerngruppe.«

»Sicher.« Ihr Ton klang spöttisch. »Mach dir wegen mir keine Umstände, es ist alles gut, so wie es ist!«

Damit ließ sie ihn zurück.

Johann zog seine Kleider an, schaufelte sich kaltes Wasser ins Gesicht, strich die Haare glatt und hetzte los. Die ganze Zeit über ging ihm Ronja nicht mehr aus dem Kopf. Die Lerngruppe hätte er genauso gut auch ausfallen lassen können, aber dann wäre er in Zukunft nicht mehr dabei. Und leider war er auf die anderen, deren Notizen und ihren weit größeren Verstand nun einmal angewiesen.

Katja hatte ihm zwischenzeitlich ebenfalls eine SMS geschickt. Sie wollte, dass er sie heute Abend zu einer Eröffnung begleitete. Irgendein Klub, aber das interessierte ihn momentan herzlich wenig. Gestern noch wäre er enthusiastisch gewesen, hätte sofort wie ein abgerichteter Schoßhund zurückgerufen, aber jetzt … Mit Ronja war alles so entspannt gewesen. Er hatte sich nicht zudröhnen müssen, um in Stimmung zu kommen, keine Mittelchen gebraucht, um perverse Grenzen zu überschreiten. Keine spitzen Absätze, die sich in seinen Rücken bohrten, keine Handschellen, schmerzhafte Spiele oder Demütigungen. Was ihm gestern noch gefallen hatte, lehnte er heute ab. Plötzlich hatte ihm das Leben eine Alternative geboten. Ronja war weich und sanft, ihr Körper anschmiegsam. Mit ihr hatte er das Gefühl gehabt, Liebe zu machen und nicht einfach nur bedeutungslosen Sex zu praktizieren. Aber was sollte jetzt werden? Auch wenn Katja ihn nicht mit besonderem Interesse behandelte, kannte er sie doch gut genug, um genau zu wissen, dass sie ihn nicht so einfach gehen lassen würde. So wie er sie einschätzte, musste er sogar um Ronjas Wohl fürchten. Katja war hintertrieben, grausam und konnte sich am Schmerz der anderen weiden. Deshalb musste er einen Weg finden, ihr zu entkommen, ohne Ronja in Gefahr zu bringen. Widerwillig beantwortete er Katjas Nachricht und bestätigte die Verabredung. Vorerst blieb ihm keine andere Wahl, immerhin teilte er mit ihr ein gefährliches Geheimnis. Aber je mehr er das Gefühl hatte, in der Falle zu sitzen, desto mehr lag ihm daran, sich daraus zu befreien. Die Vorstellung, mit Ronja eine richtige Beziehung zu führen, beflügelte ihn geradezu. Er würde Katja Preiwald die Stirn bieten.

Als Ronja das Haus der Studentenverbindung betrat, lief sie Katja direkt in die Arme.

»Ach, sieh an, die Streunerin kehrt zurück«, sagte diese belustigt, schien sich aber nicht für eine Erklärung zu interessieren, sondern fuhr fort: »Da war ein Anruf für dich, ein Institut soundso wegen eines Ferienjobs.« Sie hob missbilligend die Brauen. »In unserer Verbindung brauchen die Mitglieder keine Jobs anzunehmen.« Das Wort *Job* sagte sie voller Verachtung.

»Ich weiß«, brummte Ronja, trat zum Telefon und nahm die Notiz mit in ihr Zimmer.

Katja sah ihr verblüfft nach. Eigentlich hatte sie sich schon auf ein Wortgefecht eingestellt. Normalerweise ließ sich Ronja keine Gelegenheit entgehen zu betonen, dass sie sich nicht schämen würde, für ihr Geld zu arbeiten, und danach folgte das ganze Blabla über Kinder reicher Eltern. Katja zuckte mit den Schultern, vermutlich hatte Ronja eine unerfreuliche Nacht ohne Sex, dafür voller Zurückweisung gehabt.

Mit Genugtuung nahm sie zur Kenntnis, dass Johann ihr gerade artig die Abendverabredung per SMS bestätigt hatte.

Ronja zitterte ein wenig. Die Sache mit Johann brachte sie komplett aus dem Konzept, und die Gefühle, die sie für den jungen Studenten hatte, machten die letzte Nacht zu weit mehr als nur einem Ausrutscher. Warum musste er auch ausgerechnet zu Katja gehören? Außerdem fragte sie sich, ob man ihm trauen konnte. Katja war unberechenbar – und Johann? Sie hatte zufällig eine beunruhigende Entdeckung in seinem Badezimmer gemacht.

Ihr war ein Ohrring heruntergefallen. Als sie sich danach gebückt hatte, entging ihr nicht die lose Kachel. Sie zog etwas daran und bemerkte dahinter einen Hohlraum. Ronja konnte sich schon denken, dass die Tütchen mit weißem Pulver und die Flasche mit der durchsichtigen Flüssigkeit illegale Substanzen waren. Erkältungsmittel pflegte man für gewöhnlich nicht zu verstecken. Aber wozu brauchte er so etwas? Für die schwer zu bändigende Katja? Was wusste sie denn über ihn? Eigentlich hatte sie vorgehabt, die nächsten Wochen bis zu ihrem Auslandssemester in der Stadt zu bleiben. Aber vielleicht bot ihr dieses Jobangebot von Doktor Torgen einen Ausweg, sie musste unbedingt einen klaren Kopf bekommen. Schnell wählte sie die Nummer von Carmen Raub, der Assistentin.

»Ja, uns ist kurzfristig jemand abgesprungen. Ich dachte an Sie. Immerhin waren Sie letztes Jahr schon bei uns, und bevor ich alle Bewerbungsunterlagen noch mal durchsehen muss …«

Ronja zögerte nicht: »Das passt mir sehr gut, ich habe keine Vorlesungen mehr und kann noch heute packen.«

»Perfekt«, freute sich Carmen Raub über die schnelle Zusage, »dann sehen wir uns morgen.«

Ronja legte auf. Manchmal war Flucht eben doch eine Option.

* * *

Carmen Raub beendete das Telefonat erleichtert, sie hatte die Mannschaft zusammen. Es war dieses Mal schwierig gewesen, was allerdings nicht am mangelnden Interesse der Bewerber gelegen hatte. Nein, davon gab es zahlreiche, aber die richtige Auswahl zu treffen, das war die eigentliche Kunst. Dabei spielte die Qualifikation nur eine untergeordnete Rolle, denn die Aushilfen wurden lediglich zur Datenerfassung gebraucht. Viel wichtiger war es, jemanden zu finden, der nicht sofort Doktor Torgens Libido ansprach. Sie dachte voller Entsetzen an das Drama vom Vorjahr. Am Ende hatte er eine Beschwerde wegen sexueller Belästigung am Hals gehabt, von dem Vaterschaftstest ganz zu schweigen. Natürlich musste Carmen mit Fingerspitzengefühl vorgehen. Würde er bemerken, mit wie viel Berechnung sie die Kandidaten ausgewählt hatte, wären ihre Bemühungen umsonst gewesen. Hans konnte gelegentlich sehr jähzornig werden, vor allem, wenn er das Gefühl hatte, man wolle ihn bevormunden. Also war Raffinesse gefragt.

Bei drei Aushilfen konnte getrost einer davon ein Mann sein. Damit blieben nur noch zwei Probleme. Sie hatte sich für eine junge Frau entschieden, die erstens hübsch und zweitens unverdorben war. Mit Kelly Miller schien ihr der perfekte Treffer geglückt. Sie hatte sie neulich zufällig in der Kneipe getroffen, in der sie bediente. Man hatte sofort erkennen können, dass sie unempfänglich für männliche Annäherungsversuche war. Vermutlich handelte es sich bei der jungen Studentin um jemanden, für den nur eine ernste Beziehung infrage kam. Das hieß auch, dass sie klug genug war, keine Affäre mit einem Mann wie Doktor Torgen anzufangen. Carmen hatte noch eine andere, ebenso geeignete

Kandidatin gehabt, die aber kurzfristig abgesagt hatte. Da war ihr Ronja eingefallen, die kannte sie vom Vorjahr. Torgen hatte Ronja damals nicht eines Blickes gewürdigt, was bedeutete, dass sie ganz offensichtlich nicht sein Typ war. Zufrieden lehnte sich Carmen zurück und schaute sich im Labor um.

Hans war seit dem Abend in jener Kneipe mürrisch und abgelenkt, und sie wusste genau, was der Grund dafür war. Heute Morgen hatte sie eine benutzte Spritze und eine leere Ampulle im Mülleimer gefunden. Wie leichtsinnig von ihm, die Sachen einfach so herumliegen zu lassen. Wäre jemand anderes darauf gestoßen, hätte das für ihn peinliche Konsequenzen haben können. Aber Carmen hatte die verdächtigen Gegenstände schnell entsorgt. Bei ihr war sein Geheimnis sicher.

Wenn er doch endlich begreifen würde, dass sie ihm all das geben konnte, was er so dringend suchte. Bei ihr bräuchte er sich nicht zu verstellen, denn sie wäre jederzeit bereit, sich ihm aus freien Stücken hinzugeben. Dafür müsste er nicht mit ihr nach Paris oder sonst wohin, und ganz gewiss wäre es nicht notwendig, sich anderer fragwürdiger Methoden zu bedienen.

»Carmen?«

Sie zuckte zusammen, als sie seine Stimme vernahm.

»Ich bin hier«, stammelte sie schnell und drehte sich um.

Hans Torgen fragte nach den letzten Auswertungen, und sie reichte ihm einen Ausdruck. Er blickte sie nicht an und übersah daher den sorgsam aufgetragenen neuen Lippenstift, der ein Vermögen gekostet hatte und angeblich selbst die zierlichste Schnute in einen sinnlichen Kussmund verwandeln konnte. Carmen presste automatisch ihre Lippen gegeneinander, so als könnte sie diesen Effekt dadurch aktivieren, aber es war vergebens; Hans hatte nur Augen für seine Studien.

»Morgen kommt die erste Aushilfe«, sagte sie beiläufig, und schon schien sein Interesse geweckt.

»Wirklich?« Dann fiel ihm ein, dass es für seine Position nicht angemessen war, sich für das Erscheinen neuer Büroaushilfen zu begeistern.

»Ja, Ronja, die war auch schon letztes Jahr dabei.«

Er verzog das Gesicht, hatte keine Erinnerung mehr an die Frau und war sich deshalb sicher, dass sie eine unansehnliche Person sein musste. Außerdem wollte er nicht an letztes Jahr erinnert werden. Was war nur mit ihm los? Immer häufiger hatte er in letzter Zeit das Gefühl, die Dinge würden ihm entgleiten. Was früher mühelos funktionierte, kostete ihn heute viel Kraft. Es war plötzlich schwierig, die Befriedigung zu finden, die er brauchte, um zu existieren. Hans suchte die Herausforderung, liebte es, wenn er an seine Grenzen gehen musste, aber hasste jede Art von Zurückweisung. Wenn das passierte, verlor er die Kontrolle.

Er sah zu Carmen, die ihn erwartungsvoll anstarrte.

Blöde Kuh, dachte er ärgerlich. *Warum ist dir nichts Besseres eingefallen, als irgendeinen uninteressanten Bauerntrampel zu engagieren.*

Hans' Assistentin war nicht entgangen, dass ihr Chef bei der Erinnerung ans Vorjahr säuerlich das Gesicht verzog. Schnell versuchte sie, die Wogen zu glätten: »Die andere kommt in den nächsten Tagen. Ziemlich hübsch, hoffentlich taucht da nicht ständig ein Verehrer auf. Die sollen ja hier arbeiten und sich nicht vergnügen.«

Sie wandte sich ihrem Bildschirm zu. Es war nicht nötig, ihn anzusehen, sie wusste auch so, dass er bereits Feuer gefangen und sich seine Laune schlagartig gebessert hatte. Ein wenig boshaft dachte sie daran, dass Kelly bestimmt nicht an ihm interessiert sein würde. Warum nur konnte sie den Mann, den sie so sehr liebte, nicht für sich gewinnen?

Kapitel 6

Kelly hatte die ganze Nacht mit sich gerungen, und selbst am nächsten Vormittag war sie noch unschlüssig. Sie wollte den Kopf freibekommen und entschied sich deshalb für einen Spaziergang am Neckar. Die junge Frau schlenderte, ohne auf ihre Umgebung zu achten, am Ufer entlang, kam an einer Anlegestelle für Stocherkähne vorbei und stand irgendwann vor dem Hölderlinturm. Sie sortierte ihre Gedanken, während sie auf den Sockel starrte, der früher Teil der alten Stadtmauer gewesen war, als ein dicker Tropfen ihre Haut traf. Das heftige Sommergewitter, das nun folgte, überraschte die Studentin, die klitschnass zum nächsten Bushäuschen rannte.

Schließlich kauerte sie auf der Bank des überdachten Unterstands und musste feststellen, dass das Wetter zu hundert Prozent ihre Gemütslage widerspiegelte. Mit dem Regen, der wie zahllose kleine Fäuste gegen die Plexiglasscheibe des Bushäuschens trommelte, wurden auch ihre guten Vorsätze vom Nach-vorne-Blicken weggespült. Sie fühlte sich einsam und begann zu zittern. Das Gewitter hatte ohne Vorwarnung begonnen, daher hingen Kellys Haare nun nass über ihre Schultern, und die dünnen Sommerschuhe, die sich mit Wasser vollgesogen hatten, machten bei jeder ihrer Bewegungen ein schmatzendes Geräusch. Gerade zuckte wieder ein verästelter Blitz über den Himmel, gefolgt von einem Donnerschlag, der, so hätte man glauben können, die Häuserwände zum Einstürzen bringen wollte. Kelly versuchte die Sache mit Timo zu vergessen, musste aber ständig an dessen merkwürdige Auftritte denken. Langsam gestand sie sich ein, dass sie Angst vor dem Mann hatte, der ihr noch bis vor Kurzem so wichtig gewesen war. Sollte sie nicht doch diese Polizistin aufsuchen? Die Karte von Beate Kraus war schon ganz wellig und abgenutzt, so oft hatte sie sie heute in ihrer Hand hin- und hergedreht, geknickt, entfaltet und in die Jackentasche geschoben, nur um sie wenige Minuten später erneut herauszuholen.

Der nächste Donnerschlag ließ sie zusammenfahren. Sie betrachtete das Regenwasser, das sich entweder in großen Pfützen sammelte oder in kleinen Bächen über die Gehwege strömte und in den Abflüssen verschwand. Dabei führte es allerlei Kram mit sich. Meist Müll, aber auch Dinge, die noch von Wert waren und vermutlich bereits von irgendwem gesucht wurden. So trieben an ihr die Verpackungsreste eines Burgers vorbei, eine moderne Sonnenbrille und eine kleine hellblaue Babysocke. Ein Lächeln erschien auf Kellys traurigem Gesicht. Wie konnte man nur eine Babysocke verlieren? Dann jedoch war der kurze heitere Moment vorbei, und sie runzelte die Stirn. Der Wind, der das Gewitter über die Stadt getrieben hatte, drückte einen großen Papierfetzen gegen die Scheibe des Bushäuschens.

Es war eine dieser Vermisstenmeldungen, die verzweifelte Angehörige an Laternenmasten klebten und in den Fußgängerzonen verteilten, wenn ein geliebter Mensch verschwunden war. Kelly hatte solche Zettel schon oft gesehen. Meist hingen sie am Ende verblasst in Bahnhöfen oder an schwarzen Brettern. Mit der Zeit schenkte ihnen niemand mehr Beachtung oder verschwendete einen Gedanken daran, ob derjenige, den man so verbissen gesucht hatte, zwischenzeitlich wieder aufgetaucht war. Aber dieses nasse Blatt Papier, das provozierend vor ihrer Nase pappte, löste in Kelly eine Erinnerung aus. Sie sah ein Puppengesicht, umrahmt von blonden Haaren, vor ihrem geistigen Auge. Schnell sprang sie auf und stürmte mit einem Satz vom sicheren Unterstand direkt in den sturzbachartigen Regen. Sofort waren nun auch die letzten trockenen Stellen ihrer Kleidung durchnässt. Doch Kelly achtete nicht darauf, sondern hatte nur Augen für die Vermisstenmeldung. Vorsichtig zog sie das Blatt von der Scheibe. Es war tropfnass und drohte bereits zu zerreißen. Eigentlich wollte sie damit sofort zurück unter das schützende Dach, aber die Gewissheit, als sie es umdrehte und jetzt erneut einen Blick auf das Bild werfen konnte, ließ sie für einen Augenblick erstarren. Das war die junge Frau, die mit Katja Preiwald in der Kneipe gesprochen und der Vorsitzenden der Studentenverbindung eine Abfuhr erteilt hatte. Plötzlich stand Kellys Entscheidung fest, sie würde auf der Stelle Hauptkommissarin Beate Kraus aufsuchen.

Eine halbe Stunde später saß die Studentin im Büro der Polizistin, ein Handtuch um die Schultern gewickelt und mit einem Gesichtsausdruck, der an ein verschrecktes Kaninchen erinnerte. Beate Kraus fragte sich nicht das erste Mal, warum Frauen in diesem Alter solch eine Abneigung gegen Windjacken und Regenschirme hatten. Unwillkürlich musste sie an ihre eigene Jugend, die Unvernunft und den Widerwillen, die Handtasche mit diesen Notutensilien vollzustopfen, denken.

»Sie haben Nina Wäldele also zusammen mit Katja Preiwald gesehen?«, hakte Frank Kröner gerade nach.

»Ja, sie haben sich nicht direkt gestritten, aber die Stimmung war keinesfalls entspannt«, erklärte Kelly, die etwas verlegen dargelegt hatte, warum sie Katja Preiwald an dem Abend bis zur Toilette gefolgt war.

»Und Nina Wäldele sagte …« Frank Kröner sah auf seine Notizen und las den Satz daraus vor. »… *sie mache dabei nicht mit.* Können Sie sich vorstellen, was mit ›dabei‹ gemeint war?«

Kelly hob die Schultern. »Ich dachte, es ginge um den Beitritt zur Studentenverbindung, aber jetzt … vielleicht war da noch etwas anderes. Erst bringt sich Verena um und dann verschwindet diese Nina. Beide hatten mit Katja Preiwald zu tun.«

»Sie mögen Frau Preiwald nicht?«, fragte Kröner scheinbar harmlos.

Kelly begann sich zu ärgern und antwortete ihm trotzig: »Nein, ich mag Frau Preiwald nicht. Und wissen Sie was, vermutlich aus gutem Grund.«

Beate Kraus schaltete sich ein: »Wir werden der Sache nachgehen.« Während sie das sagte, erhob sie sich, davon ausgehend, dass das Gespräch beendet wäre. Allerdings blieb Kelly sitzen und sah die Beamtin bittend an.

Die Hauptkommissarin nahm wieder Platz und sagte: »Es tut mir leid. Ich dachte, wir sind fertig. Gibt es noch etwas?«

Unschlüssig sah die Studentin nun zu Frank Kröner, und Beate Kraus verstand. Mit einem Kopfnicken gab sie ihrem Kollegen zu verstehen, die beiden Frauen allein zu lassen.

Kröner murmelte daraufhin einen Abschiedsgruß und dass er noch etwas zu erledigen habe, bevor er mit resigniertem Achselzucken den Raum verließ.

»Wie kann ich Ihnen helfen?«, nahm Hauptkommissarin Kraus das Gespräch wieder auf.

Kelly fasste sich ein Herz und berichtete der Beamtin von Timo, ihrer Trennung und seinem Erscheinen hier in Tübingen. Etwas atemlos gab sie sein neuerdings aggressives Verhalten wieder und äußerte auch die Vermutung, er würde sie verfolgen.

»Sie müssen Anzeige erstatten«, riet ihr die Polizistin ernst.

»Nein!«, erwiderte Kelly heftig. »Wenn ich das tue, endet das nie. Er wird mich noch mehr bedrängen und versuchen eine Schlammschlacht zu führen.«

Beate Kraus musste alle Selbstbeherrschung aufbringen, um die junge Frau nicht anzuschreien. Mit gefasster Stimme sagte sie schließlich: »Warum sind Sie dann zu mir gekommen?«

»Ich wollte einen Rat«, antwortete Kelly kleinlaut.

»Den habe ich Ihnen gegeben, zeigen Sie den Mann an.«

Die Studentin betrachtete ihre Hände und hauchte zögerlich: »Ich dachte, das ginge auch weniger offiziell?«

»Sie meinen, ich lauere ihm in einer dunklen Ecke auf und drohe ihm mit Prügel?« Nun konnte die Beamtin ihre Wut doch nicht länger verbergen. »Sie sind eine erwachsene Frau, intelligent, selbstständig. Erzählen Sie mir nicht, dass Ihnen nicht klar ist, dass Sie sich schützen müssen.«

»Mir ist das alles so peinlich …« Plötzlich brach die junge Frau in Tränen aus.

Für Kelly war es befreiend, für Beate Kraus eine Zerreißprobe. Die Studentin war nicht die Erste, die Hilfe suchte, aber dann aus Angst und falscher Scham einen Rückzieher machte.

»Frau Miller«, sagte die Beamtin fürsorglich und reichte ein Taschentuch.

Kelly putzte sich ausgiebig die Nase und tupfte sich das Gesicht trocken. Eine leichte Röte färbte ihre Wangen, als sie sich entschuldigte.

»Sie brauchen sich nicht entschuldigen, ich bitte Sie nur, sich die Sache noch einmal zu überlegen. Lassen Sie uns helfen.« Der Polizistin fiel noch etwas anderes ein, und sie kramte eine Broschüre aus dem Schreibtisch. »Hier, das ist ein gemeinnütziger Verein, der Betroffenen von sexuellen Übergriffen, häuslicher Gewalt und auch Stalking beisteht. Sie sollten mit den Menschen dort sprechen.«

Kelly nahm dankbar den Prospekt entgegen.

»Die arbeiten mit der Polizei zusammen. Ich weiß, dass Sie bei denen in guten Händen sind.«

»Dort wird man mir sicher auch zu einer Anzeige raten«, entgegnete Kelly und versuchte ein Lächeln. Bevor Beate Kraus etwas sagen konnte, sprach sie schnell weiter: »Ich werde mir das alles noch einmal durch den Kopf gehen lassen. In ein paar Tagen trete ich einen Ferienjob an.« Sie erzählte von der Forschungseinrichtung und dass sie dort auch wohnen würde.

»Ich kenne das Institut von Doktor Torgen, das liegt sehr einsam.«

»Ja, aber ich bin dort erstens nicht allein und zweitens zum Arbeiten. Außerdem weiß Timo zwar von dem Ferienjob, aber nicht, wo ich den antreten werde. So gesehen bin ich dort in Sicherheit. Vielleicht kapiert er ja in der Zwischenzeit auch, dass das mit uns endgültig vorbei ist.«

Beate Kraus war nicht vollständig überzeugt und machte ein besorgtes Gesicht. Sie ließ sich Kellys Handynummer geben und verabschiedete sich von der jungen Frau mit dem Gefühl, versagt zu haben.

Nachdem die Studentin das Büro verlassen hatte, gab die Hauptkommissarin Timo Robers Name in die Datenbank ein, landete aber keinen Treffer. Enttäuscht lehnte sie sich zurück.

In diesem Moment betrat Frank Kröner ihr Büro; seine angespannten Züge verrieten, dass er etwas erfahren hatte.

Sie sah ihn erwartungsvoll an.

»Die Eltern von Nina Wäldele wussten nichts davon, dass ihre Tochter der Studentenverbindung von Katja Preiwald beitreten wollte«, platzte er heraus.

Seine Vorgesetzte runzelte die Stirn.

»Ist das nicht merkwürdig?«, fuhr er aufgeregt fort. »Die Eltern sagen, dass ihr Verhältnis zu Nina sehr vertraut ist, sie sprechen viel mit ihr über das Studium, kennen die Namen ihrer Professoren, die Kurse, die sie belegt, sogar die Themen ihrer Seminar- und Hausarbeiten. Der Vater ist Akademiker, hilft ihr beim Lernen, und da erwähnt sie nicht einmal, dass sie vorhat, einer Studentenverbindung beizutreten? Ich meine, es ging ja nicht darum, das Groupie eines Rockstars zu werden. Die Eltern hätten so einen Beitritt befürwortet, und das weiß Nina auch. Also warum die Heimlichtuerei?«

Beate Kraus hatte noch immer die Stirn in Falten gelegt. »Das ist nicht viel, aber genug, um dem nachzugehen. Wir müssen mit der Preiwald reden. Auch wenn das dem Chef nicht sonderlich gefallen wird. Und dieses Mal mache ich es selbst.«

* * *

Am Abend, bei der Kluberöffnung

Johann hatte eigentlich befürchtet, Katja würde ihm sofort anmerken, dass etwas nicht stimmte; aber heute Abend schien die Leiterin der Studentenverbindung dafür keine Antennen zu haben. Fast strahlte sie vor Freude, als sie ihn in dem Menschengewimmel entdeckte. Tatsächlich umarmte sie ihn – etwas, das sie für gewöhnlich nicht einmal nach dem Sex zu tun pflegte.

»Die Polizei war schon wieder da«, flüsterte sie ihm ins Ohr, und er glaubte, Panik aus ihrem Tonfall herauszuhören.

»Na und?«, sagte er irritiert. »Verena hat sich umgebracht, das wissen wir doch. Wird eine reine Routinesache sein.«

»Idiot«, fand sie ihre alte Form wieder und trat ein Stück zurück. »Es ging nicht um Verena, sondern um Nina Wäldele.«

Seine Haltung änderte sich, sein Blick wurde hart, und plötzlich war in seiner Stimme eine ungewohnte Schärfe: »Was wollen die von Nina?«

Mit großer Genugtuung bemerkte sie seine Angst.

»Sie ist verschwunden.« Während Katja das sagte, beobachtete sie jedes Zucken seiner Gesichtsmuskeln, das gehetzte Aufflackern in den Augen und das unnatürliche Hervortreten einer Ader an seiner Schläfe.

»Wir verstehen uns?«

Er nickte, holte sich einen der Begrüßungsdrinks vom Tablett der eifrigen Kellnerinnen und stürzte ihn hinunter, so als wäre er am Verdursten. Sofort griff er nach einem weiteren, als die nächste Bedienung an ihm vorbeieilte.

»Verlier jetzt nicht die Nerven«, maßregelte ihn Katja, aber er leerte auch das zweite Glas in einem Zug.

»Sie haben sie bisher nicht gefunden.«

»Und wieso war die Polizei dann überhaupt bei dir?«

»Jemand hat gequatscht, den Bullen von unserem Aufnahmegespräch und Ninas Rückzieher erzählt. Erst habe ich Ronja verdächtigt ...«

Er unterbrach sie schroff und fauchte: »Warum denn Ronja, die weiß doch von nichts!« Schon während er das aussprach, bereute er sein unbeherrschtes Verhalten. Natürlich war Katja hellhörig geworden.

»Ich wollte gerade sagen, dass ich sie bereits ausgeschlossen hatte. Aber mich würde ja doch einmal interessieren, seit wann du Ronjas Fürsprecher bist. Ich dachte, du kannst sie nicht leiden?« Alles Harmlose war aus Katjas Stimme verschwunden, er musste auf der Hut sein.

»Was soll das denn jetzt?«, gab er sich empört. »Ronja ist eine blöde Kuh, nach wie vor.« Er versuchte, zu seiner gleichgültigen Haltung zurückzufinden. »Ich wollte nur objektiv sein, konnte mir eben nicht vorstellen, dass sie bei der Polizei war.«

Einen Moment ruhte Katjas durchdringender Blick auf ihm, dann schüttelte sie den Kopf und sagte: »Es war diese billige Kellnerin.«

»Kellnerin?« Johann hatte keine Ahnung, von wem Katja sprach.

»Die Freundin von Verena, die mich in der Kneipe wegen deren Tod angesprochen hat. Ich habe dir davon erzählt.«

Er erinnerte sich nicht, tat aber so, als wäre jetzt alles klar.

»Sie hat mein Gespräch mit Nina belauscht. Ich bin mir sicher, dass sie der Polizei davon erzählt hat. So eine kleine, neidische Bitch!«, fluchte sie ungehalten.

»Was hast du der Polizei gesagt?«

Katja rollte mit den Augen. »Nichts, beziehungsweise

nichts, was die nicht sowieso schon wussten. Nina hatte sich beworben, jedoch das Interesse verloren.«

»Und?«, hakte er ungeduldig nach.

»Nichts weiter.« Katja hatte ihn mittlerweile mit in eine Ecke gezogen. »Ich habe denen gesagt, dass ihr die Anforderungen, die wir an unsere Mitglieder stellen, zu hart waren. Was ja auch stimmt.« Langsam gewann sie ihre Selbstsicherheit zurück.

Johann sah sie immer noch fragend an.

»Ich sagte, wir akzeptieren nur die besten und disziplniertesten Studentinnen, das sei Nina offensichtlich zu viel gewesen. Natürlich konnte ich denen keine Auskunft über ihren Verbleib geben. Aber unter uns, dieser Kelly Miller würde ich gerne einen Denkzettel verpassen.«

»Du solltest vorsichtiger sein«, entgegnete ihr Gegenüber und meinte es sehr ernst.

»Ich bin vorsichtig«, zischte die Blondine. »Gott sei Dank sind bald Semesterferien, und im Herbst wird Gras über die Sache gewachsen sein.« Sie sah ihn forschend an. »Du hast dich doch an unsere Absprache gehalten, oder?«

»Selbstverständlich!« Obwohl ihm die Lüge leicht über die Lippen ging, wurde Johann dunkelrot, aber das konnte Katja bei dem Licht nicht erkennen.

Sie hatte Angst, das war gut und konnte ihm in der Zukunft noch nützlich sein.

Kurz schwiegen sie beide, als sich ein paar Gäste dicht an ihnen vorbeischoben, dann wechselte Katja das Thema: »Hast du etwas dabei?«

Er stutzte, denn normalerweise versorgte sich Katja immer selbst.

Sie bemerkte sein Zögern und klärte ihn auf: »Meinen Lieferanten will ich nicht anrufen. Er ist sehr empfindlich, was Besuche der Polizei angeht.«

Johann sagte nichts dazu, sondern reichte ihr unauffällig ein Tütchen. Er hatte seine eigenen Bezugsquellen und wunderte sich sowieso schon lange darüber, dass sich Katja so auf ihren Dealer eingeschworen hatte, um dessen Identität sie stets ein großes Geheimnis machte. Aber letzten Endes ging ihn das nichts an. Er wollte nur seine eigene Haut retten und die Sache mit Ronja hinbekommen.

* * *

Das Zimmer war dunkel, nur zwei Kerzen warfen ihr flackerndes Licht an die cremefarbenen Wände. Ein halb ausgetrunkenes Weinglas stand auf dem Schreibtisch, daneben lagen ein Tütchen Kokain, Katjas Taschenspiegel und das silberne Röhrchen. Aus den Lautsprechern des Computers drangen beunruhigende Töne: das Stöhnen eines Mannes und das gedämpfte Jammern einer Frau. Die Bilder dazu erregten Katja Preiwald. Sie saß vor dem Laptop, ihr nackter Hintern klebte auf dem harten Stuhl, und es fühlte sich gut an, als sie ihre Hand zwischen die feuchten Schenkel schob. Eigentlich wäre das Johanns Part gewesen, aber der hatte sich heute abgeschossen und war zu nichts mehr fähig, zumindest waren das seine Worte gewesen. Komisch eigentlich, wo er sich sonst nie zweimal bitten ließ, wenn es um Sex ging. Aber Katja wollte jetzt nicht darüber nachdenken, sondern ließ sich in ihre Fantasien zurückgleiten.

Das, was sie auf dem Bildschirm sah, war ihr Werk gewesen. Sie allein hatte die Macht gehabt, einen Menschen zu manipulieren und zum Äußersten zu treiben. Der Gedanke ließ ihre Brustwarzen hart werden, und sie presste die Beine fest zusammen, um den Moment noch etwas hinauszuzögern. Gebannt folgte sie dem Geschehen. Das zarte Gesicht, das von der Kamera eingefangen worden war, wirkte leblos. Der Körper bewegte sich schlaksig, zuckte ungelenk wie der einer Marionette. Das Hochgefühl, das Katja in diesem Augenblick empfand, ließ sie laut seufzen. Während sie mit den Händen den eigenen Körper verwöhnte, dachte sie an Leon Neller. Leon, der ihr brutal die Schenkel auseinanderdrücken und sie mit diesem verächtlichen Blick ansehen würde, so als wäre sie nur eine billige Schlampe, um sich dann mit ihr hart und gefühllos zu vereinen, bis sie um Gnade flehen würde.

Katja schrie auf, keuchte schnell und genoss den Moment höchster Lust. Sie rang nach Atem, lehnte sich mit klopfendem Herzen zurück und spürte den Schweiß auf ihrem Körper. Einige Minuten saß sie noch so da und aalte sich in der Vorstellung, all den anderen überlegen zu sein, schaltete kurz darauf den Computer aus und schlenderte entspannt ins Badezimmer.

Ein zufriedenes Lächeln erschien auf ihrem Gesicht, und sie nahm sich etwas vor: In nächster Zeit musste sie sich intensiver um Johann kümmern. Irgendetwas an ihm war ihr heute Abend merkwürdig erschienen. Nicht dass er auf die Idee kam, er könne seine eigenen Pläne verfolgen. Johann hatte ihr zu gehorchen, das würde sie ihm unmissverständlich klarmachen.

* * *

Am nächsten Morgen

Kelly saß bereits früh in dem Bus, der sie aus der Stadt bringen sollte. Nach dem Gespräch mit Beate Kraus am Vortag hatte sie sich entschlossen, doch früher zum Institut aufzubrechen. Carmen Raub war zwar überrascht, aber auch sofort einverstanden gewesen, als sie ihr kurz die Situation am Telefon erklärte.

»Selbstverständlich können Sie gleich kommen. Wir Frauen müssen doch zusammenhalten! Die Nellers haben die Zimmer bereits gerichtet, seien Sie unbesorgt«, hatte Carmen geantwortet.

Kelly hatte das Haus durch den Keller verlassen, um so den Ausgang des Nachbargebäudes nehmen zu können. Außerdem war sie kreuz und quer mit den öffentlichen Verkehrsmitteln durch die Stadt gefahren – und das während der morgendlichen Rushhour –, bevor sie den Bus Richtung Institut genommen hatte.

Als sie nun die Landschaft an sich vorbeiziehen sah, kam sie sich paranoid vor. Hatte sie tatsächlich angenommen, Timo würde sie rund um die Uhr überwachen? Vermutlich tat er das nicht, aber sicher war sicher. Jetzt konnte sie auf jeden Fall erst einmal durchatmen und alles hinter sich lassen. Ihr Koffer war voller Bücher für das Studium, und außerdem hatte sie ja auch noch die Arbeit bei Doktor Torgen, das würde für genug Ablenkung sorgen.

Der Bus hielt nicht direkt vor ihrem Ziel. Nach dem Regen hatte es heute aufgeklart, und die Sonne brannte unbarmherzig auf den grauen Asphalt der Landstraße. Etwas mühsam zog sie deshalb ihren Trolley hinter sich her, hatte ein schlechtes Gewissen, weil sie die letzten Vorlesungen verpassen würde, und dachte über die Worte von Beate Kraus nach.

Plötzlich tauchte ein Fahrzeug neben ihr auf, hupte und kam zum Stehen. Kelly spürte, wie sich ihr Puls beschleunigte. Im ersten Moment rechnete sie damit, dass Timo aussteigen würde, aber als die getönten Scheiben des Sportwagens automatisch nach unten glitten, sah sie in ein ihr fremdes Gesicht. Es gehörte einem gut aussehenden Mann, der sie kurz anstarrte, bevor er mit charmantem, aber kaltem Lächeln sagte: »Du willst zu Doktor Torgen? Los, steig ein.«

Kelly wich unbewusst einen Schritt zurück: »Oh, vielen Dank, aber ich gehe lieber zu Fuß.« Sie glaubte, eine Erklärung abgeben zu müssen, und fügte an: »Die Bewegung tut mir gut.«

Der Fremde im Auto sah sie amüsiert an, warf einen Blick

auf den schweren Koffer und machte sich über sie lustig: »Ein neuer Kraftsport, was?«

Für eine Sekunde huschte ein Lächeln über Kellys Gesicht; etwas, das ihr Gegenüber bemerkte und das ihn seltsam berührte. Diese Frau wirkte verloren und aufrichtig. Er begegnete nur selten solchen Menschen. Als er vorhin Carmen Raub über den Weg gelaufen war, die ihn gebeten hatte, nach der jungen Frau Ausschau zu halten, die mit dem Bus ankommen würde, da hatte er sich zwar einverstanden erklärt, aber nicht wirklich vorgehabt, den Chauffeur zu spielen. Solche Nettigkeiten waren ihm lästig, und nur weil ihm die Zusammenarbeit mit dem Institut als Tarnung diente, hatte er Carmen nicht zum Teufel gejagt. Stattdessen war er freundlich geblieben und hatte versprochen, daran zu denken. Schließlich war diese Kleine mit dem Koffer tatsächlich aufgekreuzt, und er hatte zähneknirschend angehalten. Und jetzt? Er betrachtete das hübsche Gesicht mit den intelligenten blauen Augen, und auf einmal war es ihm wichtig, ihr Vertrauen zu erlangen.

Leon Neller konnte sich nicht daran erinnern, schon einmal in seinem Leben dieses Bedürfnis gehabt zu haben.

»Verstehe«, sagte er deshalb nachdenklich und zog seinen Ausweis aus der Tasche. »Hier, das bin ich, Leon Neller. Und dort steht meine Adresse, ich wohne auf dem Hof neben dem Institut. Frau Raub hat mich gebeten, dich mitzunehmen, falls ich dich unterwegs treffe.«

Zögerlich nahm sie den Personalausweis und studierte die Daten. Die Angaben des Mannes stimmten, und das Erwähnen von Carmen Raub beruhigte die Studentin.

»Also gut, ich fahre gerne mit. Aber nur …« Sie runzelte übertrieben die Stirn und ließ ihren Blick über den schnittigen Flitzer gleiten. »… falls es hier auch Platz für meinen Koffer gibt.«

Leon lachte, stieg aus und half ihr galant, das Gepäck zu verstauen.

Kelly kam nicht umhin, seine muskulöse Statur zu bemerken. Automatisch dachte sie daran, dass dieser Mann jederzeit in der Lage wäre, Timo in Stücke zu reißen – ein Gedanke, den sie als äußerst beruhigend empfand und für den sie sich sofort schämte.

Leon warf verstohlene Blicke zu seiner Beifahrerin. Diese Kelly hatte etwas an sich, das er bei all den anderen Frauen bisher vermisst hatte. Er dachte an Katja Preiwald, dieses elende Miststück, das so unverschämt anziehend war und ihm ständig eindeutige Signale schickte. Aber er hütete sich, Geschäft und Privates zu vermischen. Und Frauen wie Katja gab es wie Sand am Meer – aber jemand wie Kelly, das war schon etwas anderes. Sie war das genaue Gegenteil all dieser austauschbaren Schlampen. Er spürte ihre Ehrlichkeit, ihre Fähigkeit, Mitgefühl zu empfinden, wusste jedoch auch genau, dass sie ihn für das, was er tat, verurteilen würde. Aber erstens musste sie davon nichts erfahren und zweitens waren es doch genau diese Frauen, die es sich zur Lebensaufgabe machten, Typen wie ihn auf den rechten Weg zu bringen. Schnell schob er diese Gedanken beiseite. Was für ein Unsinn. Er, Leon Neller, befand sich auf einem sehr guten Weg, auf dem einzigen, den es für ihn gab. Was sollte also diese Gefühlsduselei?

»Arbeitest du dort?«, wiederholte Kelly ihre Frage, da ihr Leon das erste Mal nicht geantwortet hatte.

Der schien aus einem Tagtraum aufzuwachen, als er sagte: »Ja, beziehungsweise leite ich den Betrieb und unterstütze so meine Familie.«

»Das ist anständig von dir«, entgegnete sie überrascht. So hatte sie den jungen Mann gar nicht eingeschätzt. Auf sie machte er eher den Eindruck eines verantwortungslosen Aufreißers.

Und obwohl es Leon eigentlich gar nicht geplant hatte, erzählte er ihr während der letzten Kilometer von dem zurückgebliebenen Paul, seiner armen, überforderten Mutter und dem guten Onkel Gustav, sodass ihn Kelly, als sie auf dem Parkplatz ankamen, für einen Heiligen halten musste.

»Die Unterkünfte für die Aushilfen sind dort«, wechselte Leon das Thema und deutete auf ein helles Gebäude, hinter dem der Wald begann.

Rechter Hand befand sich das Institut mit dem großen Angestelltenparkplatz. Genau gegenüber stand das alte Bauernhaus der Nellers mit angrenzender Scheune, dahinter lagen die Felder und Obstwiesen. Es gab noch ein Nebengebäude, das genau wie die Unterkünfte und das Institut später errichtet worden war und deshalb sehr modern wirkte.

Kelly ließ sich zu ihrem Zimmer führen. Der Bau erinnerte sie an ein Motel aus amerikanischen Filmen. Die Räume lagen ebenerdig nebeneinander und verfügten über eine gemeinsame Veranda. Leon trug ihr den Koffer bis an die Tür und war plötzlich wortkarg, als sie sich bei ihm bedanken wollte.

»Ich muss los«, sagte er knapp und verschwand.

Die Studentin atmete durch und betrat ihr Zimmer. Zu ihrer Überraschung erwartete sie ein heller, sauberer Raum mit angrenzendem kleinen Badezimmer. Es gab sogar einen Fernseher und einen Wasserkocher. Sie hatte die Tür hinter sich offen gelassen, deshalb bemerkte sie nicht, wie eine weitere Person den Raum betrat.

»Du musst meine Kollegin sein«, hörte sie eine weibliche Stimme und fuhr herum.

»Ich wollte dich nicht erschrecken. Mein Name ist Ronja.«

Kelly entspannte sich und stellte sich ebenfalls vor, dann kniff sie die Augen zusammen.

Ronja verzog den Mund. »Wir kennen uns, nicht wahr?«

»Katja Preiwald«, antwortete ihr Kelly unglücklich.

»Du warst die Kellnerin, die ihr wegen Verena die Hölle heißgemacht hat!«

Kelly war auf der Hut: »Ihr seid befreundet, du gehörst zu ihrer Verbindung. Ich habe an dem Abend euren Tisch bedient.«

»Wir sind in der gleichen Verbindung, das stimmt, aber das Wort *Freunde* wäre die falsche Bezeichnung. Wir mögen uns nicht einmal, also sei unbesorgt.« Beinahe hätte sie noch angefügt: »Außerdem habe ich eben erst mit ihrem Freund geschlafen«, aber das behielt sie für sich. »Ich möchte keinen Stress«, versicherte Ronja stattdessen.

Kelly nickte und lächelte freundlich. Noch wusste sie nicht, ob sie den Worten der anderen trauen konnte, und hielt sich deshalb erst einmal bedeckt. Bevor eine peinliche Gesprächspause entstehen konnte, kam Carmen Raub auf die beiden Frauen zu. Im Schlepptau hatte sie einen exotisch aussehenden jungen Mann, der ihnen kurz darauf als weiterer Kollege vorgestellt wurde.

* * *

Kurze Zeit später

Paul Neller liebte es, wenn es auf dem Hof Arbeit in der Wurstküche gab. Gerade war er dabei, die Schwarte im heißen Wasser hin und her zu bewegen. Er wusste genau, welche Handgriffe nötig waren, und hätte die hauseigene Blutwurst auch leicht ohne die Hilfe der anderen herstellen können. Aber das Schöne am Schlachttag war ja, dass sie alle zusammenarbeiteten. Selbst Leon war am Morgen da gewesen, und somit ging es für Paul nicht nur um den puren Akt der Fleischverwertung, sondern um ein familiäres Ereignis. Gedankenverloren sah er zu dem Zinkzuber in der Ecke, der noch einige Brocken rohen Fleisches enthielt. Der metallene Blutgeruch, der den Raum erfüllte, störte ihn nicht. Im Gegenteil: Er war ihm angenehm vertraut, er mochte ihn sogar und verknüpfte wunderbare Erinnerungen damit.

Kurz sann er ernsthaft darüber nach, warum es eigentlich nicht auch Lufterfrischer mit dieser Duftrichtung gab. Wäre das nicht herrlich? Dann könnte er sich einen davon in seinem Zimmer aufhängen und nachts von der Wurstküche träumen.

Im Augenwinkel beobachtete er seine Mutter beim Hantieren mit den Gewürzen. Sie streute gerade Pfeffer, Salz, Oregano, Kümmel und was sie sonst noch in die geheime Mischung tat, die den Kunden so gut schmeckte, in einen Eimer. Klara strich sich eine Träne aus dem Gesicht, vermutlich reizten sie die Zwiebeln, aber Paul hatte kein Mitleid mit ihr. Über sie hatte er sich nämlich besonders geärgert. Gestern waren sie bei Doktor Torgen gewesen. Der Arzt hatte sich freundlich mit Paul unterhalten und ihn auch mit seinen komischen Geräten untersucht, dann hatte er ihn jedoch hinausgeschickt, um mit der Mutter ein Gespräch unter vier Augen zu führen. Die beiden zu belauschen, war jedenfalls eine gute Idee gewesen, und Paul wusste noch genau, was gesagt worden war.

»Ihr Junge ist körperlich vollkommen gesund. Er hat sich zum Mann entwickelt, das kann man nun mal nicht leugnen«, waren Torgens einleitende Worte gewesen. Amüsiert hatte er noch angefügt: »Und er ist besser ausgestattet als die meisten seiner Geschlechtsgenossen, wenn Sie verstehen, was ich meine.«

Klara hatte gejammert: »Aber was soll ich denn nun mit ihm machen? Er will heiraten, sich eine Frau nehmen!«

»Sie sollten mit einem Kollegen von mir sprechen, der auf solche Fälle spezialisiert ist. Vielleicht kann man ihm mit Medikamenten helfen.«

»Er wird nicht zu einem Fremden gehen«, war Klaras Kommentar, und Paul, auf seinem Lauschposten hinter der Tür, nickte zustimmend.

»Womöglich wäre es eine gute Idee, ihm mehr Verantwortung zu geben. Paul ist doch handwerklich sehr geschickt.«

»Ja, stimmt«, antwortete Klara stolz. »Er hilft nicht nur auf dem Feld, sondern auch beim Wurstmachen und am Marktstand. Sie haben recht, ich werde das mit Leon besprechen. Die Arbeit wird ihm die Flausen austreiben.«

Doktor Torgen widersprach daraufhin und wollte seiner Gesprächspartnerin darlegen, was er mit Verantwortung meinte. Klara hatte sich jedoch bereits ihre eigene Theorie zusammengebastelt. Aber da würde Paul nicht mitmachen.

Zornig schob er bei der Erinnerung an den Vortag die dicke Schwarte mit der Kelle durchs kochende Wasser, darauf wartend, dass das Fleisch endlich weich wurde. Er hatte keine Flausen, sondern Wünsche, und seine Mutter durfte ihm dieses Mal nicht in die Quere kommen.

»Paul, Junge«, sagte sie gerade zu ihm, »hol doch die Schüssel mit dem Blut.«

* * *

Kelly hatte sich bereits eingerichtet und verspürte nun den Drang, sich ihre Umgebung näher anzusehen. Ronja war nirgendwo zu finden, und ihr männlicher Kollege, der auf den Namen Amar hörte, saß vor dem Computer, um mit seiner Familie in Indien zu skypen.

Die Studentin zog deshalb allein los und marschierte zuerst zum gegenüberliegenden Nebengebäude. Das große Tor stand offen, und sie entdeckte Leons Wagen, außerdem Traktoren und anderes landwirtschaftliches Gerät. In einer Ecke standen verschiedene Säcke mit Dünger, Strohballen und jede Menge Werkzeuge.

Sie beschloss, ein wenig über die Felder hinter dem Wohnhaus der Nellers zu wandern. Dazu musste sie an der Scheune vorbei, die direkt an das alte Fachwerkhaus anschloss. Der Geruch von Heu wurde stärker, je näher sie kam. Sie linste durch eines der Fenster, konnte einen leeren Stall entdecken und setzte ihren Weg fort. Sie war schon an der

Rückseite des Gebäudes angelangt, als der laute Schrei einer Frau an ihre Ohren drang.

Kelly reagierte sofort. Ohne nachzudenken, riss sie die nächstbeste Tür auf und lief hinein.

Der Geruch nahm ihr den Atem, denn in der Luft hing ein penetranter metallischer Gestank. Eine Sekunde später registrierte sie das Blut. Es schien überall zu sein. Sie blinzelte, ihre Sehnerven hatten die Bilder längst ins Gehirn transportiert, aber dieses weigerte sich noch, Kelly eine plausible Erklärung für die beängstigende Szenerie zu liefern.

Paul sah verdutzt zu der Frau, die so unerwartet in die Wurstküche gestürmt war. Er hatte gerade der Anweisung seiner Mutter Folge geleistet und den Eimer mit dem Blut geholt, da war ihm die Idee gekommen. Was, wenn er künftig nicht mehr so geschickt wäre? Dann könnte man ihm auch nicht noch mehr Arbeit aufbrummen. Kurzerhand war er zu dem Entschluss gekommen, es Klara heimzuzahlen. Direkt vor ihrer Nase hatte er ein Stolpern vorgetäuscht und sich den Eimer mit dem Blut über den Oberkörper gekippt. Seine Mutter hatte entsetzt aufgeschrien, und plötzlich war diese Fremde aufgetaucht. Sie sah nun geschockt vom blutüberströmten Paul zu Gustav, der mit einem Fleischerbeil und einer rot verschmierten Schürze direkt auf sie zukam. Das Brodeln des Kessels, in dem die Fleischbrocken schwammen, war das einzige Geräusch, das die Stille unterbrach.

Vor Kelly fing sich der Raum an zu drehen. Dieser große, hässliche Mann kam immer näher, seine dicken Finger mit den gelben Nägeln umschlossen fest das Beil, die kleine Frau mit der Küchenschürze jammerte, und um Pauls Füße bildete sich eine schmierige rote Pfütze. Das war zu viel, Kelly taumelte, suchte mit den Armen Halt und wäre beinahe auf den harten Steinboden gefallen, hätte sie nicht jemand aufgefangen.

Sie verlor trotzdem das Bewusstsein und konnte daher weder Leons zornigen Blick sehen noch hören, wie er seine Familie anschnauzte: »Seid ihr zu blöd, um einen Schlüssel im Schloss zu drehen? Was habe ich euch über das Abschließen gesagt?«

Kurz darauf brachte er Kelly nach draußen und wies seine Mutter an, ihr ein Glas Wasser zu holen. Schon öffnete die Studentin wieder die Augen und glaubte im ersten Moment, aus einem schrecklichen Horroralbtraum erwacht zu sein. Einen Augenblick später wurde ihr jedoch klar, dass alles, was sie gesehen hatte, real gewesen war, und sie schreckte verängstigt zusammen.

»Geht es wieder?«, fragte Leon, der einerseits genervt von dem Zwischenfall war, es andererseits aber genoss, den Retter in der Not zu spielen. Tatsächlich klammerte sich die junge Frau für einen Moment hilfesuchend an ihn, dann besann sie sich und richtete sich auf.

»Wir hatten heute Schlachttag, du bist direkt in die hauseigene Dosenwurstproduktion gelaufen.«

Kelly wurde rot. Die Sache war ihr furchtbar peinlich. »Ich hörte einen Schrei, dachte, jemand braucht meine Hilfe …«

Leon hielt eine herzlose Bemerkung über seinen Bruder zurück und sagte stattdessen: »Paul war tollpatschig mit der Schüssel. Meine Mutter hat sich erschreckt, vermutlich auch, weil damit die Blutwurstproduktion erst einmal ins Stocken gerät. Und Gustav«, fuhr er mit einem Grinsen fort, »der sieht immer zum Fürchten aus, ist aber ein guter Metzger.«

»Es tut mir so leid, das war dumm von mir«, stammelte die Studentin und machte Anstalten zu gehen.

In diesem Augenblick kam Klara Neller, die ihr mit zittrigen Händen ein Glas reichte. »Alles in Ordnung, Mädchen?«, fragte sie besorgt.

Kelly entschuldigte sich erneut für ihr unvermitteltes Auftauchen, woraufhin Klara schuldbewusst zu ihrem Sohn sah. »Wir hatten vergessen abzuschließen. Ich hoffe, der Anblick war nicht zu schrecklich. Paul ist sonst ein guter Junge«, plapperte sie jetzt munter weiter, ohne zu bemerken, wie Leon die Augen rollte. »In letzter Zeit ist er nur schwierig, normalerweise ist er auch sehr geschickt, ich weiß einfach nicht, was mit ihm los ist, es tut mir leid …«

»Mutter!«, unterbrach sie Leon scharf. Als ihm bewusst wurde, dass Kelly ihn beobachtete, fuhr er freundlicher fort: »Ich glaube nicht, dass Kelly unsere Sorgen interessieren. Wie wäre es, wenn du ihr zur Stärkung ein Stück deines Rührkuchens anbietest.« Und an die Studentin gewandt sagte er: »Meine Mutter ist eine hervorragende Bäckerin!«

Klara konnte das Verhalten ihres Sohnes nicht deuten, zögerte kurz und antwortete mit einem verwirrten »Ja«, das mehr wie eine Frage als wie eine Antwort klang.

Fünf Minuten später saß Kelly in der einfachen, aber gemütlichen Küche und konnte Leons Lob, was die Backkünste seiner Mutter betraf, nur bestätigen.

Jetzt, in dem hellen Raum, in dem es nach frischer Marmelade roch, kam sie sich noch alberner vor. Sie war noch nie in Ohnmacht gefallen, was für eine peinliche Reaktion. Außerdem war ihr Verhalten reichlich dumm gewesen. Was hatte sie denn geglaubt, was auf einem Bauernhof passierte? Warum hatte sie die Zusammenhänge nicht sofort richtig erfasst? Jetzt erinnerte sie sich an den Stapel Wurstdosen, der gut sichtbar auf einem der Tische gestanden hatte, und auch das Küchenregal mit Gewürzen, die Zwiebel- und Knoblauchknollen kamen ihr wieder in den Sinn. Sogar an einen Räucherofen und eine Kette mit Brühwürsten konnte sie sich nun erinnern. Die letzten Tage hatten sie offensichtlich ihren sonst so klaren Verstand gekostet. Kelly räusperte sich und erregte damit Klaras Aufmerksamkeit.

»Alles in Ordnung?«, hakte diese sofort nach.

Die mütterliche Art der Frau war der Studentin angenehm, und sie hätte sich ihr gerne anvertraut, zögerte aber, denn Klara Neller war trotz allem eine Fremde.

»Geht schon«, sagte sie stattdessen munter, »ich hatte nur viel um die Ohren. Das erste Semester ist ziemlich schwer. Jedenfalls möchte ich Ihnen keine Umstände machen.«

»Ach was«, wehrte die Ältere ab und legte ihr ungefragt ein zweites Stück Kuchen auf den Teller.

Klara war verwirrt. Leon hatte sich gerade äußerst untypisch verhalten, damit konnte sie nicht umgehen. Es war schon schwierig genug, alles richtig zu machen, wenn er sich wie immer benahm. Seine Besorgnis um das Mädchen, das Loben der mütterlichen Kochkünste und der unerwartet freundliche Ton ihr gegenüber machten es ihr schwer, die Situation einzuschätzen. Hoffentlich war es jetzt nicht verkehrt gewesen, der jungen Frau noch mehr Kuchen zu geben. Diese und ähnliche Gedanken beschäftigten Klara Neller, während Leon in der Wurstküche eine heftige Diskussion mit Gustav führte.

»Ich kann nicht überall sein, ich habe entbeint. Paul und deine Mutter waren mehrmals im Lager. Raus und rein, du weißt doch, wie das läuft«, versuchte ihn Gustav zu beschwichtigten.

Aber Leon ließ sich nicht beruhigen. »Du bist dafür verantwortlich, dass hier alles läuft, wenn ich nicht da bin«, schnauzte er gereizt.

»Dein Bruder spinnt in letzter Zeit, der ist nicht so einfach zu bändigen.«

»Dann streng dich an, sonst sitzt ihr bald alle ohne Dach über dem Kopf auf der Straße«, entgegnete Leon wütend. Bevor er die Wurstküche verließ, zischte er noch: »Und mach die Sauerei weg!«

Als er verschwunden war, brummte Gustav resigniert: »Mache ich das nicht immer?«

Kapitel 7

Am nächsten Tag erhielten die drei Aushilfen von Carmen Raub eine Einweisung. Ihnen wurden außerdem die Bereiche gezeigt, in denen sie sich frei bewegen durften, und ebenso die Türen, die stets verschlossen waren. Diese zu öffnen, so erklärte ihnen Carmen, sei streng verboten, denn es handele sich um die Labore von Doktor Torgen. Irgendwelche Zuwiderhandlungen würden deshalb auch zu einer sofortigen Kündigung führen. Die drei hatten die Ausführungen mit mäßiger Aufmerksamkeit verfolgt, denn keiner von ihnen hatte ernsthaftes Interesse an Doktor Torgens Arbeit. Danach saß Kelly in der Cafeteria und nippte mechanisch an dem Gebräu aus dem Automaten. Ihre Gedanken schweiften zum Vortag und blieben an Leon Neller hängen.

Ein seltsamer Typ, grübelte sie über den gut aussehenden jungen Mann nach.

Ihr gegenüber hatte er sich absolut korrekt verhalten, aber Kelly war nicht blind. Sie hatte die harten, kalten Blicke bemerkt, das frostige Lächeln, das niemals seine Augen erreichte, und die ungewöhnliche Art, mit der er die Umgebung beobachtete. Er nahm die Dinge um sich herum nicht einfach als gegeben hin, sondern war ständig vor ihnen auf der Hut. Besser hätte sie es nicht beschreiben können. Vielleicht tat sie ihm unrecht und das ganze Getue war nichts weiter als ein Weg, die eigenen Ängste zu verbergen. Immerhin trug er die Verantwortung für seine Familie, was sicher enormen Druck bedeutete. Eventuell schützte er sich auf diese Weise auch davor, von Menschen verletzt zu werden. Sie wusste aus eigener Erfahrung, dass es half, Gefühlskälte auszustrahlen, damit einem die anderen in Ruhe ließen.

Ronja trat an den Tisch und unterbrach ihre Überlegungen. »Darf ich?«, fragte sie und machte Anstalten, sich zu setzen.

»Klar«, bot ihr Kelly einen Platz an und hatte das Gefühl, dass die andere etwas bedrückte.

Die Kantine war so gut wie leer. Carmen hatte ihnen bereits erklärt, dass das Institut drei Wochen Betriebsferien machte, in denen nur eine Notbesetzung im Haus war. Eine Tradition, genauso wie die Tatsache, dass Doktor Torgen und seine Assistentin diese Betriebsferien dazu nutzten, die technischen Ressourcen der Einrichtung voll auszuschöpfen.

»Alles in Ordnung?«, fragte Kelly vorsichtig, obwohl sie sich eigentlich vorgenommen hatte, der Verbindungsschwester von Katja Preiwald gegenüber etwas distanzierter aufzutreten.

Ronja grinste. Es war kein vorteilhafter Gesichtsausdruck, aber ihre Augen sprühten geradezu vor Intelligenz. »Du bist wirklich ein netter Mensch. Machst dir Sorgen um mich, obwohl du mir nicht traust. Kein Wunder, dass Verena in dir eine gute Freundin gesehen hat.«

Kelly stieß einen verzweifelten Laut aus. »Wäre es nur einmal so gewesen.« Dann blickte sie Ronja an und sagte ernst: »Weißt du, mittlerweile glaube ich, Katja hatte recht.«

»Katja?«, stieß Ronja höhnisch aus, »womit sollte die denn recht haben?«

»Sie meinte, dass sich Verena wegen mir umgebracht hat. Weil ich nicht für sie da gewesen bin.«

Kellys Gegenüber ließ geräuschvoll die Lippen vibrieren, bevor sie entgegnete: »Katja ist eine Schlange. Sie ist clever und nutzt das, um die Menschen zu manipulieren und zu verletzen. Eines muss man ihr lassen: Sie sieht dich nur an und hat bereits eine ganz genaue Vorstellung davon, mit welcher Bemerkung sie dich in die Knie zwingen kann. Ich hatte zwei Semester Psychologie – seither weiß ich, dass ein falsches Wort ordentlich Schaden anrichten kann. Und Katja Preiwald ist der lebende Beweis dafür.«

»Denkst du, sie hat etwas mit Verenas Tod zu tun?«, fragte Kelly nun ganz direkt.

Ronja wollte schon zustimmen, hielt jedoch inne und schnappte nach Luft. Es dauerte einen Moment, bevor sie endgültig zu einer Antwort ansetzte. »Ich weiß es nicht. Verena hat sich bei uns beworben, und Katja war anfangs zuckersüß zu ihr. Das macht sie immer so.« Ronja lehnte sich auf ihrem Stuhl zurück und spielte mit dem Kaffeebecher. »So kriegt sie auch jeden Kerl rum, wenn sie will.« Dieses Mal gelang es Ronja nicht, den Neid aus ihrer Stimme herauszuhalten. Sie dachte an Johann, und Eifersucht überkam sie. »Erst sorgt sie dafür, dass ihr die Menschen treu ergeben sind, und dann lässt sie sie fallen.«

»War das bei dir auch so?«

Ronja lachte überrascht auf. »Nein, ich war ja schon vor Katja in der Verbindung. Ich bin sozusagen außen vor. Aber ich habe das bei den Neuen oft beobachtet. Hat sie die Menschen erst einmal eingefangen und wendet sich dann von ihnen ab, machen die alles, um wieder von ihr beachtet zu werden. Frag mich nicht, warum sich das jemand gefallen lässt.«

»Und bei Verena lief das genauso?«

Ronja zuckte mit den Schultern. »Ich nehme es an. Gut möglich, dass sie Katjas Zurückweisung nicht ertragen hat, aber …« Sie verstummte.

Kelly ließ jedoch nicht locker und wollte den Rest hören. »Aber was?«

»Aber warum ist es jemandem so verdammt scheißwichtig, von Katja Preiwald gemocht zu werden?«, brach es plötzlich aus Ronja heraus.

Mit großen Augen blickte Kelly die junge Frau an und wollte etwas Beruhigendes sagen, jedoch war ihre Gesprächspartnerin bereits aufgestanden. »Tut mir leid, bei mir läuft es gerade nicht so gut.«

Sie musste das Wort »Männer« nicht aussprechen, Kelly verstand auch so und nickte teilnahmsvoll.

»Ich brauche frische Luft, wir können ja später noch quatschen«, fuhr Ronja nun beherrscht fort und brachte ein jämmerliches Lächeln zustande. Sie hob den Kopf und sah zur Tür. »Da kommt Doktor Torgen«, flüsterte sie Kelly zu, »nimm dich vor dem in Acht, der steht auf junge Studentinnen.«

Ronja ging zum Ausgang und kam direkt an dem Wissenschaftler vorbei. Sie konnte sich ein Grinsen nicht verkneifen und nickte ihm kurz zu.

Hans Torgen wiederum war nicht entgangen, dass Ronja ihrer Kollegin vor dem Verlassen der Kantine noch etwas zugeflüstert und dabei in seine Richtung gesehen hatte. Ihren Blick empfand er als spöttisch. Was bildete sich diese hässliche Kuh ein? Schnell beruhigte er sein Ego damit, dass sie vermutlich nur sauer war, schließlich schenkte er ihr keine Aufmerksamkeit. Schlagartig besserte sich seine Stimmung. Außerdem war er immer noch der Boss in dem Laden. Er konnte nach Belieben Leute einstellen und rauswerfen, das galt auch für Aushilfen.

Er vergaß Ronja und betrachtete im Näherkommen fasziniert Kellys kastanienbraunes Haar, auf das gerade die Sonnenstrahlen fielen und es so aussehen ließen, als wären leuchtende Perlen darin eingeflochten. Was für ein herrliches Bild. Er hätte sie jetzt gerne berührt, ihr über den Kopf gestreichelt und ein paar sehr unanständige Dinge mit ihr gemacht, aber er riss sich zusammen. Heutzutage musste man vorsichtig sein – ein falscher Blick, ein unbedachtes Handauflegen, und schon schrie jemand nach einem Anwalt.

Er stellte sich deshalb vor den Kaffeeautomaten und würdigte Kelly keines Blickes. Die alte Taktik, zuerst einmal Desinteresse zu heucheln, hatte sich stets bewährt, zumindest früher. Seine Laune wurde wieder schlechter, als ihm die Fehlschläge der letzten Zeit in Erinnerung kamen. Man hatte ihn sogar als *Opa* beschimpft; ihn, den Sonnyboy, den Liebling der Frauen. Natürlich ließ er sich nie etwas anmerken, aber die Wut, die er in jener Nacht empfunden hatte, war unvergleichlich gewesen. Er versuchte natürlich, dagegen anzukämpfen. Er hatte dafür seine Methoden, deshalb überraschte es ihn, dass dieses Gefühl trotzdem noch so präsent war.

Doktor Torgen hing seinen Überlegungen nach und bemerkte nicht, wie jemand neben ihn trat und leise »Verzeihung« murmelte.

Erschrocken fuhr er herum und starrte direkt in Kellys Gesicht. Ja, er hatte es geahnt, die Kleine besaß etwas Unschuldiges, das gefiel ihm. Und doch war sie kein Engel, denn immerhin hatte sie jetzt den Kontakt gesucht. Dass sich die Studentin lediglich einen weiteren Kaffee holen wollte, hielt er für ausgeschlossen.

»Aber natürlich«, sagte er hastig und trat zur Seite. Ihm fiel es nicht schwer, ein Gespräch anzufangen, und so sprach er im Plauderton weiter: »Haben Sie sich schon eingelebt? Ich hörte, Ihnen ist in der Wurstküche der Nellers übel mitgespielt worden, das tut mir leid.«

Kelly lächelte verlegen. Dabei betrachtete sie den Wissenschaftler etwas genauer. Er war immer noch ein gut aussehender Mann. Seine grau melierten Haare und die gebräunte Haut verliehen ihm jugendlichen Charme, und außerdem besaß er bemerkenswert dunkle Augen. Sie dachte an Ronjas Warnung und konnte sich vorstellen, dass Doktor Torgen in seiner Jugend sicher heiß begehrt gewesen war.

Torgen bemerkte ihren forschenden Blick und deutete ihn als Interesse an seiner Person. Gerade wollte er fragen, ob er sich zu ihr setzen könne, als erneut die Tür aufging und Leon Neller den Raum betrat. Mit Missfallen beobachtete der Wissenschaftler, dass sich auf Kellys Gesicht ein freudiges Lächeln abzeichnete. Noch mehr überraschte ihn jedoch Leons Reaktion.

Für gewöhnlich trat der Frauen gegenüber ungehobelt auf. Selbst die attraktivsten behandelte er wie Dreck, und das Erstaunlichste dabei war, dass die das noch nicht einmal abschreckte. Allerdings schien sein Verhalten gegenüber Kelly anders zu sein.

Leon trat auf die beiden zu und fragte charmant nach dem Befinden der jungen Frau, dann wandte er sich an Torgen. »Ich hätte etwas mit Ihnen zu besprechen, Doktor«, sagte er höflich.

»Oh ja, natürlich«, beeilte sich Torgen zu antworten, »gehen wir am besten in mein Büro.«

Leon nickte Kelly zu, und so schnell, wie er gekommen war, war er auch schon wieder verschwunden. Die Studentin ertappte sich dabei, deshalb enttäuscht zu sein. Sie hätte sich gerne noch mit Leon unterhalten. Aus irgendeinem Grund hatte sie das Bedürfnis, mehr über diesen geheimnisvollen Mann zu erfahren, obwohl sie tief in ihrem Inneren ahnte, dass ihr nicht alles gefallen würde, was dabei zum Vorschein käme.

Währenddessen hatten Hans Torgen und Leon Neller das Büro des Wissenschaftlers betreten. Leon fischte zwei Glasampullen aus seiner Tasche, warf einen vielsagenden Blick auf deren Etikett und stellte sie mit einem gehässigen Grinsen auf den Tisch.

»Wenn die Weiber nicht so spuren, muss man nachhelfen, was Doktor?«

Torgen lief knallrot an. »Ich kann ganz gewiss auf deine unangebrachten Kommentare verzichten!«, erwiderte er zornig und warf ein Bündel Geldscheine in Richtung Leon.

Der lachte auf. »Keine Sorge, dein Geheimnis ist bei mir gut aufgehoben. Ich frage mich nur, warum sich ein Mann in deiner Position das Zeug nicht selbst beschaffen kann.«

Torgen schnaubte laut und ließ sich in seinen Sessel fallen. »Vielleicht, weil hier alles registriert werden muss, du Genie?«, sagte er nun ohne Groll.

Er kannte Leon ebenfalls schon sehr lange und wusste, dass er tatsächlich ein sehr verlässlicher Geschäftspartner war. Er wusste außerdem, dass Leon noch nie ein Mädchen mit nach Hause gebracht hatte, und deshalb bereitete es ihm ein geradezu diabolisches Vergnügen zurückzuschlagen: »Hörte, du warst gestern der Retter in der Not. Verliebt in die Kleine?«

Leon antwortete nicht, sondern presste die Kiefer aufeinander und starrte sein Gegenüber gereizt an.

»Hat einen netten Arsch, nichts für ungut«, fügte Torgen noch an, als er merkte, dass sich der coole Leon provozieren ließ.

Dessen Augen verengten sich zu schmalen Schlitzen. Für einen Moment glaubte der Wissenschaftler, er wäre doch zu weit gegangen und würde keine Antwort erhalten, aber Leon schlug verbal zurück: »Ja, das hat sie. Aber ich denke nicht, dass jemand mit so einem jungen Arsch gerne einen alten Sack zwischen seinen Schenkeln baumeln hat.« Damit griff er in aller Ruhe nach dem Geld, stand auf und sagte zum Abschied zynisch: »Nichts für ungut, Herr Doktor!«

* * *

In den nächsten Tagen stellte sich eine wohltuende Routine in Kellys Leben ein. Bis zum frühen Nachmittag arbeitete sie für gewöhnlich im Institut, anschließend widmete sie sich ihrer Semesterarbeit, und abends saß sie meist mit Amar und Ronja zusammen. Mindestens einmal am Tag tauchte Paul auf, den Kelly mittlerweile kennengelernt hatte und der sie auf rührende Weise zu verehren schien. Leon hingegen traf sie nur selten. Wenn sie sich begegneten, war er freundlich, aber distanziert. Etwas, das sie irritierte, gleichzeitig aber auch darin bestärkte, keine Versuche zu unternehmen, ihre Beziehung zu vertiefen. Immerhin hatte sie in der letzten Zeit genug Probleme gehabt.

Als Kelly heute vom Institut zurückkam, sah sie überrascht, dass zwei weitere Gästeunterkünfte in Benutzung waren. Neugierig stieg sie auf die Veranda und spähte in eine der offenen Türen.

»Hallo«, rief ihr eine fröhliche Stimme entgegen.

Sie gehörte einer etwa zwanzigjährigen Frau mit endlos langen Beinen, die in knappen Shorts steckten. Ihre ungewöhnlich blasse Haut betonte das intensive Rot ihrer bis zur Hüfte reichenden Haare. Außerdem fielen Kelly sofort die kunstvoll verzierten langen Fingernägel der jungen Frau auf. Das Einarbeiten des Musters in den violetten Lack musste ewig gedauert haben. Ein weiterer Hingucker war das Bauchnabelpiercing: ein kleiner Würfel an einer kurzen Kette, der sich bei jeder Bewegung leicht hin- und herbewegte. Kelly musste neidlos anerkennen, dass sie gerade einer sehr schönen Frau gegenüberstand. Wie sich kurz darauf herausstellte, kam Jula aus Australien, hatte aber eine irische Mutter. Sie reiste mit ihrer Freundin durch Europa und war zufällig auf dem Hof der Nellers gelandet.

Angelockt von den Stimmen erschien nun auch Julas Begleiterin. Der Kontrast hätte nicht größer sein können. Kelly blickte auf eine kleine, rundliche Frau mit sonnengebräunter Haut und hellblonden, kurz geschnittenen Haaren. Evi stellte sich vor und schien sichtbar erleichtert darüber, dass sie mit Kelly auch englisch sprechen konnte.

So kam es, dass die drei Frauen den Rest des Nachmittags zusammen verbrachten. Die Australierinnen erzählten von ihrem Reiseabenteuer, und als sich Amar und Ronja dazugesellten, wurde die Runde immer ausgelassener.

»Wann wollt ihr denn weiter?«, fragte Kelly interessiert, und Jula gab bereitwillig Auskunft.

»Wir haben noch das Schloss Hohentübingen auf unserer Liste, vielleicht anschließend einen Tag relaxen, danach geht es aber los Richtung Heidelberg.« Sie zögerte, suchte nach den richtigen Worten und sagte entschuldigend: »Wir werden nicht lange bleiben. Hier ist es zwar schön und die Unterkunft billig, aber doch ziemlich abgelegen.«

»Ja, wir wollen Spaß haben«, warf die quirlige Evi ein. »Wenigstens haben wir für heute Abend einen Fahrer gefunden.«

»Wirklich?«, hakte Ronja nach und grinste breit, als die Frauen ihr erklärten, dass der nette Doktor Torgen angeboten habe, sie mit in die Stadt zu nehmen.

Jula deutete Ronjas Blick richtig und erwiderte das Grinsen: »Ich finde ihn süß.«

Woraufhin Evi übertrieben mit den Augen rollte und stöhnte: »Du immer mit deinen alten Typen!«

* * *

Zur gleichen Zeit

Johann hatte wieder einmal einen Anruf von Katja bekommen, nun saß er mit ihr in der Reutlinger Fußgängerzone, etwa zwanzig Fahrminuten von Tübingen entfernt, und trank irgendeinen exotischen kalten Mokka mit Fruchtgeschmack. Solche Etablissements waren typisch für Katja. Sie konnte nicht einfach irgendwo einen Kaffee trinken gehen und die Zeit mit ihrem Gesprächspartner genießen – nein, bei ihr musste selbst so etwas Alltägliches zu einem besonderen Event aufgeblasen werden. Bis vor Kurzem fand Johann gerade das an Katja anziehend. Mit ihr gab es ständig Überraschungen, nichts war vorhersehbar, und den Begriff »alltäglich« schien es in ihrem Wortschatz gar nicht zu geben. Mittlerweile jedoch stresste ihn diese ständige Suche nach neuen Herausforderungen. Immer bis an die Grenzen, das war auf Dauer sehr anstrengend. Konnte es einem Menschen nicht auch genügen, ein bestimmtes Level einfach zu halten? Er dachte an Ronja. Sie wäre sicher eine Frau, mit der er Zweisamkeit genießen konnte.

Katja sah ihn nicht an, sondern schenkte gerade einem blonden Hünen zwei Tische weiter ihr einstudiertes Unschuldslächeln. Ihre Lippen bewegten sich kaum, als sie sagte: »Du scheinst mir abgelenkt, was ist los?«

Johann wollte schon abstreiten, dass ihn etwas bedrückte, da fiel ihm ein, wie leicht sie ihn für gewöhnlich durchschauen konnte. Deshalb entschied er sich für eine geschickte Lüge.

Indem er sagte »Mich nervt es, wenn du dauernd mit anderen Typen flirtest!«, bediente er sich ihrer Eitelkeit. Es funktionierte, und sie akzeptierte seine Erklärung.

»Ach, sei nicht so besitzergreifend«, entgegnete sie geschmeichelt und warf dem Fremden gegenüber jetzt erst recht feurige Blicke zu. »Ich habe eine Idee, wie ich dich auf andere Gedanken bringen kann.«

Johann spürte eine innere Unruhe. Wenn sie so anfing, bedeutete das meist nichts Gutes, aber bevor er einen Einwand vorbringen konnte, drehte sie den Kopf und sah ihn direkt an. »Genauer gesagt, habe ich sogar zwei Ideen.« Das Wort »zwei« betonte sie besonders und hob dabei Zeige- und Mittelfinger ihrer rechten Hand in die Höhe.

Er starrte sie ungläubig an, vergaß seine guten Vorsätze, beugte sich ein wenig nach vorne und zischte: »Bist du verrückt geworden? Jetzt?«

Sie sah ihn spöttisch an. »Was hast du denn plötzlich für ein Problem? Bislang kamen von deiner Seite doch auch keine Klagen.«

»Ich brauche eine Pause«, sagte er müde.

»Brauchst du nicht«, erwiderte sie bestimmt.

»Es reicht«, fuhr er sie genervt an. »Im Moment stehe ich nicht auf deine Spielchen, also lass es.«

Katja war es nicht gewohnt, dass er in so einem Ton mit ihr sprach. Das führte dazu, dass ein stummer Alarm in ihrem Kopf ausgelöst wurde, auf den sie augenblicklich reagieren musste.

»Du hast kein Mitspracherecht. Es bleibt dabei, heute Abend, wie gehabt!«, fauchte sie deshalb.

»Ich …« Aber noch bevor Johann etwas erwidern konnte, stand der blonde Hüne vom Nachbartisch neben ihnen.

»Alles in Ordnung?«, fragte der nun mit einem grimmigen Blick in Richtung Johann.

Ihm war nicht entgangen, dass die Stimmung zwischen den beiden angespannt war und sie kurz vor einem Streit standen.

»Was willst du denn?«, blaffte Johann ungeduldig.

»Alles in Ordnung?«, wiederholte der Fremde seine Worte und schielte dabei zu Katja, die so jämmerlich dreinblickte, als wäre sie eben geschlagen worden.

»Vielleicht solltest du jetzt gehen?«, schlug der Hüne, der sich schützend neben Katja stellte, vor.

Johann sprang auf. Er war etwas kleiner als der andere, aber das hätte ihn nicht davon abgehalten, sich mit dem Fremden anzulegen. Er sah zu Katja, dann wieder zu deren neustem Fang, verschränkte die Arme vor der Brust und sagte ruhig: »Weißt du was, ich schenke sie dir.« Damit schob er sich mit einem unsanften Rempler an seinem Herausforderer vorbei und verschwand in der Menge.

Zwanzig Minuten später erhielt er eine SMS von Katja. Sie schrieb: »Alles wie geplant, wir sehen uns heute Abend.«

* * *

Am Abend

Als die Australierinnen beim Institut auf Doktor Torgen warteten, hielt auf dem Angestelltenparkplatz ein Motorrad. Der junge Mann, der nun abstieg und den Helm vom Kopf zog, sorgte dafür, dass Evi und Jula zu kichern anfingen. Er entdeckte die beiden und kam auf sie zu.

»Ich suche nach Ronja«, sagte er freundlich und hoffte, die Frauen könnten ihm weiterhelfen.

»Verstehe, deshalb wollte sie nicht mit in die Stadt«, entgegnete Evi anzüglich, und Julas Kichern wurde noch alberner.

Johann entspannte sich ein wenig, immerhin wusste er jetzt, dass Ronja da war.

»Falls du noch Begleitung für heute Abend suchst, wir bräuchten dringend einen Fremdenführer«, sagte die blonde Evi, die keine Hemmungen kannte, wenn es um gut aussehende Männer ging. Noch bevor er darauf etwas erwidern konnte, drückte sie ihm einen Zettel mit ihrer Handynummer in die Hand.

In diesem Moment tauchte Doktor Torgen auf und beäugte Johann argwöhnisch.

»Wo kann ich Ronja finden?«, wandte sich der erneut an die Frauen. Die deuteten Richtung Gästehaus und winkten ihm hinterher, als er mit einem kurzen Gruß verschwand.

Doktor Torgen schätzte es gar nicht, wenn sich jemand in seinen Abend drängte, und ignorierte deshalb den Vorschlag von Evi, zu fragen, ob der junge Mann und Ronja nicht doch mitkommen wollten.

Stattdessen startete er den Wagen und murmelte: »Wir sind spät dran.«

Hans Torgen genoss es, die schöne Jula auf dem Beifahrersitz zu wissen. Dass er auch die schnatternde Evi dafür hatte in Kauf nehmen müssen, störte ihn nicht weiter. Es würde sich gut machen, wenn er mit zwei attraktiven Frauen durch die Klubs ziehen könnte. Erfreulicherweise hatten die beiden seine Einladung zum Essen sofort angenommen. Er wusste zwar, dass die Übernachtungsgäste von Klara Neller, was das leibliche Wohl anging, gut versorgt wurden, aber Frauen standen eben auf teure Restaurants, und in so eines wollte er sie nun auch führen.

Der Abend war so warm, dass man keine Jacke brauchte, und er hatte in einem angesagten Sternelokal drei Plätze auf der Terrasse reserviert. Als sie der Kellner nun durch die Tischreihen lotste, konnte Hans die interessierten Blicke der anderen Gäste förmlich spüren. Die anwesenden Damen rümpften natürlich die Nasen, als die jungen Frauen an ihnen lachend vorbeitänzelten. Aber in den Gesichtern der Männer spiegelte sich Respekt und eine gewisse Wehmut wider.

Der Abend nahm seinen Lauf, und Hans Torgen lief zur Höchstform auf. Er war der perfekte Gastgeber, orderte den besten Wein und unterhielt seine Begleiterinnen mit den Anekdoten seines Lebens. Nach dem Essen wollten die drei die Klubs unsicher machen. Während Hans die Rechnung beglich, verließen die beiden Frauen bereits das Lokal.

Offensichtlich rechneten sie nicht so schnell mit ihm, denn als er nach draußen trat, hatten sie dem Wissenschaftler den Rücken zugedreht und unterhielten sich gerade über ihn. Er schnappte auf, wie Jula sagte: »Ich finde ihn süß.«

Er war zufrieden und sah sich schon als Gewinner des Abends, als Evi erwiderte: »Süß ist auch mein Teddybär und genauso langweilig. Ich kann keine weitere seiner blöden Geschichten ertragen.«

»Okay, du hast recht. Wir trinken noch was mit ihm, dann hängen wir ihn im nächsten Laden ab.«

Hans Torgen erstarrte, so war das also. Schnell schlüpfte er ins Lokal zurück, atmete durch, trat mit einem lauten »Da seid ihr ja!« erneut ins Freie und tat so, als wäre alles in bester Ordnung. Aber das war es nicht, und Torgen spürte, wie ein fast unkontrollierbarer Zorn in ihm aufstieg.

* * *

Währenddessen traf Johann auf eine überraschte Ronja.

»Was tust du denn hier?«, fragte sie anstatt einer Begrüßung. Obwohl sie versuchte, mürrisch zu wirken, gelang ihr das nicht, und so konnte man ihre Freude über sein plötzliches Erscheinen doch heraushören.

»Du gehst nicht ans Handy, antwortest nicht auf meine Nachrichten, also …« Er zuckte mit den Schultern und sah sie lächelnd an.

»Woher weißt du überhaupt, wo ich bin?«

»Katja«, antwortete er ruhig.

»Du hast sie danach gefragt?«

Johann wurde rot. »Nicht direkt, sie hat es nebenbei erwähnt.«

»Vermutlich, als sie eine ihrer Schimpftiraden über mich abgelassen hat.«

Der Student erwiderte nichts darauf. Er war vorsichtig gewesen und hatte einfach abgewartet. Es hatte nicht lange gedauert, und Katja, die sich gerne über Ronja ausließ, war auf den Job im Institut zu sprechen gekommen. Erst hatte der Student gezögert, da ihm Ronja bislang die kalte Schulter gezeigt hatte, aber nach dem jüngsten Streit mit Katja verspürte er stärker denn je den Drang, endlich reinen Tisch zu machen.

Er bemerkte nicht, dass er immer noch dastand und Ronja anstarrte wie ein verliebter Schuljunge.

Da für sie die Situation vollkommen neu war, blaffte sie grober als beabsichtigt: »Was ist?«

Johann ging einen Schritt auf sie zu und blickte ihr direkt in die Augen, bevor er sagte: »Du hast mir gefehlt.«

»Ist das so?«, antwortete sie knapp. Dieses Mal gelang es ihr nicht, distanziert zu bleiben; ihr Gesichtsausdruck verriet sie. Er zögerte nicht, sondern zog sie an sich und küsste sie leidenschaftlich auf den Mund. Ronja gab jeden Widerstand auf. Zwei Minuten später waren sie in ihrem kleinen Zimmer, kurz darauf lagen sie miteinander im Bett. Er streichelte sie zärtlich, und Ronja stieß leise Seufzer aus, spürte seine Hände auf ihrem Körper, den er mit Küssen bedeckte, und genoss seine Erregung, als er in sie eindrang und erst langsam, dann immer schneller seine Befriedigung fand. Danach lagen sie erschöpft nebeneinander, und keiner wollte den wunderbaren Moment der Verbundenheit durch ein falsches Wort unterbrechen.

Schließlich war es jedoch Johann, der sich ein paar Dinge von der Seele reden musste: »Was hältst du davon, wenn ich mit dir komme?«

Ronja hob erstaunt den Kopf: »Wohin denn?«

Er lachte. »Na, zu deinem Auslandsstudium, wo war das noch mal?«

Sie grinste und erwiderte: »Madrid.« Weil sie davon ausging, er würde scherzen, fügte sie schnell an: »Was willst du denn in Spanien?«

»Bei dir sein und die Sprache lernen.« Er antwortete ihr völlig ernst, und die Entschlossenheit in seiner Stimme machte die Studentin stutzig.

»Das ist ein Witz, oder?«, hakte sie deshalb unsicher nach.

Johann richtete sich auf und küsste sie auf die Stirn: »Nein, ist es nicht. Und egal was du sagst, ich lasse mich nicht mehr umstimmen.«

Sie war unfähig, etwas zu sagen, und glaubte gerade, ihr ganz eigenes Märchen zu erleben. Der gut aussehende Prinz entschied sich für das hässliche Entlein; das war zu schön, um wahr zu sein. Und wie so häufig in Ronjas Leben löste der eigene Verstand das wundervolle Luftschloss, in dem sie sich eben noch glücklich im Kreis gedreht hatte, in Wohlgefallen auf.

»Du hast Katja nichts von uns gesagt, nehme ich an?«, fragte sie nun eine Spur schärfer.

»Nein«, antwortete er ehrlich, »aber ich werde das regeln.«

Sie überlegte, ob sie ihn die nächste Frage überhaupt stellen sollte. Sie wusste tief in ihrem Inneren, dass es vermutlich klüger wäre, ihn nicht weiter zu drängen, aber ihr Wunsch nach einer gemeinsamen Zukunft war einfach zu groß. »Hat dich Katja mit irgendetwas in der Hand?«

Sein Gesichtsausdruck war ihr Antwort genug.

Unverkennbar hatte sie ins Schwarze getroffen. Das »Nein«, das nun folgte, war daher wenig glaubhaft.

Sie machte sich von ihm los und stand auf. Ein plötzliches Schamgefühl ließ sie schnell nach dem Bademantel greifen, den sie wie eine sichere Rüstung fest um sich herumwickelte. »Ich will nicht, dass Katja künftig eine Rolle in unserem Leben spielt. Was auch immer da zwischen euch ist, du musst das in Ordnung bringen und beenden.«

Er war nun ebenfalls aufgestanden, und ihr Blick streifte für einen Moment sehnsüchtig seinen Körper, dann riss sie sich zusammen und sagte: »Wenn das mit uns funktionieren soll, müssen die Spielchen aufhören.« Er wollte etwas erwidern, aber sie unterbrach ihn: »Warte, ich muss noch etwas loswerden.«

Er biss sich auf die Lippen und blickte sie an.

»Mir ist schon klar, dass ihr beide ordentlich über die Stränge geschlagen habt. Was auch immer es war, Drogen, Alkohol oder irgendwelche Perversitäten, ich brauche keine Details.«

Die Erleichterung in seinem Blick entging ihr nicht. Ein wenig machte es sie traurig, dass sie mit ihrer Einschätzung so richtiglag, und wieder einmal verfluchte sie ihren Scharfsinn. Allerdings würde der sie auch davor bewahren, den Mann ihrer Träume zu verlieren, indem sie Unmögliches einforderte. »Hörst du, ich will davon nichts wissen. Für mich zählt nur, dass es ab sofort vorbei ist. Das ist meine einzige Bedingung.«

Er küsste sie auf den Mund. »Es ist vorbei, das schwöre ich dir.«

* * *

Als Hans Torgen spät in der Nacht seinen Wagen vor dem Institut abstellte, fuhr der junge Mann mit dem Motorrad gerade an ihm vorbei.

Mit dir haben sie sich also nicht getroffen, dachte der Wissenschaftler grimmig und warf einen Blick in den Rückspiegel. Seine Augen waren vom Alkohol gerötet. Er hatte Glück gehabt, dass er nicht in eine Verkehrskontrolle geraten war. Mühsam stieg er aus dem Wagen und stapfte unsicher zu seinen Labors. Hierhin zog er sich in letzter Zeit oft zurück. Die luxuriöse Penthousewohnung in der Stadt, die er immer stolz als sein Liebesnest bezeichnet hatte, erinnerte ihn zu sehr an die Vergangenheit.

Das Institut lag im Dunkeln, niemand hielt sich zurzeit darin auf. Gustav Neller fungierte gelegentlich als Wachmann und drehte gerade seine Runde. Der Kies knirschte, als der grobschlächtige Landwirt jetzt um eine Ecke kam und direkt auf Hans Torgen zuging. Er leuchtete mit der Taschenlampe, erkannte den Wissenschaftler und hob die Hand zum Gruß.

Hans erwiderte das mit einem Brummen und verschwand im Gebäude. Er schwankte und hielt sich an der Wand fest. Mit einem Ruck öffnete er den Krawattenknoten und atmete durch. Nach dem Essen hatte er Evi und Jula noch in einen Klub geführt, einen doppelten Brandy geordert und sich wenig später mit einer Ausrede verabschiedet. So hatte er sich wenigstens weitere Peinlichkeiten erspart. Evi war gar nicht erst versucht gewesen, ihn aufzuhalten, und hatte ihm lediglich ein gelangweiltes Kopfnicken geschenkt, während Jula, dieses verlogene Miststück, tatsächlich so getan hatte, als würde sie seinen vorzeitigen Aufbruch bedauern.

»Du kannst uns doch jetzt nicht allein lassen«, hatte sie zuckersüß geträllert und einen Schmollmund gezogen.

Hans wollte das alles vergessen und wankte weiter Richtung Büro. Dort ließ er sich in den Stuhl fallen, kramte aus der untersten Schublade seinen Schnapsvorrat heraus und nahm einen großen Schluck des fünfundvierzigprozentigen Mirabellenwassers. Sein Blick fiel auf die beiden Glasampullen, die er von Leon Neller erhalten hatte. Sie hatten neben dem Alkohol gelegen, und er hatte den Eindruck, sie würden ihn nun provozierend anstarren. Er nahm eine davon in die Hand. Was hatte Leon noch mal gesagt? »Wenn die Weiber nicht so spuren, muss man nachhelfen.« War er tatsächlich so leicht zu durchschauen?

Hans Torgen gönnte sich erneut einen Schluck des Edelbrandes und trat zum Spiegel. Seine Faust umschloss immer noch die Ampulle, während er sein Abbild betrachtete.

»Was ist nur aus mir geworden?« Der, der ihm entgegenblickte, schien ihm fremd. Und mit einem Mal empfand Hans eine solche Wut auf das Leben und die Vergänglichkeit, dass er laut aufschrie. Die Ampulle zwischen seinen Fingern zerbrach, und eine der feinen Scherben schnitt wie ein Skalpell in seine Handfläche. Der kurze, durchdringende Schmerz war wie eine Erlösung, er öffnete die geballte Faust und rang nach Luft. Die Reste des Inhalts liefen über seine Haut, das zersprungene Glas rieselte leise auf den Boden und mischte sich mit dem Blut, das aus der Wunde tropfte.

Einige Minuten verharrte er reglos, dann besann er sich. Er würde schleunigst die Sauerei beseitigen und außerdem Leon um Nachschub bitten müssen. Was hatte er sich nur dabei gedacht, so dermaßen die Beherrschung zu verlieren? Was, wenn hier plötzlich jemand aufgetaucht wäre? Niemand durfte ihn so sehen, auch nicht Carmen. Vor allem nicht Carmen. Wüsste sie von seinem Geheimnis, würde das alles nur noch schlimmer machen. Es war jedoch nicht ihr Verrat, den er fürchtete, sondern ihr Verständnis. Oh ja, sie würde herumstolzieren, sich gönnerhaft geben und ihn damit zu einem armseligen Würstchen degradieren. Aber nicht mit ihm. Er straffte seinen Oberkörper und schüttelte den Kopf, so als könnte er damit den Nebel, den der Alkohol darin verursacht hatte, einfach loswerden.

Torgen blickte erneut in den Spiegel, war jetzt völlig ruhig und genoss die Vorstellung, Jula und Evi würden eines Tages auf ihr Leben zurückblicken und genau wissen, dass alles anders gelaufen wäre, wenn sie sich ihm gegenüber heute nicht so abscheulich verhalten hätten.

Kapitel 8

Am nächsten Morgen

Katja konnte ihre Wut kaum bändigen. Johann war am Vorabend nicht erschienen, wie hatte er das wagen können? Niemand ließ Katja Preiwald einfach sitzen. Sie hatte versucht, ihn über das Handy zu erreichen, aber da war sie jedes Mal auf der Mailbox gelandet.

Nun tigerte sie unruhig in ihrem Zimmer auf und ab und überlegte, was sie tun konnte, damit ihr die Kontrolle nicht entglitt. Fieberhaft ging sie gedanklich die letzten Wochen durch. Wann hatte sich etwas geändert? Ihr fiel der Tag ein, an dem Ronja erst am späten Morgen nach Hause gekommen war. Auch ihre Verbindungsschwester war nicht wie sonst gewesen, als sie ihre Sachen gepackt und sich ins Institut von Doktor Torgen begeben hatte. Anschließend war Katja mit Johann bei der Kluberöffnung gewesen. Hatte Johann nicht versucht, Ronja in Schutz zu nehmen?

Katja riss die Augen weit auf. Nein, das konnte nicht sein, niemals! Sie fing am ganzen Körper an zu zittern. Johann und Ronja, unmöglich. Aber je mehr sie sich gegen die Vorstellung sträubte, dass Johann ein Verhältnis mit der verhassten Verbindungsschwester haben könnte, desto sicherer wurde sie, dass genau das zutraf.

»Ich Idiotin!«, rief sie laut aus. »Wie konnte ich das übersehen?«

Er hatte sich ihr entzogen. Dafür gab es nur eine Erklärung, nämlich eine andere Frau. Hass durchflutete Katjas Körper wie eine heiße Welle. Sie hatte die Kontrolle tatsächlich bereits verloren. Zwar war ihr Johann vollkommen gleichgültig, denn letzten Endes hielt sie ihn für austauschbar, aber die Entscheidung, wann er zu gehen hatte, musste einzig und allein bei ihr liegen. Allerdings sah es jetzt so aus, als wollte er sie einfach abservieren – aber so leicht ließ sie sich nicht hinters Licht führen. Und was Ronja anging, wäre es Katja ein Vergnügen, sie über alle widerwärtigen Details Johann betreffend in Kenntnis zu setzen. Sie war bereits mittendrin, ihre Rache vorzubereiten, als es an der Tür klopfte.

Eine der Verbindungsschwestern trat ein und teilte ihr mit, dass Johann sie sprechen wolle.

»Er ist hier?«, rief Katja überrascht und hätte sich dafür am liebsten geohrfeigt, da sie damit sofort die Neugier der anderen geweckt hatte. Das fehlte noch, dass jemand im Haus den Verdacht hegte, sie wäre wegen Johann besorgt. Auch nur das geringste Anzeichen von Schwäche könnte ihr nämlich in dieser Schlangengrube das Genick brechen.

»Wenn du mich so anstierst, siehst du aus wie ein ausgetrockneter Frosch«, schnauzte sie daher bissig in Richtung der jungen Frau an der Tür, die sofort rot anlief und eine Entschuldigung murmelte.

»Schick ihn zu mir herauf«, gab sie ihre Anweisung und versuchte sich zusammenzureißen.

Als Johann eintrat, wirkte Katja völlig normal. Falls sie gehofft hatte, sein Verhalten könnte ihren Verdacht ausräumen, dann wurde sie gerade bitter enttäuscht. Er machte sich noch nicht einmal die Mühe, zerknirscht zu wirken, weil er sie am Vorabend hatte hängen lassen. Im Gegenteil, er trat selbstbewusst auf, und in seiner Stimme war weder ein Zögern noch der Hauch eines schlechten Gewissens.

»Ich bin nur gekommen, um dir zu sagen, dass es vorbei ist.« Sein Blick war herausfordernd.

Sie hatte nichts planen können und musste jetzt improvisieren. Keinesfalls wollte sie so einfach aufgeben. Schon aus purer Boshaftigkeit würde sie Johann das Leben künftig schwer machen, aber dafür benötigte sie mehr Zeit. Am liebsten hätte sie ihn ins Gesicht geschlagen; aber da er vermutlich mit einem Wutausbruch rechnete, war er darauf vorbereitet. Nein, sie wollte ihn in eine Falle locken, also reagierte sie unerwartet.

»Ich dachte mir schon, dass etwas nicht stimmt.« Ihre Stimme war frei von jeglicher Wut, es lag nur ein tiefes Bedauern darin.

Tatsächlich schien Johann irritiert. Etwas unsicherer sagte er: »Ich werde eine Weile fortgehen.«

Sie nickte, dachte allerdings: *Natürlich wirst du das, zusammen mit diesem widerlichen Exemplar von einer Frau.*

»Das ist bedauerlich, du wirst mir fehlen«, entgegnete sie jedoch höflich.

Johann hatte mit allem gerechnet, aber nicht damit. Sie machte keinerlei Anstalten, ihn nach seinen Gründen zu fragen. Das passte nicht zu ihr, und deshalb gab es dafür nur eine Erklärung – sie wusste längst Bescheid. Diese Erkenntnis traf Johann wie ein Faustschlag. Was hatte Katja vor?

»Ich wünsche dir alles Gute, ich werde jetzt gehen«, wandte er sich erneut an sie, nickte ihr zum Abschied zu und berührte schon den Türknauf, als sie ihn zurückhielt.

»Warte!«

Johann, der noch mit dem Rücken zu ihr stand, schloss für einen Moment die Augen. Nun war es also so weit.

Er entsprach ihrer Aufforderung und drehte sich erneut in ihre Richtung. Sie kam auf ihn zu, und plötzlich sah er nicht mehr nur den schlanken Körper und das makellose Gesicht, sondern auch die Bosheit und die innere Hässlichkeit, die Katja Preiwald ausmachten. Er empfand Abscheu, vor allem sich selbst gegenüber. Wie hatte er sich nur all die Jahre von dieser Frau benutzen lassen können?

Sie kannten sich seit dem Teenageralter, stammten beide aus Stuttgart und kamen immerhin aus der gleichen gesellschaftlichen Schicht. Da war es normal, sich ständig auf irgendwelchen Veranstaltungen zu begegnen. Letztlich hatten sie beide einen Studienplatz in Tübingen bekommen, und er war richtig versessen darauf gewesen, Katja ins Bett zu zerren. Und jetzt wünschte er sich, er wäre dieser Frau niemals begegnet.

Ob sie spürte, wie aufgewühlt er war, ließ sich nicht erkennen. Jedenfalls drückte sie die richtigen Knöpfe, als sie nun dicht vor ihm stand und sagte: »Du musst ja wissen, was du tust, aber ich denke, du schuldest mir noch einen letzten Gefallen.«

Er wollte widersprechen, das konnte sie ihm ansehen. Er setzte schon an, aber sie ließ ihn nicht zu Wort kommen, sondern flüsterte bedrohlich: »Dein Vater wird nicht begeistert sein, wenn er von unseren ...« Sie tat so, als suchte sie nach dem geeigneten Wort und wackelte affektiert mit dem Kopf. »... nennen wir es Eskapaden, erfährt.«

Johann war versucht, seine Hände nach ihr auszustrecken, sie um ihren Hals zu legen und einfach zuzudrücken. Er hielt sich allerdings zurück und entgegnete stattdessen wütend: »Und was, denkst du, wird deiner dazu sagen?«

Sie lachte, und er dachte automatisch an Fingernägel, die über eine Tafel kratzten.

»Er wird nicht begeistert sein, vor allem, wenn ich ihm unter Tränen erzähle, dass du mich dazu gezwungen hast«, antwortete sie gelassen.

»Du bist widerlich!«, schrie er sie an.

Die Beleidigung traf Katja, aber auch das ließ sie sich nicht anmerken. »Du tust mir diesen einen Gefallen, und danach sind wir geschiedene Leute. Niemand wird je etwas von unserem kleinen Zeitvertreib erfahren.«

Johann sah keine andere Möglichkeit, als einzuwilligen. Er erinnerte sich mit schlechtem Gewissen an das Versprechen, das er Ronja letzte Nacht gegeben hatte. Aber ihm blieb keine Wahl. Wenn das der Preis für seine Freiheit war, dann würde er sich ein letztes Mal Katjas Willen beugen.

»Ich werde mich bei dir melden«, säuselte sie zum Abschied, wedelte mit der Hand als Zeichen, dass er gehen konnte, und sah ihm mit einem falschen Lächeln hinterher.

»Wir sind erst miteinander fertig, wenn ich es sage«, stieß sie jedoch aufgebracht hervor, als sie sicher sein konnte, dass er das Haus verlassen hatte.

Die Wut breitete sich wie eine aggressive Krankheit in ihr aus. Sie griff nach dem Kaffeebecher und schleuderte ihn voller Wucht gegen die Wand. »Du wirst mir nicht entkommen«, keifte sie dabei, und ihr Zorn entlud sich jetzt über die Utensilien auf dem Schreibtisch, die sie mit einer heftigen Handbewegung wegfegte. Sie trat gegen die große Bodenvase, die gefährlich zu taumeln begann, umkippte und unversehrt über den Teppich rollte, schmiss Bücher gegen die Wand, boxte in die seidenen Zierkissen und trommelte mit den Fäusten gegen die Polster.

»Du entkommst mir nicht«, kreischte sie dabei erneut und wünschte Johann und Ronja mit verzerrtem Gesicht den Tod. Dann verkrampfte sich ihr Körper, und sie sank in die Knie. Sie begann hysterisch zu weinen; aber es war nicht die Trauer über den Verlust, die ihr die Tränen in die Augen trieb, sondern der Trotz eines unreifen Kindes, das seinen Willen nicht bekommen hatte. Vor der Tür rief jemand ihren Namen. Es klang besorgt, doch Katja, die augenblicklich verstummte, misstraute der freundlichen Stimme sofort.

»Verschwinde, ich will meine Ruhe«, schrie sie genervt und nahm erleichtert zur Kenntnis, dass sich Schritte entfernten.

Sie wischte sich zornig die Tränen aus dem Gesicht und krabbelte auf allen vieren zum Schreibtisch. Hektisch durchwühlte sie die Schublade, bis sie fand, wonach sie so dringend verlangte. Als sie wenige Minuten später spürte, wie der weiße Puder ihre Nasenhöhlen bestäubte und das erlösende Prickeln im Gehirn einsetzte, gelang es ihr zu entspannen. Worüber regte sie sich überhaupt auf? Johann war ihr auf Gedeih und Verderb ausgeliefert, und sie musste nur dafür sorgen, dass das auf ewig so bleiben würde.

* * *

Zur gleichen Zeit verabschiedeten sich Jula und Evi.

»Wir sehen uns noch euer Schloss an, dann fahren wir direkt nach Heidelberg«, erklärte Jula, während sie ihren riesigen Trekkingrucksack auf die Schultern hievte.

Sie standen auf dem Parkplatz des Instituts, und Carmen Raub, die eher zufällig auf die Gruppe gestoßen war, hatte das Gefühl, in einem Hühnerstall gelandet zu sein. Selbst Amar machte ein Aufheben, als müsste er sich für immer von seiner Mutter trennen.

Carmen war froh, dass die beiden endlich verschwanden. Hans hatte die Nacht im Labor verbracht, das war ihr heute Morgen sofort aufgefallen. Sie hatte Genugtuung empfunden, denn das bedeutete, dass seine Verabredung mit den beiden Australierinnen ordentlich in die Hose gegangen war. Allerdings beunruhigte sie, wie sehr ihn diese Fehlschläge veränderten. Er stand mit starrem Gesichtsausdruck bei der Gruppe, bemühte sich, lässig zu wirken, und erschien Carmen doch vollkommen fehl am Platz. Außerdem fand sie es unangebracht, dass der Leiter des Instituts angeboten hatte, diese beiden notgeilen Tussis in die Stadt zu fahren. Kaum anzunehmen, dass Ronja und die anderen mit den Australierinnen Kontakt halten würden. Solche Bekanntschaften waren immer von kurzer Dauer, deshalb nervte Carmen der ganze Zauber umso mehr.

Tief in Gedanken versunken schrak die Assistentin von Doktor Torgen zusammen, als ihr plötzlich jemand die Hand auf die Schulter legte. Sie sah erschrocken in Pauls Gesicht.

»Was macht ihr da?«, fragte der neugierig und störte sich nicht an Carmens abweisendem Verhalten, als sie seine Hand abschüttelte.

Kelly, die den jungen Mann bemerkt hatte, winkte ihn zu sich und erklärte ihm geduldig, dass die beiden fremden Mädchen abreisen würden.

»Das ist mir wurst«, sagte er daraufhin wenig höflich, was Carmen Raub einen seltenen Moment vollkommener Einigkeit mit Paul bescherte. Sie musste sich ein zufriedenes Grinsen verkneifen.

»Aber, Paul«, hörte sie Kelly ihm antworten.

»Hauptsache, du bleibst da«, entgegnete er und ignorierte den vorwurfsvollen Ton der Studentin. Für ihn spielte es keine Rolle, wer alles kam und ging, ihn interessierte nur noch Kelly; die wollte er nämlich heiraten.

Er hatte damals beobachtet, wie Leon die Studentin aufgefangen hatte, als sie in der Wurstküche ohnmächtig geworden war. Sein Bruder war höflich und besorgt gewesen, so benahm er sich sonst nie. Und da war Paul klar, dass Kelly etwas Besonderes sein musste. Außerdem war sie von Anfang an nett zu ihm gewesen; deshalb stand seine Entscheidung fest, er würde sie heiraten.

Seiner Familie hatte er diesen Plan bereits mitgeteilt. Erst kürzlich beim Mittagessen. Ausnahmsweise saß auch Leon dabei, deshalb erschien ihm der Zeitpunkt günstig. Natürlich gönnten sie ihm wieder einmal sein Glück nicht. Klara stieß ganz aufgeregt ihr nerviges »Aber, Junge!« aus. Gustav war nicht einmal gewillt, den Kopf zu heben, und brummte nur abfällig. Und Leon?

»Träum weiter«, hatte der gesagt.

Und genau das hatte Paul auch vor. Er würde weiter träumen und sich auf den großen Tag vorbereiten. Er hatte sogar schon ein Hochzeitsgeschenk für seine Braut, aber daran musste er noch arbeiten. Deshalb behielt er es vorerst auch für sich, sonst wäre es ja keine Überraschung mehr.

»Also, lebt wohl!« Die lauten Rufe holten ihn zurück in die Realität.

Automatisch hob er wie die anderen die Hand und winkte dem Wagen von Doktor Torgen hinterher.

»Gehen wir später spazieren?«, wandte er sich an Kelly.

»Ja, gerne, nach der Arbeit«, sagte sie freundlich, und ihr Gegenüber strahlte über das ganze Gesicht, bevor ihm Gustav mit polternder Stimme zurief: »Paul, los, der Häcksler wartet nicht!«

Paul sah zu Kelly und grinste, bevor er in verschwörerischem Tonfall sagte: »Natürlich wartet der. Wo sollte er denn hin, ist doch nur ein Häcksler.« Danach flüsterte er: »Der Gustav ist manchmal ganz schön blöd.«

Als Gustav erneut über den Hof brüllte, bequemte sich Paul, zu gehorchen, und verabschiedete sich von Kelly.

»Scheint, Sie haben einen Freund gefunden«, wandte sich Carmen an die junge Studentin.

Kelly lachte fröhlich: »Er tut mir leid. Ich glaube, er fühlt sich hier sehr einsam.«

Die Assistentin von Doktor Torgen runzelte die Stirn, wollte einen Einwand vorbringen, entschied sich aber dagegen. Würde sie etwas Negatives über Paul sagen und das Hans irgendwann zu Ohren kommen, wäre der nur wieder sauer. Also behielt Carmen ihre Weisheiten für sich. Kelly Miller musste selbst wissen, mit wem sie ihre Freizeit verbringen wollte – solange ihr Interesse nicht Hans Torgen galt, war seiner Assistentin alles andere herzlich egal.

* * *

Jula blinzelte vorsichtig und kniff sofort wieder die Augen zusammen. Es fühlte sich an, als hätte sie einen dieser schrecklichen Migräneanfälle, die die Betroffenen für mindestens einen Tag außer Gefecht setzen konnten. Aber da war noch mehr. Nicht nur das Gefühl, sich übergeben zu müssen, und die dröhnenden Kopfschmerzen beeinträchtigten sie, auch war es ihr beinahe unmöglich, sich zu bewegen. Und dann öffnete sie die Augen.

Die Erkenntnis traf sie so hart, als wäre sie von einem Hochhaus gesprungen und auf einer eiskalten Wasseroberfläche aufgeschlagen, als hätte ein Elektroschock brutal ihren Geist wachgerüttelt: Sie war weder krank noch in einem Traum, das hier war real.

Als Nächstes begriff sie, dass man ihr den Mund zugeklebt hatte, deshalb erstickte ihr Rufen und Schreien hinter dem Plastikstreifen, der wie Feuer auf den Lippen brannte.

Um sie herum herrschte vollkommene Dunkelheit. Man hatte sie auf einen Stuhl gesetzt und gefesselt, von irgendwoher drang ein Geräusch an ihre Ohren. Automatisch drehte sie den Kopf in die Richtung, aus der sie die seltsamen Töne vernommen hatte. Ihre Sinne waren durch die Betäubungsmittel nicht verlässlich, und so dauerte es einen Moment, bis sie das leise Fiepen und Trippeln zuordnen konnte. Ganz in ihrer Nähe mussten Ratten sein. Die Vorstellung, eines dieser Pelztiere würde über ihre Füße krabbeln und seinen nackten rosafarbenen Schwanz an ihren Beinen entlangstreifen lassen, ließ sie erschaudern. Obwohl ihr der Verstand sagte, dass die Nager vorerst ihr geringstes Problem wären, malte sie sich ein Horrorszenario aus, in dem ihr scharenweise Ratten über den Körper huschten, sich in ihren langen Haaren verfingen, daran zerrten und am Ende ihre scharfen Zähne in Julas Haut schlugen.

Sie zappelte panisch auf ihrem Stuhl und verlor fast den Verstand, als ihre Zehen etwas Weiches berührten. Sie stellte jedoch erleichtert fest, dass sich das flauschige Etwas nicht bewegte, nur um im nächsten Moment hysterisch zu werden bei dem Gedanken, dass es sich vielleicht um den Kadaver einer toten Ratte handeln könnte.

Unfähig, sich zu beruhigen, bäumte die junge Australierin ihren Körper auf, so als würden sie schwere Krämpfe schütteln, doch die Fesseln lockerten sich dadurch nicht. Sie verharrte erst reglos, als sich die Tür öffnete. Einen kurzen Moment lang klammerte sich Jula an die Hoffnung, man würde sie retten, dann traf sie etwas Hartes am Kopf, und sie verlor das Bewusstsein.

* * *

In dieser Nacht brütete Kommissar Frank Kröner wie so oft in letzter Zeit über den Berichten, die die vermissten Frauen betrafen. Seit Tagen versuchte er, eine Verbindung zwischen der Toten im Neckar, Nina Wäldele, von der weiterhin jede Spur fehlte, und den Vermisstenfällen der letzten Jahre herzustellen. Allerdings ohne Erfolg. Er gestand sich ein, dass er das nicht nur aus lauter Idealismus tat, insgeheim gefiel ihm auch die Vorstellung, derjenige zu sein, dem es gelang, ein großes Rätsel zu lösen. Wäre es nicht schön, ein einziges Mal im Leben ganz oben zu stehen? Wenigstens für eine kleine Weile den großen Helden zu mimen, der mehr geschafft hatte als alle anderen?

Er sah auf die ausgebreiteten Papiere und flüsterte nicht das erste Mal: »Hier irgendwo muss doch die Lösung stecken.«

Es folgte ein langer, gequälter Seufzer, und sein Selbstvertrauen verflog. Wie konnte er annehmen, mehr zu wissen als all die erfahrenen Kollegen vor ihm? Er arbeitete jetzt schon eine ganze Weile mit Beate Kraus zusammen und wusste, dass sie eine ausgezeichnete Polizistin war. Hätte es Hinweise gegeben, wären die ihr nicht entgangen. Frank stand auf, schlurfte wie ein alter Mann zum Kühlschrank und nahm sich eine Flasche Bier heraus.

Trotzdem wäre es natürlich schön gewesen, derjenige, welcher zu sein. Er dachte an bewundernde Blicke, Gratulationen und Zeitungsberichte über den *Superpolizisten*. Schließlich war er froh, dass niemand in seinen Kopf sehen konnte, und schob diese kindische Fantasie schnell in den hintersten Winkel seines Gehirns.

Unwillkürlich kam ihm Kelly Miller in den Sinn, die er gerne privat kennengelernt hätte. Er war sich sicher, dass sie ihn nicht mochte. Das hatte er gleich gemerkt, als sie sich ihm gegenüber so trotzig verhalten hatte. So lief das immer. Die Frauen fielen vor Entzücken nicht reihenweise in Ohnmacht, wenn er irgendwo auftauchte; aber durfte er nicht wenigstens erwarten, dass seine inneren Werte geschätzt wurden? Immerhin konnte sich eine Partnerin voll und ganz auf ihn verlassen. Aber das zählte heutzutage wohl eher als Schwäche.

Traurig dachte er an seine letzte Beziehung. Die allwissende Silke mit ihren genauen Moralvorstellungen, die kein gutes Haar an anderen Frauen lassen konnte, hatte ihn einfach so mit einem anderen Mann betrogen. Natürlich war das dann auch nicht ihre Schuld gewesen.

»Du warst nie da, mir ging es nicht gut, ich fühlte mich einsam!« Völlig geschockt hatte er damals ihren Worten gelauscht und dabei ganz versäumt zu fragen, ob sie einsam gewesen war, weil er Überstunden machen musste, um die teure Einbauküche zu bezahlen, oder weil sie mit ihren giftigen Kommentaren ehemals gute Freunde vergrault hatte.

Aber Silke hätte das sowieso nicht kapiert. Von der Einbauküche war ihm nach der Trennung der überdimensionale Kühlschrank geblieben und tief in seinem Inneren die leise Ahnung, gerade noch einmal davongekommen zu sein.

Trotzdem hätte Frank Kröner gerne jemanden an seiner Seite. Wieder dachte er an Kelly. Natürlich hatte ihn Beate Kraus über deren Exfreund ins Bild gesetzt. Er hätte sich gewünscht, den Typ verhaften zu können, egal weswegen.

Er erinnerte sich an das Gespräch mit Katja Preiwald. Dieses Mal hatte Beate Kraus nicht einen erfahrenen Mitarbeiter geschickt, sondern war selbst zusammen mit Frank Kröner bei der Tochter des Politikers aufgetaucht. Zu behaupten, Katja hätte nicht zumindest auf einen bestimmten Bereich seines Körpers Eindruck gemacht, wäre eine glatte Lüge. Allerdings genügte ein zweiter Blick, um zu erkennen, wie gefährlich es war, sich mit dieser Frau einzulassen.

Beate Kraus hatte die Befragung souverän geführt und sich auch nicht von den unterschwelligen Drohungen und den gelegentlichen Hinweisen auf die Position von *Papa Preiwald* beeindrucken lassen. Sie waren ohne neue Erkenntnisse gegangen. Wieder kam ihm ein Seufzer über die Lippen.

Es war schon spät, deshalb schob er die Ausdrucke übereinander und verstaute sie in der Mappe. Wenn sie wirklich weiterkommen wollten, mussten sie Nina Wäldele finden. Auf dem Revier glaubte keiner mehr daran, dass die Frau mit dem Puppengesicht noch lebend auftauchen würde. Er und seine Kollegen gingen von einer Gewalttat aus – aber ohne Leiche gab es momentan keine einzige Spur, die sie verfolgen konnten.

* * *

Der nächste Morgen brachte schon früh die sommerliche Hitze. Kelly genoss es, die erste Tasse Kaffee auf der Veranda zu trinken und in Richtung der Obstwiesen zu blicken. Kurz dachte sie an Jula und Evi, die vermutlich seit gestern Heidelberg unsicher machten. Sie hatte den beiden noch eine E-Mail mit Tübinger Stadtansichten zur Erinnerung geschickt, aber bisher keine Antwort erhalten. Eine der anderen Zimmertüren öffnete sich, und Ronja kam verschlafen um die Ecke.

Sie wirkte bedrückt, und da sich die Studentinnen mittlerweile angefreundet hatten, fragte Kelly besorgt: »Alles in Ordnung?«

Natürlich war auch ihr nicht entgangen, dass vorletzte Nacht Johann bei Ronja gewesen war, und selbstverständlich hatte sie sich auch daran erinnert, dass sie den jungen Studenten in Katja Preiwalds Dunstkreis gesehen hatte. Kelly hatte es bisher nicht gewagt, nach Details zu fragen, und auch heute Morgen hielt sie sich zurück.

Allerdings war es nun Ronja selbst, die das Thema anschnitt: »Hast du dich schon einmal in den falschen Kerl verliebt?«

Kelly konnte nicht anders und musste lachen: »Einmal?«

Ronja entspannte sich ein wenig. »Ich dachte, ich bekomme das hin. Aber es fällt mir schwer, ihm zu vertrauen.«

Sie bemerkte das Stirnrunzeln ihrer Gesprächspartnerin und sah sich genötigt, eine Erklärung abzugeben: »Ich bin total in Johann verknallt. Ich denke, ich liebe ihn. Aber seine Ex, oder wie auch immer man das nennen mag …«

Kelly fragte genervt: »Katja Preiwald?«

Ronja nickte bestätigend. Ihr tat es gut, mit jemandem darüber reden zu können. Ohnehin würde ihre Beziehung zu Johann nicht mehr lange ein Geheimnis bleiben. Spätestens wenn sie in ein paar Wochen mit ihm nach Madrid aufbrach, wäre die Katze aus dem Sack.

»Es ist einfach so passiert. Ich hätte nie damit gerechnet, dass er meine Gefühle erwidert, und dann, eines Abends …«

»Aber das ist doch gut«, wollte sie Kelly aufmuntern.

»Ja, schon, aber ich befürchte, es gibt Probleme.«

»Du meinst wegen Katja?«

»Genau. Er sagt, er will mit ihr nichts mehr zu schaffen haben, und doch hatte ich gestern am Telefon das Gefühl, dass die Sache noch nicht erledigt ist. Er bestreitet es. Aber was, wenn sie ihn wieder um den Finger wickelt? Ich meine, sie sieht super aus, und ich …« Ronja musste gegen die Tränen ankämpfen.

»He …« Kelly legte ihr eine Hand auf den Arm. »Ich bin überzeugt, er hat längst erkannt, was für ein Mensch Katja wirklich ist.«

»Vielleicht, aber ich bin mir nicht sicher.«

Kelly verzog traurig das Gesicht. »Siehst du, ich war mir bei meiner letzten Beziehung absolut sicher, und doch ging alles den Bach runter. Womöglich solltest du dir nicht so viele Gedanken machen.«

»Das ist nicht so einfach.«

In dem Moment gesellte sich Amar zu ihnen. »Was ist nicht einfach?«, fragte er neugierig mit seinem charmanten Akzent.

»Die Liebe«, antwortete ihm Kelly theatralisch, was den jungen Mann veranlasste, vollkommen ernst zu antworten: »Ja, ich weiß, ihr Schwaben seid eben alle hoffnungslose Romantiker.«

* * *

Als Jula das nächste Mal erwachte, war das Licht eingeschaltet. Sie war benommen und hatte Schmerzen, deshalb benötigte sie einige Minuten, um sich zu orientieren. Langsam wurde ihr wieder klar, in welcher Situation sie sich befand, und ihr Herzschlag beschleunigte sich. Jula war immer noch an den Stuhl gefesselt und hatte nach wie vor das Klebeband über dem Mund. Aber etwas war anders. Sie spürte ein Gewicht auf ihren Oberschenkeln, auch hatte sie das Gefühl, dass an den Stellen, an denen ihre Haut nicht von Kleidung bedeckt war, zarte Fäden über ihrem Körper lagen, so als wären Reste eines Spinnennetzes auf ihrer Haut haften geblieben. Es handelte sich um erste Eindrücke, die noch keinen Sinn für Jula ergaben. Die junge Frau senkte den Kopf. Es war eine automatische Reaktion, denn eigentlich wollte sie gar nicht wissen, was da wie ein schwerer Klotz ihre Knie beschwerte. Als ihr Blick jetzt auf den kahlen Schädel fiel, der auf ihren Schenkeln ruhte, wurde ihr für einen Moment schwarz vor Augen, allerdings wollte sich die erlösende Ohnmacht nicht einstellen.

Er beobachtete sie, lehnte dabei lässig gegen die Wand und war zufrieden. Seine Kleider hatte er bereits abgelegt, und es erstaunte ihn, wie gleichgültig die Gefangene auf seine Anwesenheit reagierte. Offensichtlich schien sie der leblose Körper ihrer Freundin wesentlich mehr zu schockieren als seine Nacktheit.

Was für eine interessante Erfahrung. Es war das erste Mal, dass er zwei Frauen zur gleichen Zeit hergebracht hatte. Vielleicht hätte er das schon viel früher ausprobieren müssen. Jedenfalls versetzte ihn der Anblick der beiden in eine ungewohnt ekstatische Stimmung. Das ging sogar so weit, dass er das Bedürfnis empfand, dieses Bild für immer festzuhalten. Aber er durfte sich nicht hinreißen lassen. Die besonderen Momente seines Lebens waren nur für seine Erinnerungen bestimmt. Keinesfalls konnte er riskieren, sie auf andere Weise zu konservieren.

Die Frau auf dem Stuhl sah ihn an. Er mochte ihre tränenverschmierten Gesichter unter den kahlen Schädeln. Verloren und hässlich waren sie dann, und doch erregten sie ihn in diesem Zustand am meisten. Wenn die Fassade und mit ihr die Schönheit abgebröckelt war, fühlte er sich ihnen ebenbürtig.

Versonnen betrachtete er seine Kreation: Der Anblick der toten Evi, die vor Jula kauerte, den Kopf auf deren Schoß gelegt hatte und sich völlig reglos an die Freundin schmiegte, und die gazellenhafte Gestalt von Jula, die nichts als Schmerz und Verzweiflung empfand, überwältigte ihn. Dennoch verzog er jetzt das Gesicht. Das Zerren der Australierin an ihren Fesseln drohte das Bild zu zerstören, und er war genervt.

Jula hatte den Mann in der Ecke entdeckt, und mit ihm kam die Erinnerung zurück. Am Bahnhof hatte er ihnen angeboten, sie nach Heidelberg zu bringen, sie waren ohne Misstrauen mitgefahren. Warum hätten sie Angst haben sollen? Sie hatten doch einander. In der Vergangenheit waren sie oft auf einen kostenlosen Fahrer gestoßen, zum Beispiel, wenn sie einfach nur einen Pappkarton mit ihrem Reiseziel hochgehalten hatten. Warum hätten sie sich also vor so einem verlockenden Angebot fürchten sollen? Im Auto war es ausgelassen zugegangen, sie hatten dankbar die kühlen Wasserflaschen entgegengenommen und plötzlich … Filmriss.

Jetzt lag Evi tot zu ihren Füßen, und auch sie würde sterben, daran hatte Jula keinen Zweifel.

»Monster«, versuchte sie, unter dem Klebeband zu rufen.

Er sollte wissen, dass sie sah, wie er wirklich war, und dass sie ihn verabscheute. Sie hatte keine Ahnung, ob er ihr undeutliches Murmeln verstand, aber in ihren Blick legte sie all den Hass, den sie empfand.

»Du bist kein Mann, sieh dich doch an, du widerliches Schwein«, schrie sie erstickt, und kurz glaubte sie, er hätte ihre Worte verstanden. Denn mit einem Mal veränderte sich der zufriedene Blick, und das Gesicht ihres Peinigers nahm einen starren Ausdruck an.

Schlussendlich fehlte ihr die Kraft, diesen ungleichen Kampf weiterzuführen. Sie sah auf ihre tote Freundin, um die sich Julas geschorene Haare ausbreiteten, und wurde von einem Weinkrampf geschüttelt.

Es war, als wäre das ein Signal für ihn weiterzumachen. Ohne Hast trat er auf seine erschaffene Skulptur zu und zog Evis Leichnam weg. Dabei ging er nicht behutsam vor, achtlos stieß er ihren Körper auf den Boden. Evi lag nun auf dem Rücken, das gebrochene Genick ließ sie unnatürlich verrenkt aussehen. Jula sah das Blut auf dem Bauch ihrer Freundin und schreckte zurück. Was hatte er Evi angetan? Mit aller Kraft riss sie ein letztes Mal an ihren Fesseln, schrie, ohne die Lippen dabei wirklich bewegen zu können »Du Schwein!«, dann war er auch schon aus ihrem Sichtfeld verschwunden. Voller Ekel spürte sie die Berührung seiner Lippen auf ihrer kahlen Schädeldecke, gleichzeitig legte sich von hinten sein Arm um ihren Hals.

Im Moment ihres Todes schrie er auf und fühlte sich wie nie zuvor erlöst. Er war dankbar. Deshalb ließ er seine Opfer an der Wehmut, die er auch heute nach der Tat empfand, teilhaben. So saß er am Ende gegen die Mauer gelehnt und hielt in jedem Arm eine der toten Frauen. Er drückte die Körper fest an seine nackte Haut und ließ sie sein Weinen hören. Diese besondere Aufmerksamkeit hatten die beiden verdient, denn sie waren es gewesen, die ihm einen neuen, besseren Weg gezeigt hatten. Seit heute wusste er, dass ihm die Frauen noch nützlicher waren, wenn sie in ihren letzten Minuten jemanden bei sich hatten. Künftig würde er das berücksichtigen.

Kapitel 9

Am nächsten Tag

Katja hatte Johann letzte Nacht ihren Willen aufgezwungen, wie sie es in der Vergangenheit schon öfter getan hatte, aber dann war er doch gegangen. Ihre Versuche, ihn mit Drogen und Alkohol gefügig zu machen, waren gescheitert – obwohl er nicht widerstehen konnte, als sie ihm ihre vollen Lippen auf den Mund gedrückt hatte. Einen Augenblick lang presste er gierig ihren Hintern und war spürbar erregt, stieß sie jedoch von sich, bevor etwas Nennenswertes zwischen ihnen passierte.

»Hör auf damit, es ist vorbei. Wir haben eine Vereinbarung«, schnauzte er sie an.

»Früher hast du es danach immer genossen, mich zu vögeln. Also, was ist? Um der alten Zeiten willen?«

Sie ging raffiniert vor, gab ihm das Gefühl, die Kontrolle zu haben, und als sie ihr Kleid abstreifte, unter dem sie keine Unterwäsche trug, konnte Katja ihm ansehen, dass er sie wollte. Doch im nächsten Moment hatte er es sich anders überlegt und war wütend davongestürmt. Sie musste zugeben, dass sie es sich einfacher vorgestellt hatte, Johann zurückzugewinnen. Aber so wie es aussah, war sie gezwungen, zu drastischeren Mitteln zu greifen.

Heute Morgen hatte sie sich beim Stylen deshalb selbst übertroffen und fuhr jetzt voller Selbstbewusstsein zum Institut von Doktor Torgen. Es war an der Zeit, der lieben Ronja einen Besuch abzustatten.

Der Pförtner heftete gebannt den Blick auf Katjas pralle Oberweite, die in einem Hauch von teurem nichts steckte.

Selbstverständlich eilte er bereitwillig voraus und führte den Gast in die Kantine. Immerhin sprach die junge Frau von einem Notfall, also würde er Carmen Raub informieren und, so gut es eben ging, behilflich sein.

Wie es der Zufall so wollte, machten die Aushilfen gerade eine Pause, als der bemühte Torwächter mit Katja Preiwald im Schlepptau die Cafeteria betrat.

Ronja sah ihre Verbindungsschwester als Erste und ließ vor Schreck beinahe den Kaffeebecher fallen – etwas, das Katja mit Genugtuung registrierte. Was sie aber aus dem Konzept brachte, war die Anwesenheit von Kelly Miller.

Was hatte die hier zu suchen und wie stand dieses Miststück zu Ronja? Katja glaubte, den Verrat, der soeben an ihr begangen wurde, körperlich zu spüren.

Ronja war zwischenzeitlich aufgesprungen und kam auf sie zu. »Was willst du hier?«, zischte sie aufgebracht und fasste Katja am Arm, um sie nach draußen zu eskortieren.

Die ließ sich das aber nicht gefallen und wand sich aus dem Griff der anderen. »Ich wollte dir nur ins Gesicht sehen, du miese Schlampe!«

»Reiß dich zusammen«, entgegnete Ronja, die nicht gewillt war, sich von Katja beschimpfen zu lassen.

»Das sagt die Richtige. Wer vergreift sich denn am Eigentum anderer Leute?«

Obwohl Ronja innerlich bebte, versuchte sie, ruhig zu bleiben.

Die streitenden Stimmen hatten auch Carmen Raub und Hans Torgen auf den Plan gerufen, die nun weniger schockiert, sondern eher neugierig die Szene beobachteten.

»Johann ist nicht mehr an dir interessiert«, sagte Ronja schließlich beherrscht.

»Oh, da scheinst du dich zu irren. Frag ihn doch, wann er zuletzt meine Zunge in seinem Mund gehabt hat.«

Ronja verlor nun doch die Beherrschung und wollte ausholen, um Katja eine schallende Ohrfeige zu verpassen.

Diese war jedoch schneller und schnappte sich den Arm der Widersacherin. »Vorsicht, du weißt nicht, mit wem du dich gerade anlegst!« Ihre Stimme glich dem warnenden Knurren einer Katze. »Finger weg, oder ich werde sie dir brechen.«

Ronja machte sich los und wollte erneut ausholen, als Carmen Raub plötzlich zwischen die beiden Frauen trat.

»Sie sollten jetzt gehen«, sagte sie kalt in Katjas Richtung, »das hier ist Privatbesitz, und Sie wurden nicht eingeladen.« Ein wütender Blick traf den unglücklich zu Boden schielenden Pförtner, der sich bereits auf eine Abmahnung gefasst machte. »Bringen Sie diese Person nach draußen«, schnauzte ihn Carmen jetzt an.

Doch noch bevor der Mann reagieren konnte, erbot sich bereits Doktor Torgen, behilflich zu sein.

Katja hatte sich längst wieder unter Kontrolle und lächelte den Mann an, als wollte sie ihm gleich den Schlüssel zum Paradies überreichen.

»Doktor Hans Torgen«, stellte der sich daraufhin vor und bemerkte nicht, wie durchschaubar er gerade war.

Carmen Raub musste fassungslos zusehen, wie er der Blondine seinen Arm anbot. Am liebsten hätte sie sich selbst auf dieses verkommene Weibsbild gestürzt.

Obwohl die beiden fast schon aus der Tür waren, drehte sich Katja noch einmal um und sah erst zu Ronja, dann zu Kelly.

Ihr Blick war voller Grausamkeit, als sie gefährlich emotionslos sagte: »Mit euch beiden bin ich noch lange nicht fertig.«

Die Frauen in der Cafeteria atmeten automatisch durch, als sich endlich die Tür hinter Ronjas Verbindungsschwester schloss. Der Pförtner eilte schnell davon, und Amar, der überhaupt nicht verstand, was hier gerade passiert war, hatte so viel Fingerspitzengefühl, ihm zu folgen.

Ronja wollte sich bei Carmen Raub entschuldigen, aber die hob nur die Hand. »Künftig keine Privatangelegenheiten in der Firma«, war alles, was sie dazu zu sagen hatte. Gleich darauf verschwand sie in ihrem Büro.

Kelly sah verdattert zu ihrer Kollegin. »Was hat das zu bedeuten?«

»Nichts Gutes, so viel steht fest«, antwortete ihr Ronja etwas geistesabwesend. Sie musste dringend mit Johann sprechen. Auch wenn sie wusste, dass Katja gut darin war, Zweifel zu säen, konnte sie nicht gegen das starke Gefühl der Eifersucht ankämpfen.

Neben ihr sagte Kelly: »Wenn sie schon extra herkommen muss, um dir von Johanns angeblicher Untreue zu berichten, kann nichts dahinterstecken.«

Die Worte trösteten Ronja, denn sie klangen vernünftig, trotzdem hatte Katja den Stachel platziert, und er schmerzte.

Auf dem Parkplatz erlebte Katja die zweite Überraschung des Tages. Sie sah Leon Neller, der in seinem Wagen an ihnen vorbeifuhr. Geschickt versuchte sie, sich hinter Doktor Torgen zu verbergen, der ihr Manöver nicht zu durchschauen schien.

»Das Auto kommt mir bekannt vor, wer war das?«, fragte sie unschuldig, als das Fahrzeug außer Sichtweite war.

»Leon Neller. Seiner Familie gehört der Bauernhof neben unserem Institut.«

Sie tat uninteressiert, was aber nicht der Fall war.

Das trifft sich gut, dachte sie zufrieden.

Bisher war Leon Neller ein Buch mit sieben Siegeln, deshalb wäre es sicher hilfreich, etwas besser über den Mann Bescheid zu wissen.

Und als Doktor Torgen umständlich seine Einladung zum Kaffee aussprach, stimmte sie, da sie ihn für eine gute Informationsquelle hielt, bereitwillig zu.

* * *

Am späten Nachmittag machte Kelly ihren Spaziergang über die Felder. Sehr zu seinem Ärger hatte Paul sie dieses Mal nicht begleiten können, da er erneut in der Wurstküche aushelfen musste. Die Studentin hatte, als ihr das zu Ohren gekommen war, einen großen Bogen um das Wohnhaus und die angrenzende Scheune gemacht. Sie wollte nicht einmal mehr an Blut oder Fleisch denken, geschweige denn einen weiteren Blick auf die Metzgerskunst von Gustav und Klara Neller werfen.

Schnell verdrängte sie die Gedanken an ihre Ohnmacht und genoss die Sommerhitze. Obwohl sie nicht zu denen gehörte, die stundenlang in der Sonne braten konnten, mochte sie die hohen Temperaturen. Alles war so viel einfacher und unbeschwerter in dieser Zeit. Keine dicken Jacken oder klobigen Schuhe und kein ständig eingezogenes Genick, um sich vor dem kalten Wind zu schützen. Mittlerweile hatte sie sich an die kleinen Spaziergänge über die weiten Grünflächen gewöhnt und beschlossen, künftig dem *Alten Botanischen Garten* nahe der Altstadt Tübingens regelmäßige Besuche abzustatten. Ohne besonderes Ziel drehte sie ihre Runde und lauschte dabei dem Zirpen der Grillen, während sie sich vorstellte, in der Provence unterwegs zu sein. Abrupt blieb sie stehen, als eine Gruppe Amseln, die sich auf der verwitterten Vogelscheuche niedergelassen hatte, hektisch davonstob. Sie war furchtbar erschrocken und sah sich jetzt unsicher um.

Mit einem Schlag verflog all die Unbeschwertheit, und das Gefühl, beobachtet zu werden, ließ ihr einen Schauer über den Rücken laufen. Trotz der Hitze bekam sie eine Gänsehaut. Ihr erster Gedanke galt Timo, der nächste den Warnungen von Beate Kraus, und dann fing sie an zu laufen. Obwohl sie niemanden entdecken konnte, befürchtete sie, nicht allein zu sein. Ein unsichtbarer Verfolger schien ihr hinterherzujagen, zumindest hätte es für einen zufällig vorbeikommenden Beobachter so gewirkt. Die Badelatschen an ihren Füßen machten es ihr schwer voranzukommen, aber sie wagte nicht anzuhalten, um sie auszuziehen. Endlich tauchten die Gebäude des Hofes vor ihr auf. Sie stürzte zu ihrer Unterkunft, verriegelte hinter sich die Tür und sank keuchend aufs Bett. Vermutlich war es keine allzu gute Idee gewesen, allein in dieser einsamen Gegend herumzuspazieren; aber bisher hatte sie darauf vertraut, dass Timo ihren Aufenthaltsort nicht kannte.

Ihre Atmung beruhigte sich langsam, und Kelly fing an zu entspannen. Die Angst wich dem Schamgefühl. Hier in der Vertrautheit ihres Zimmers kam sie sich mit einem Mal kindisch vor. Ein paar aufgeschreckte Vögel bedeuteten doch nicht automatisch Gefahr für Leib und Leben. Sie stöhnte genervt, um ihren Ärger über das eigene Unvermögen auszudrücken, und fuhr zusammen, als es in dem Moment an ihrer Tür klopfte.

»Kelly, bist du noch da?«

Erleichtert erkannte sie Pauls Stimme. Wieder schalt sie sich eine Närrin, was hatte sie denn erwartet? Dass Timo sie hier überfallen würde? Nun, ganz so abwegig, wie sie es sich einreden wollte, fand sie diese Vorstellung allerdings nicht. Aber Pauls Rufen lenkte sie von weiteren Überlegungen ab.

»Ich könnte jetzt doch mit dir spazieren gehen«, drang seine Stimme durch die Tür.

»Nett von dir«, antwortete sie freundlich, »aber ich bin schon zurück und muss jetzt duschen.«

»Schade«, hörte sie ihn unglücklich sagen.

»Wir sehen uns später«, wollte sie ihn trösten, aber er war schon gegangen.

Als sie kurz darauf durchs Fenster blickte, sah sie ihn ein Stück entfernt mit Doktor Torgen und Leon sprechen.

Sie ging in ihr kleines Bad und nahm eine ausgiebige Dusche. Das lauwarme Wasser hatte eine angenehm belebende Wirkung, und das Duschbad mit dem Lavendelduft ließ sie erneut in eine Fantasie von provenzalischen Feldern abtauchen. Sie drehte sich unter dem Duschkopf, während sie sich die Seife aus den Haaren spülte. Gerade stand sie auf Höhe des kleinen Astloches im Holz, als sie fast zu Tode erschrak. Sie schrie auf, hysterisch, laut und keines vernünftigen Gedankens fähig. Ihre Schreie waren so alarmierend, dass Ronja und Amar aus den Zimmern rannten, um nach der Kollegin zu sehen. Kelly dachte gerade noch daran, sich das Handtuch zu schnappen, bevor sie panikartig das Bad verließ und auf die Veranda flüchtete.

»Um Gottes willen.« Amar erreichte sie als Erster. »Was ist denn passiert?« Er spähte besorgt in Kellys Unterkunft und sah sie fragend an.

Ronja kam atemlos dazu und hatte vor Schreck selbst eine unnatürlich bleiche Gesichtsfarbe.

»Da war jemand«, stammelte Kelly und begann unkontrolliert zu zittern.

»Wo?«, hakte Amar scharf nach.

»Jemand hat mich beobachtet, beim Duschen!«, schluchzte die Studentin, »da ist ein kleines Loch in der Wand …«

Mehr musste sie nicht sagen, schon umrundete Amar das Gebäude.

»Sei vorsichtig«, rief ihm Ronja hinterher und schloss Kelly tröstend in die Arme.

Sie hörten Amars Schritte, als er wieder zu ihnen zurückkehrte. In seinem Gesicht konnte man Bedauern erkennen. Kelly befürchtete schon, der junge Mann würde ihr nicht glauben, aber das Gegenteil war der Fall. »Da hat jemand einen großen Stein unter die Stelle geschoben. Vermutlich als Leiter, um das Loch besser zu erreichen. Ich bin mir sicher, dass der gestern noch nicht dort lag.«

Ronja sah Kelly fragend an; sie wusste natürlich längst von den Problemen, die es mit Timo gegeben hatte. »Dein Ex?«

»Ich weiß nicht«, jammerte die Studentin. »Ich war vorhin spazieren und hatte das Gefühl, mich würde jemand beobachten. Dann dachte ich, ich hätte mir das nur eingebildet, aber eben unter der Dusche …« Sie bemerkte weder die Tränen, die ihr über das Gesicht liefen, noch das ständige Zittern ihres Körpers.

»Du bist ja eiskalt«, stellte Ronja besorgt fest. »Komm, du musst dich anziehen, und wir überlegen, was wir tun können. Du solltest diese Polizistin anrufen.«

Kelly schwieg, denn eigentlich hatte sie ja gehofft, dass das nicht mehr nötig sein würde.

Nun schaltete sich auch Amar ein: »Konntest du denn irgendwen erkennen?«

»Nein«, antwortete sie ihm spontan, dann kam sie ins Grübeln. Welche Farbe hatte das fremde Auge gehabt? Sie hatte es doch gesehen, warum ließ sie ihr Gedächtnis im Stich?

»Es ist weg«, flüsterte sie unglücklich. »Ich weiß, dass da dieses Auge war, aber ich kann mich nicht an die Farbe erinnern. Es ging so schnell. Ich bin furchtbar erschrocken, wollte nur weglaufen und habe darüber vergessen, genau hinzusehen. Ich bin eine Idiotin.«

Ronja warf Amar einen vorwurfsvollen Blick zu, der daraufhin abwehrend die Hände hob.

»Keiner hätte in so einer Situation die Nerven behalten«, sagte sie tröstend zu Kelly.

»Vielleicht war es ja jemand vom Hof?«, überlegte Amar laut, der die ganze Sache praktischer angehen wollte. Offensichtlich glaubte er, dass der Gedanke für Kelly angenehmer wäre.

»Spinnst du?«, wies ihn Ronja jetzt deutlich zurecht. »Wäre das der Fall, könnten wir ja keine Nacht länger hierbleiben.«

Amar wurde rot, so weit hatte er die Sache nicht durchdacht – aber das hieß ja nicht, dass er unrecht hatte. Deshalb verteidigte er seine Theorie: »Ein Streich von Paul, ohne böse Absichten? Er mag dich, Kelly, das ist unübersehbar. Er ist zwar zurückgeblieben, aber trotzdem ein Mann.«

Ronja musste zugeben, dass das gar nicht so abwegig war.

»Außerdem kennt er vermutlich dieses kleine Guckloch besser als ein Außenstehender.«

Kelly dachte einen Moment darüber nach. »Er war kurz zuvor an meiner Tür …«

Ihr Kommentar löste bei Ronja einen leisen Fluch und bei Amar einen zufriedenen Gesichtsausdruck aus, dem ein »Siehst du« folgte.

Kelly straffte sich. »Ich werde mit Paul darüber reden müssen. Wenn ich es ihm richtig erkläre, wird er verstehen, dass so etwas falsch ist.«

»Und ich rede mit Klara Neller, die müssen dieses Loch irgendwie zukleistern«, schlug Ronja vor.

Langsam legte sich die Aufregung der drei. Zwar gefiel Kelly die Vorstellung, Paul würde sie heimlich beobachten, genauso wenig, wie der Gedanke, ihr Exfreund wäre hier, um sie zu stalken, aber bei Paul vermutete sie zumindest keine böse Absicht. Sie wollte noch im Laufe des Tages das Gespräch mit ihm suchen.

* * *

Kelly wusste, dass sich Paul gerne im Nebengebäude aufhielt. Zwischen den Traktoren und Werkzeugen fühlte er sich wohl. Sie hatte bemerkt, wie geschickt er in handwerklichen Dingen war, und sich bereits gefragt, warum man ihn dahingehend nicht mehr förderte. Allerdings wagte sie es nicht, darüber mit Klara Neller zu sprechen, denn immerhin war sie nur ein vorübergehender Gast. Sich einzumischen, um kurz darauf zu verschwinden, war nicht Kellys Art.

Als sie nun das hohe Gebäude betrat, mussten sich ihre Augen erst an das dämmrige Licht gewöhnen. Deshalb entging ihr auch, während sie die verschiedenen Fahrzeuge umrundete und Pauls Namen rief, wie der, als er sie bemerkte, schnell etwas hinter einem Stapel ausgetrockneter Farbdosen verbarg.

»Kelly«, sagte er überrascht, als sie vor ihm auftauchte, und sie hatte das Gefühl, ihn zu stören.

Trotzdem machte sie jetzt keinen Rückzieher mehr, sondern sagte: »Ich muss mit dir reden.«

Entweder war es ihr Tonfall oder die Körperhaltung, die ihn aufhorchen ließ, jedenfalls schien es der Studentin, als würde er, auf eine Standpauke gefasst, das Kinn trotzig nach vorne recken.

Sie lächelte, um ihre etwaige Grobheit abzumildern, und ermahnte sich im Stillen, behutsamer vorzugehen. Deshalb fragte sie harmlos: »Was machst du denn da?«

Sie betrachtete mit einem Stirnrunzeln die merkwürdig aussehende breiige graue Masse in dem Eimer vor seinen Füßen, die auch überall an Pauls Fingern klebte.

»Nichts«, antwortete er ihr lauernd.

Sofort verstand Kelly, dass er mit ihr nicht darüber sprechen wollte, also kam sie zum eigentlichen Grund ihres Hierseins.

»Paul, du erinnerst dich doch, dass ich dir vorhin gesagt habe, ich möchte duschen?«

Er nickte und fing an, sich den unappetitlichen Matsch von den Händen zu pulen, ohne sie dabei anzublicken.

»Hast du mich dabei durch das Loch in der Wand beobachtet?«, fragte sie ihn direkt und versuchte, ihre Stimme so neutral wie möglich klingen zu lassen.

Dieses Mal schüttelte er verneinend den Kopf, sah sie aber immer noch nicht an, sondern bearbeitete konzentriert seine verschmutzten Finger.

»Es ist unhöflich, so etwas zu machen, und es erschreckt die Menschen.« Sie trat einen Schritt näher und sagte nun eindringlich: »Es hat mich sehr erschreckt.«

Er schien über ihre Worte nachzudenken. Endlich hob er den Kopf. Seine Gesichtszüge waren angespannt, als er entgegnete: »Ich habe nichts gemacht.«

Für Kelly klang es nach einer hilflosen Lüge, aber sie hatte keinerlei Erfahrung mit Paul, also fragte sie ihn erneut: »Hast du mich beim Duschen beobachtet?«

Er presste die Lippen zusammen und schüttelte erneut den Kopf.

»Bist du sicher?«

Dieses Mal folgte ein Nicken, und Kelly stieß resigniert die Luft aus.

Paul bemerkte durchaus, dass die junge Frau mit seinen Antworten nicht zufrieden war, und er überlegte, ob er ehrlich sein sollte. Manchmal wollten die Menschen doch unbedingt die Wahrheit hören – vielleicht war das jetzt einer dieser Momente? Dann fiel ihm jedoch ein, wie oft genau das Gegenteil der Fall war; zumindest hatte man ihm häufig genug befohlen, den Mund zu halten und niemandem etwas zu erzählen. Die Entscheidung bereitete ihm Kopfzerbrechen.

»Ich bin dir nicht böse«, hörte er Kellys Versicherung und entschied sich, die Sache ab jetzt zu ignorieren.

Deshalb strahlte er sie an und wechselte das Thema: »Ich bereite eine Überraschung für dich vor«, sagte er voller Stolz und musste sich beherrschen, nicht augenblicklich mit der Hochzeitsidee herauszuplatzen.

»Wirklich?« Kelly wusste nicht, was sie davon halten sollte, und antwortete gewohnt freundlich: »Wie schön.«

Sie glaubte, das wäre seine Art, sich zu entschuldigen, und wollte nicht weiter in ihn dringen. Schließlich würde man das Loch in der Wand stopfen, und ihr Aufenthalt auf dem Hof war ja sowieso bald vorbei. Paul hatte es schwer genug, warum sollte sie noch unnötig sein Leben komplizieren?

»Ich muss noch ein wenig lernen«, beendete sie das Gespräch, lächelte ihm zum Abschied zu und verschwand wieder.

Paul atmete erleichtert aus. Jetzt hätte sie doch beinahe die Überraschung, die er für sie vorbereitete, gesehen. Behutsam griff er hinter die Malerutensilien und zog das unfertige

Hochzeitsgeschenk hervor. Ganz vorsichtig breitete er es auf der Werkbank aus und betrachtete die selbst gefertigte Arbeit mit den kritischen Augen eines Handwerkers. Es sah schon sehr gut aus.

Ein Glück, dass Kelly nicht zu lange geblieben ist, ging es ihm durch den Sinn, als er jetzt vor dem Eimer kniete und seine Hand in die Mixtur tauchte.

Kurz darauf zog er heraus, was er in der Eile nicht anders vor Kelly hatte verbergen können. Es war ein besonders schönes Stück, welches das Gesamtwerk hervorragend ergänzen würde. Seine Stirn legte sich in Falten. Hoffentlich war es jetzt nicht kaputt, er musste sich schnell wieder an die Arbeit machen.

Während er gekonnt die notwendigen Handgriffe ausführte, dachte er an die Sache mit der Dusche. Vielleicht hätte er ihr sagen sollen, wer auf den Stein hinter der Unterkunft geklettert war; aber womöglich wäre er dadurch selbst in Schwierigkeiten geraten. So war es besser. Kelly wusste ja jetzt, dass er nichts damit zu tun gehabt hatte. Und womöglich könnte er für sein Schweigen eines Tages eine Gegenleistung vom wahren Übeltäter fordern.

* * *

Am nächsten Morgen

Beate Kraus hatte schlecht geschlafen und fragte sich nicht das erste Mal, ob sie denn langsam schon in die Wechseljahre kam. Sie war zwar erst Mitte vierzig, aber das plötzliche Schwitzen, die Stimmungsschwankungen und dann die schlaflosen Nächte schienen ihr doch typische Anzeichen zu sein. Ihr Frauenarzt hatte das allerdings verneint und lediglich von zu viel Stress und zu wenig sportlicher Aktivität gesprochen. Daraufhin war noch eine Litanei von gesunden Lebensmitteln gefolgt und natürlich die Frage nach dem aktuellen Beziehungsstatus. Aber was wusste so ein Arzt schon? Bei ihr waren es garantiert die Vorboten der Wechseljahre und nichts anderes.

Da sie die Unruhe aus dem Bett trieb, stand sie auf, obwohl es gerade erst sechs Uhr morgens war, und ging nach unten. Beim Betreten der Küche stockte ihr einen Moment der Atem, bevor sie fühlte, wie ihr Blutdruck in schwindelerregende Höhen kletterte. Im ersten Moment dachte sie beim Anblick des Chaos an einen Einbruch. Aber schnell wurde ihr klar, dass sich ein Dieb kaum an ihrem Kühlschrank zu schaffen gemacht hätte. Ganz sicher wäre er auch nicht auf die Idee gekommen, ihr eine verkrustete Pfanne, Ketchup-Reste auf der Tischplatte und Brotkrümel in jeder Bodenfuge zu hinterlassen. Zudem war ja da auch noch der so umsichtig platzierte Zettel mit den Worten: *Ich mache das alles morgen sauber. Ich war einfach zu müde, um gleich aufzuräumen. Anne.*

Beate starrte fassungslos auf die Nachricht und machte sich daran, die Pfanne einzuweichen.

Wenigstens ist das Kind in der Lage, sich ein Rührei zu machen, dachte sie und verdrängte den Gedanken, einen Faulpelz großgezogen zu haben.

Wahrscheinlich wäre es wirklich ganz gut, wenn das Mädchen nicht in Tübingen, sondern weiter weg studieren würde. Sofort hatte Beate ein schlechtes Gewissen, erinnerte sich an die vermissten Frauen und entschloss sich spontan, in der Küche einen Großputz zu veranstalten, um sich von düsteren Gedanken und ihren mütterlichen Ängsten abzulenken. Nach einer Stunde saß sie an der kleinen Theke und nippte an ihrem Kaffee. Sie sah sich gezwungen, mit Anne zu reden, so konnte das nicht weitergehen. Ihr Sprössling musste endlich mehr Verantwortung übernehmen. Wenn sie ihr weiter alles durchgehen ließe, gäbe es eines Tages Probleme. Wie sollte das Mädchen denn in der Welt da draußen zurechtkommen?

Bevor Beate Kraus darüber nachdenken konnte, ob sie jetzt nach oben stürmen und Anne zur Rede stellen sollte, klingelte ihr Handy. Überrascht sah sie, dass der Anruf von Maren Teuber kam. Maren war Anfang dreißig und Kommissarin in Baden-Baden. Die beiden kannten sich von einer Fortbildung, hatten sich angefreundet und hielten losen Kontakt.

Als Kelly Miller bei der Hauptkommissarin aufgetaucht war und von ihrem Exfreund Timo aus Baden-Baden berichtet hatte, war Beate die Idee gekommen, mit Maren in Verbindung zu treten. Allerdings hatte sich das etwas hinausgezögert, weil die Baden-Badener Kollegin im Urlaub gewesen war. Erst vor wenigen Tagen hatten sie miteinander sprechen können.

Maren Teuber war gerne bereit gewesen zu helfen, hatte aber nichts über diesen Timo herausgefunden. Eigentlich galt das Thema bereits als abgehakt, deshalb war Beate nun mehr als erstaunt über den Anruf zu früher Stunde.

»Maren!«, sagte sie freudig und hatte das Bild von der hübschen Kollegin mit der leicht schiefen Nase, die sie irgendwie noch attraktiver machte, vor Augen.

»Hör zu«, antwortete diese ohne langes Geplänkel, »ich bin da auf etwas gestoßen.«

»Timo Rober?«

»Genau.« Maren Teuber klang aufgeregt, und Beate spürte ein Kribbeln in ihrem Magen.

»Ich gestehe, ich hatte Glück«, erklärte die Baden-Badenerin. »Eine Geburtstagsfeier bei einem Kollegen, bei der auch Pensionäre eingeladen waren. Jedenfalls …« Sie stockte. »Unwichtig«, ermahnte sie sich selbst und fuhr fort: »Timo Rober könnte eine Vergangenheit haben, was Straftaten gegen Frauen angeht.«

»Aber in den Akten …«, warf Beate ein.

»Vergiss die Akten«, unterbrach sie Maren, »es hat vor ungefähr acht Jahren einen Zwischenfall gegeben, der letzten

Endes nicht zur Anzeige kam, deshalb finden wir darüber nichts. Aber einer der pensionierten Kollegen konnte sich daran erinnern. Vielleicht hilft euch das weiter.«

Und während Maren schnell und präzise die Einzelheiten wiedergab, notierte Beate Kraus staunend alle wichtigen Fakten, während die Gewissheit, einen entscheidenden Hinweis bekommen zu haben, immer stärker wurde.

* * *

Beate Kraus hatte Mühe, ihre Ungeduld im Zaum zu halten. Am liebsten wäre sie sofort mit einem Haftbefehl losgestürmt und hätte diesen Timo Rober festgesetzt, aber stattdessen musste sie versuchen, zumindest die Genehmigung zu bekommen, ihn als Zeugen zu vernehmen. Denn nachdem sie ihrem Chef Maren Teubers Informationen weitergegeben hatte, war der alles andere als begeistert.

»Sie haben sich da in etwas verrannt«, war seine erste Reaktion.

Aber so schnell wollte sich die Hauptkommissarin nicht abwimmeln lassen.

»Der Übergriff liegt ungefähr acht Jahre zurück«, setzte sie erneut an. »Timo Rober, damals siebzehn Jahre alt, soll die Tochter eines Angestellten seines Vaters unter Beruhigungsmittel gesetzt und dann sexuell missbraucht haben. Dabei hat er das Mädchen, eine gewisse Andrea Baumann, mit einem Messer bedroht und ihr Verletzungen am Bauch zugefügt.«

»Und es gab keine Anzeige«, fügte ihr Vorgesetzter an, während er wegen der Hartnäckigkeit seiner Mitarbeiterin resigniert abwinkte.

Umständlich lehnte er sich auf seinem durchgesessenen Bürostuhl nach hinten. Da der Mann ein ordentliches Körpergewicht hatte, quietschte das Möbelstück verdächtig.

»Ich weiß, was Sie sagen wollen«, warf Beate ein. »Aber die Sache ist doch klar. Andrea war die Tochter eines Mitarbeiters von Rober Senior, man hat einen Deal ausgehandelt.«

»Es gab keine Anzeige«, wiederholte Beates Chef seine Worte.

»Das heißt aber nicht, dass die Geschichte erfunden ist. Die Mutter hat die Polizei gerufen, als das Mädchen völlig verstört nach Hause kam. Dem Beamten, der die Befragung durchführte, wurde eine Vergewaltigung geschildert.«

»Ja, und gleich darauf wurde demselben Beamten mitgeteilt, dass sich das fünfzehnjährige Mädchen unsterblich in Timo verliebt hätte und die ganze Sache nur eine Erfindung der Kleinen wäre, um ihn für sein Desinteresse zu bestrafen. Es gab keine ärztliche Untersuchung und damit auch keine Bestätigung für die angeblichen Beruhigungsmittel und den Übergriff. Außerdem hat sie erklärt, sich die oberflächlichen Verletzungen am Bauch selbst zugefügt zu haben.«

»Und drei Wochen später war sie tot, Selbstmord!« Beate Kraus war aufgebracht.

Ihr Chef sah sie müde an. »Laut Leichenschau handelte es sich um einen Unfall, ein Absturz beim Klettern.«

»Das Mädchen hat sich weder für die Berge noch fürs Klettern interessiert. Die Stelle, an der dieser angebliche Unfall passiert ist, war damals ein beliebter Platz für Selbstmörder.«

»Es gab keinen Hinweis auf eine Selbsttötung.«

»Der war ja auch völlig unnötig. Man kann sich doch denken, wie verzweifelt das Mädchen gewesen sein musste. Erst passiert so etwas Furchtbares, und dann steht sie nachher als Schuldige da. Selbst ihre Eltern hatten sich gegen sie verschworen. Man bezichtigt sie der Lüge, und der, der verantwortlich ist, kommt einfach so davon.«

»Schön. Nehmen wir an, auch wenn es dafür keine Beweise gibt, dass es Selbstmord war. Wäre es nicht auch denkbar, dass das Mädchen aus Scham gesprungen ist? Sie hat eine abscheuliche Lügengeschichte erzählt und wurde sich im Nachhinein bewusst, welchen Fehler sie begangen hat.«

Beate Kraus hasste es, wenn ihr Bauchgefühl und die Fakten so miteinander kollidierten. Ihr Chef hatte die besseren Argumente, trotzdem gab sie nicht nach: »Der Kollege damals hatte Zweifel an der Unschuld von Timo Rober.«

»Dann hätte er Ermittlungen einleiten sollen.«

Der hatte sicher auch einen sturen Chef, der die Wahrheit nicht sehen wollte, dachte Beate, hütete sich aber, ihren Gedanken auszusprechen.

Ihr Vorgesetzter sah sie forschend an.

»Die Tote im Neckar hatte Schnitte am Bauch«, sagte sie tonlos. »Timo Rober war vermutlich in Tübingen, als die Frau ermordet wurde«, fuhr sie fort.

»Dafür fehlt bisher der Beweis. Eine SMS, in der er seiner Exfreundin sein Kommen andeutet, reicht nicht.«

»Er hat gegenüber Kelly zugegeben, dass er hier war, als Nina Wäldele die Auseinandersetzung mit Katja Preiwald hatte.«

Es folgte ein verärgertes Brummen. Längst war dem Mann klar, dass seine Hauptkommissarin nicht lockerlassen würde. »Also schön, aber gehen Sie behutsam vor. Wenn er nichts mit der Sache zu tun hat, wirft es ein schlechtes Licht auf uns, wenn wir dem Falschen nachjagen. Und sollte er unser Mann sein, will ich ihn den Wölfen zum Fraß vorwerfen und nicht aufgrund eines Fehlverhaltens zusehen, wie er ungeschoren davonkommt.«

Beate nickte.

»Ich hoffe, wir haben uns verstanden, ich ...« Weiter kam er nicht, denn in diesem Moment stieß Frank Kröner nach einem heftigen, stakkatoartigen Anklopfen die Bürotür auf.

»Tut mir leid, aber ich dachte, das solltest du gleich erfahren. Kam eben rein.« Er hielt Beate Kraus einen Ausdruck vor die Nase.

Der Vorgesetzte hinter seinem Schreibtisch sah ungeduldig zwischen den beiden hin und her, bevor er blaffte: »Darf ich erfahren, was los ist?«

Die Hauptkommissarin musste die Nachricht erst noch verdauen, deshalb übernahm es Frank Kröner zu antworten: »Timo Rober ist tot.«

* * *

Kurz zuvor am frühen Morgen

Die Morgendämmerung hatte bereits eingesetzt, und obwohl das Licht ausgereicht hätte, den Weg in die Sicherheit zu finden, hatte Timo keinerlei Orientierung. Etwas Hartes traf ihn an der Schulter. Die Wucht, mit der er zur Seite gestoßen wurde, riss ihn von den Füßen. Brutal schlug er mit dem Kopf auf dem Boden auf. Den Schmerz, den er eigentlich hätte empfinden müssen, spürte er nicht. Sein Körper gehorchte ihm kaum, und im Prinzip war ihm auch egal, was hier gerade mit ihm passierte. Den Lärm um sich herum nahm er nur gedämpft wahr, so als hätte er Ohrenschützer auf. Seine Lider waren lediglich halb geöffnet, als er jetzt auf dem Boden lag und an Kelly dachte. Trotz der Benommenheit erinnerte er sich an seinen Plan.

Es war ein Leichtes gewesen, ihren Aufenthaltsort herauszufinden. Natürlich hatte er sie beobachtet, war ihr nachgeschlichen, als sie allein einen Spaziergang über die Felder gemacht hatte, und wusste längst über die ganze Bande Bescheid, die sich um seine Exfreundin geschart hatte. Und ganz nebenbei war er auf etwas höchst Interessantes gestoßen. Sein benebelter Verstand war immer noch nicht in der Lage zu begreifen, dass er einen Fehler begangen hatte, als er glaubte, ein Bündnis schließen zu können. Natürlich war er sich unglaublich clever vorgekommen, hatte die Konsequenzen seines Erpressungsversuchs nicht bedacht und außerdem zu spät erfasst, dass man ihm Drogen verabreicht hatte. Jetzt befand er sich in diesem befremdlichen Traum.

Er blinzelte und sah, wie etwas Schwarzes auf ihn zukam. Erst glaubte er, es sei eine Staubwolke, aber dann erkannte Timo das Profil des Lkw-Reifens, der in seine Richtung raste. Der schwarze Gummi war nicht bereit, auch nur einen Zentimeter von seinem Weg abzuweichen. Timo lag auf der Seite und spürte die Vibration des Bodens, einen Windhauch und gleich darauf einen kurzen, intensiven Schmerz, als das Rad des Mehrtonners seinen Kopf zerquetschte.

Der Schädel zersplitterte wie feines Glas, das Hirngewebe spritzte in alle Richtungen, und das dabei entstehende Geräusch erinnerte an kleine, traurige Seufzer. Der Tod trat sofort ein. All das dauerte nur Sekundenbruchteile, dann zuckte der Rest des Körpers ein letztes Mal, was jedoch kein Zeichen von Leben, sondern bereits der Beweis dafür war, dass sich das Jenseits der menschlichen Überreste angenommen hatte. Und als jetzt weitere Fahrzeuge den Leichnam überrollten, verhielt es sich mit Timos körperlicher Hülle genauso wie mit den Tierkadavern, die unvermeidlich zum Bild der Schnellstraßen und Autobahnen gehörten. Entweder man übersah sie oder streifte die platt gefahrenen Leiber mit einem kurzen bedauernden Blick, bevor man sich wieder auf den Verkehr konzentrierte.

Kapitel 10

Beate Kraus hatte sich bereits ausgemalt, wie sie Timo Rober in die Mangel nehmen würde, um von ihm die Wahrheit über seine Verbrechen zu erfahren. Aber jetzt lagen seine Überreste vor ihr auf dem Stahltisch der Gerichtsmedizin, und sie wusste nicht, wohin mit all der Wut, die sie für diesen jungen Mann bis vor Kurzem noch empfunden hatte. Vielleicht war sie nicht immer ganz objektiv, wenn sie ihrem Bauchgefühl die Führung überließ, aber ihren Job beherrschte sie. War jemand schuldig, konnte sie es über kurz oder lang auch beweisen. Falls das Gegenteil der Fall sein sollte, zeigte sie sich niemals unbelehrbar oder verbissen.

Der Tod von Timo Rober warf jedoch so viele neue Fragen auf, dass sie noch weit davon entfernt war herauszufinden, welche Rolle er zu Lebzeiten wirklich gespielt hatte. Der Gerichtsmediziner hatte gerade das Tuch über die verstümmelten Überreste gezogen und der Hauptkommissarin mitgeteilt, dass sich eine große Menge Benzodiazepine in Timos Blut befunden hatte.

»K.-o.-Tropfen«, hörte sie neben sich Frank Kröner sagen.

»Hat er sie freiwillig genommen?«, wagte Beate einen Versuch, obwohl sie die Antwort eigentlich bereits kannte und nicht überrascht war, als der Mediziner die Achseln hob und sagte: »Das ist unmöglich festzustellen.«

Er fasste seinen vorläufigen Bericht und die Ergebnisse erster Tests für die Beamten zusammen. Zudem erwähnte er, dass der Tote zu Lebzeiten wohl Kokain konsumiert hatte, man aber noch auf die endgültigen Laborresultate warten würde.

Schweigend verließen die Beamten die Leichenhalle.

Frank Kröner dachte an den Bericht der Autobahnpolizei. Der Anruf eines Autofahrers war bei den Kollegen eingegangen. Der hatte eine Person auf der Fahrbahn gemeldet und aufgeregt mitgeteilt, sie mit dem Seitenspiegel gestreift zu haben. Die Beamten waren sofort alarmiert aufgebrochen, aber da war es bereits zu spät gewesen. Sie konnten den Abschnitt nur noch sperren und die Leiche bergen. Der LKW-Fahrer, der Timo überrollt hatte, stand noch unter Schock, aber ohnehin versprach man sich von seiner Aussage nichts Neues. Der Tote hatte seine Ausweispapiere in der Jackentasche gehabt, und kurze Zeit später war auch sein Auto auf dem Autobahnparkplatz direkt bei der Unfallstelle entdeckt worden. Im Handschuhfach fanden die Beamten ein Fläschchen mit Benzodiazepinen, Fingerabdrücke gab es darauf jedoch keine.

Hatte Timo sie selbst abgewischt, um im Falle einer polizeilichen Überprüfung behaupten zu können, man hätte ihm die Mittel untergeschoben? Oder waren ihm die K.-o.-Tropfen tatsächlich ohne sein Wissen verabreicht und dann ins Auto gelegt worden? Wollte es jemand auf diese Weise wie einen selbst verschuldeten Unfall aussehen lassen? Und noch eine Möglichkeit gab es, die Frank Kröner nun ansprach: »Hat er sich umgebracht?«

Beate Kraus blieb stehen und sah ihren Kollegen nachdenklich an. »Liebeskummer?«, fragte sie.

»Wäre doch denkbar. Wer sich zudröhnen will, sucht für gewöhnlich nicht ausgerechnet so einen Platz aus und erlebt den Trip im Auto. Wie wir mittlerweile wissen, hatte er sich ein Zimmer in einem äußerst luxuriösen Hotel in Tübingen angemietet. Warum ist er also auf diesen Autobahnparkplatz gefahren?«

»Du denkst, er wollte high werden, um seinem Leben ein Ende zu setzen?«

Frank zuckte mit den Schultern und beobachtete das Mienenspiel seiner Chefin, die hin- und hergerissen war.

»Mal sehen, was die Befragungen der Familie ergeben. Aber ich habe einfach das Gefühl, dass Selbstmord nicht zu Timo Rober passt. Er hat seine Exfreundin genötigt und bedroht. Der Typ stand auf Psychoterror. Warum sollte er leise verschwinden? Ein Selbstmordversuch mit großer Inszenierung, Abschiedsbrief inklusive Schuldzuweisungen und natürlich der Gewissheit, am Ende rechtzeitig gerettet zu werden, das hätte ich ihm zugetraut. Aber dieser stille und doch sehr brutale Weg, ich weiß nicht …« Und mit einem gewissen Widerwillen sagte sie: »Da frage ich mich doch tatsächlich eher, ob nicht jemand die Finger im Spiel gehabt hat.«

»Mord?« Obwohl Frank das selbst schon in Erwägung gezogen hatte, war er zuerst den Statistiken gefolgt, laut denen Unfälle wesentlich häufiger vorkamen als Gewalttaten.

»Ich greife nur deine Argumente auf. Warum hat er sich für seinen Rausch diesen Platz ausgesucht?«

»Ein Treffen mit dem Dealer?«

»Und dann konnte er es nicht mehr erwarten und hat sich gleich im Auto benebelt?«, gab Beate Kraus zu bedenken. »Und wo ist sein Handy? Bisher konnten wir es nicht finden. Ist doch seltsam, oder?«

Sie gingen weiter Richtung Parkplatz, während die Hauptkommissarin sagte: »Es gibt jedenfalls noch einige Fragen, die beantwortet werden müssen, bevor wir den Fall Timo Rober zu den Akten legen können.«

* * *

Im Hotelzimmer von Timo Rober fanden die Beamten eine Digitalkamera mit jeder Menge Aufnahmen von Kelly Miller. Das war der Beweis, dass er die Studentin auf dem Hof der Nellers ausspioniert hatte. Interessanterweise gab es auch ein Bild von Katja Preiwald zusammen mit Doktor Hans Torgen vor dem Institut des Wissenschaftlers. Außerdem hatte Timo Rober sämtliche andere Bewohner des

Hofes fotografiert. Aus diesem Grund führte sie ihr nächster Besuch am späten Nachmittag zum Institut und Kelly Miller.

Sie erfuhren, dass zwei der abgelichteten Frauen Australierinnen auf der Durchreise waren, außerdem von Katja Preiwalds unerfreulichem Auftritt, konnten den jungen Mann auf dem Motorrad als deren Exfreund Johann identifizieren und saßen nun in Kellys Zimmer.

»Dass er tot ist, fühlt sich eigenartig an«, sagte sie mit belegter Stimme, »vermutlich müsste ich jetzt irgendwie traurig sein, wir waren immerhin einmal ineinander verliebt.« Sie fügte leise an: »Ich war es zumindest.«

»Wussten Sie, dass Timo Rober Drogen nahm?«, hakte Beate Kraus schnell nach. Sie wollte jetzt nicht zu viele Emotionen hochkochen lassen.

»Nein!«, rief Kelly aus und wirkte ehrlich entsetzt.

Es war Frank Kröner, der die unangenehme Frage nach ihrem Alibi für die Nacht vor Timos Tod stellte.

»Wieso wollen Sie das wissen?«, fuhr ihn die Studentin ungeduldig an. »Ich denke, er hatte einen Unfall?«

»Das sind Routinefragen, die wir stellen müssen«, beschwichtigte sie die Hauptkommissarin und sah, wie ihr Kollege von der Zeugin mit einem vernichtenden Blick bestraft wurde.

»Ich war hier und habe geschlafen, allein!«, antwortete Kelly zornig.

»Wann haben Sie Timo Rober das letzte Mal gesehen?«, fragte Beate Kraus.

»Bevor ich zu Ihnen aufs Revier gekommen bin, aber …« Sie zögerte, erzählte den Beamten dann jedoch, dass sie das Gefühl gehabt hatte, er würde sie draußen bei den Feldern verfolgen. Dass sie später beim Duschen beobachtet worden war, behielt sie allerdings für sich. Fest überzeugt, dass Paul der Schuldige wäre, wollte sie den durch ihre Aussage nicht in Schwierigkeiten bringen.

Kurz darauf saßen die Polizisten in der Küche des Wohnhauses Familie Neller gegenüber. Klara bot ihnen Kaffee an, den sie jedoch höflich ablehnten. Es herrschte eine frostige Atmosphäre, die sich Beate Kraus nur mit einer gesunden Scheu der Bewohner vor Behörden erklären konnte. Momentan waren Paul und Gustav anwesend, die beide keinen Ton sagten, und Klara, die ununterbrochen fahrig über die alte Wachstischdecke strich.

»Mein Sohn Leon kommt gleich, er kann Ihnen besser helfen«, sagte sie dabei und blickte ständig nervös zur Tür, während Gustav sie allenfalls mit einem zustimmenden Schniefen unterstützte.

Beate Kraus versuchte die Stimmung zu entspannen, indem sie behutsam das Wort an Paul richtete, der gerade eine Art Patchworkdecke auf ein Blatt Papier kritzelte. Zumindest hatte die Hauptkommissarin den Eindruck, dass seine Zeichnung etwas Derartiges darstellen sollte.

»Das sieht sehr gut aus«, sagte sie deshalb. »Ist das eine Decke?«

Misstrauisch blickte sie der junge Mann an und kniff demonstrativ die Lippen zusammen. Genauso gut hätte er auch herausschreien können: »Mit dir rede ich nicht!«

»Paul, sei höflich«, ermahnte ihn seine Mutter und entschuldigte sich bei der Polizistin in jämmerlichem Tonfall und mit den Worten: »Er ist Fremden gegenüber schüchtern.«

»Ich muss mit der da nicht sprechen«, fauchte Klaras Sohn, als er das hörte, und verschränkte mit einem abweisenden Blick die Arme vor der Brust.

Beate Kraus entging das Zucken in Gustavs Gesicht nicht, und sie fragte sich, ob der Mann gerade sein Entsetzen oder die Befriedigung über das Verhalten seines Neffen zum Ausdruck brachte.

»Paul.« Klara schnappte erneut nach Luft, was ihren Sohn dazu veranlasste, seine Zeichnung schnell zusammenzufalten und in der Hosentasche verschwinden zu lassen.

»Das geht niemanden etwas an.«

Frank Kröner rollte mit den Augen. Er hatte genug von diesen Hinterwäldlern, die die Polizei offensichtlich für ihren Feind hielten. Hoffentlich würde dieser Leon bald auftauchen. Wenigstens war es hier sauber und roch angenehm. Er entdeckte einen Stapel Dosen und konnte die Aufschrift lesen. Klara war seinem Blick gefolgt, sprang auf und setzte die Ware schnell in einen Karton. »Ach, die hatte ich ganz vergessen, die müssen noch verpackt werden, morgen ist Markttag.«

»Das wird die Herrschaften kaum interessieren«, fuhr sie Gustav barsch an, der, seit sie hier saßen, das erste Mal sprach. Jetzt räusperte er sich und röchelte abstoßend, bevor er geräuschvoll an seinem Kaffee schlürfte.

Paul hingegen wippte mit dem Stuhl, was dazu führte, dass er in regelmäßigen Abständen mit den Holzbeinen geräuschvoll auf dem Boden aufschlug. Frank Kröners Nerven waren schließlich bis zum Zerreißen gespannt, als endlich Leon Neller den Raum betrat. Nicht nur die Familie, sondern auch die Beamten atmeten erleichtert auf.

Der zweite Sohn von Klara betrat gelassen die Küche, gab ihnen die Hand, sprach höflich und ohne Spur von Nervosität, was wiederum verwunderlich war, weil Menschen beim Zusammentreffen mit der Kriminalpolizei meistens ein wenig aufgeregt waren. Leon warf einen strengen Blick zu seinem Bruder, der augenblicklich das Schaukeln einstellte und still dasaß.

Er bat als Erstes um Verständnis: »Sie dürfen es meiner Familie nicht übel nehmen, aber wir hatten es nicht immer einfach. Da fehlt es uns heute ein wenig am Vertrauen gegenüber Außenstehenden.« Er sah flüchtig zu Paul, dann fuhr er fort: »Meine Mutter hat uns alleine großziehen müssen, mein Vater ist schon vor unserer Geburt abgehauen. Gustav hilft, so gut er kann.«

Beate Kraus nickte verständnisvoll. »Wir wollen Sie nicht lange aufhalten, aber unsere Ermittlungen machen es erforderlich, Ihnen ein paar Fragen zu stellen. Ihre Familie wollte ohne Ihre Anwesenheit nicht mit uns sprechen. Sind Sie Anwalt?«, fragte die Polizistin, die dem jungen Mann ein Ja sogar abgenommen hätte.

Leon lachte höflich, und Frank Kröner, der den zweiten Sohn von Klara Neller vom ersten Moment an als unsympathisch empfunden hatte, fand sich nur noch mehr bestätigt.

»Nein, Gott bewahre, ein schrecklicher Beruf«, sagte er amüsiert. »Ich leite den Hof. Auch wenn das auf den ersten Blick nicht so aussehen mag, sind wir ein recht breit aufgestelltes Unternehmen. Neben der Landwirtschaft haben wir noch Fremdenzimmer, momentan leben dort die Aushilfen des Instituts. Wir produzieren und vermarkten eigene Produkte, und aus dem Verkauf des Grundstücks hat sich ein Kapitalvermögen ergeben, das ebenfalls verwaltet werden muss.«

»Sie haben recht«, entgegnete Beate Kraus freundlich, »das unterschätzt man sicher leicht.«

Er verzog müde das Gesicht. »Ja, wir sind nur zu viert, das ist eine Menge Arbeit. Und der Papierkram wächst auch jedes Jahr.«

Beate Kraus konnte dagegen nichts einwenden und war außerdem nicht auf dem Hof, um das geschäftliche Treiben zu überprüfen. Die Familie kam ihr zwar nicht hasenrein vor, aber momentan interessierte sie nur der Todesfall Timo Rober und nicht Steuerhinterziehung, Subventionsbetrug oder Ähnliches, wenn es denn überhaupt zutraf, dass die Nellers gegen das Gesetz verstießen. Sie legte eine Mappe auf den Tisch und zeigte Leon Abzüge der Bilder, die der Tote auf seiner Kamera gespeichert hatte. Mit wenigen Worten erklärte sie dessen Verhältnis zu Kelly Miller.

Unberührt betrachtete Leon die Aufnahmen, zuckte mit den Schultern und sagte: »Ja, das sind alles Personen, die hier wohnen oder gewohnt haben oder arbeiten.« Bei Johann stockte er und meinte, dass er den jungen Mann nicht kennen würde. Als ihm die Hauptkommissarin das Bild von Katja Preiwald und Doktor Torgen vorlegte, bildete sie sich ein, eine Reaktion zu sehen, und hakte schnell nach.

Leon blieb unverbindlich: »Kann sein, dass ich die kenne, aber nicht vom Hof. Möglicherweise aus einem Klub.« Er grinste. »Ich bin gerne unterwegs, und hübsche Frauen fallen mir auf.«

Beate Kraus glaubte ihm sofort und hoffte inständig, dass ihre Anne niemals so einem Typen auffallen würde. Denn gleichgültig wie zuvorkommend und leutselig sich Leon Neller gab, Beate Kraus traute ihm nicht und hielt ihn auf keinen Fall für einen Traumschwiegersohn.

Das nächste Bild zeigte Leon, als er in seinen Sportwagen stieg. »Dieser Kerl hat uns ja regelrecht überwacht«, kommentierte er die Aufnahme.

»Ist Ihnen denn niemand aufgefallen?«, mischte sich jetzt das erste Mal Frank Kröner ein.

Leon Neller musterte interessiert den jungen Mann, der nur wenig Älter als er selbst war. Sein Blick schien mitleidig zu sagen »Du unscheinbares Würstchen«, aber er antwortete höflich. »Nein, absolut nicht.«

Die Polizistin zog ein Foto von Timo aus der Tasche und reichte es ihm. Leon schüttelte den Kopf und gab es an seine Mutter weiter.

»Gesehen habe ich den noch nie. Aber neulich, als ich die Glotzerle herausgerissen habe, da dachte ich, jemand wäre in der Nähe.«

Später würde Beate Kraus ihrem Kollegen, der nicht aus dem Schwäbischen stammte, erklären müssen, dass Glotzerle nichts anderes als Stiefmütterchen waren.

»Aber gesehen haben Sie nichts?«, hakte die Hauptkommissarin nach.

Klara und Gustav beantworteten ihre Frage mit einem klaren »Nein«.

Nun betrachtete Paul das Foto und reagierte wütend: »Gut, dass er tot ist!«

Die Bemerkung ließ die Polizisten fragend zu Leon sehen.

Der stand auf und sagte: »Wenn Sie fertig sind, begleite ich Sie nach draußen.«

Beate verstand und verabschiedete sich vom Rest der Familie.

Vor der Tür nahm Leon das Gespräch wieder auf. »Paul ist sehr … mitfühlend.«

»Das klang eben aber ganz anders«, kam Frank Kröner nicht umhin zu widersprechen.

Ihr Gegenüber lächelte verstehend. »Er fühlt sich eher als Beschützer der Frauen. Und Kelly Miller mag er ganz besonders. Er begreift langsamer als andere Menschen, und manchmal ist er sehr direkt, aber trotzdem absolut harmlos.«

»Kann er Auto fahren?«, fragte Beate Kraus wie nebenbei.

»Nein«, wehrte Leon sofort ab, »im Notfall gelingt ihm vielleicht eine Runde mit dem Traktor über das Feld, wenn Gustav dabei ist, aber sonst …«

»Wir danken Ihnen für Ihre Mithilfe«, beendete die Beamtin das Gespräch, »und falls Ihnen noch etwas einfällt, melden Sie sich bitte.«

»Aber selbstverständlich«, versprach Leon und war erleichtert, als die beiden den Hof verließen.

In der Küche saß seine Familie immer noch mit betretenen Gesichtern und wartete.

»Sie sind fort«, sagte er abgelenkt.

»Wir haben nichts gesagt, keinen Ton«, versicherte ihm Gustav.

»Das ist ja wohl auch das Mindeste, was ich erwarten kann.« Dann sah er zu seinem Bruder und wies diesen zurecht. »Und du hältst dich künftig mit deinen blöden Kommentaren zurück. Niemand interessiert sich für deine Meinung.«

Paul sprang wütend auf, lief schnaubend aus dem Zimmer und knallte die Tür hinter sich zu. Etwas, das Leon lediglich mit einem Stirnrunzeln quittierte. Paul war ihm im Moment egal; aber dass Katja Preiwald hier gewesen war, stimmte ihn nachdenklich.

Kurze Zeit später kannte er zwar den Grund ihres Besuches – der Pförtner war ein Klatschmaul und ließ sich nicht lange bitten –, aber auch wenn Katja ihm nicht hinterherspioniert hatte, beunruhigte ihn doch, wie nahe sie seinem Privatleben gekommen war. Vermutlich wäre es besser, sie künftig nicht mehr zu beliefern. Jetzt, da die Polizei hier herumschnüffelte, würde er sich sowieso mit seinen Geschäften zurückhalten müssen.

* * *

Zur gleichen Zeit

Johann schloss erwartungsvoll die Wohnungstür auf. Er betete dafür, dass Ronja ihm verzeihen würde. Geschockt hatte er von Katjas Auftritt im Institut erfahren.

»Sie behauptet, ihr hättet euch geküsst. Sag mir die Wahrheit!«, hatte Ronja ihn gestern am Telefon zur Rede gestellt.

Es wäre so leicht gewesen, sie zu belügen, aber das hatte er nicht gewollt. Die Sache mit Ronja war ihm zu wichtig, nichts sollte zwischen ihnen stehen, also hielt er sich an die Wahrheit: »Sie hat sich an mich rangemacht, und ja, für einen kurzen Moment habe ich ihr nachgegeben, aber am Ende wurde ich sogar grob und gab ihr klipp und klar zu verstehen, dass es aus ist. Das schwöre ich.«

Am anderen Ende herrschte Schweigen.

»Ronja, bist du noch dran?«

Ihr »Ja« klang enttäuscht.

»Sie bedeutet mir nichts.«

»Warum wart ihr überhaupt zusammen?«

Er zögerte und entschied sich für eine ausweichende Antwort: »Es war notwendig, ein letztes Mal etwas zu klären.«

»Sie hat dich also immer noch am Haken. Ich dachte, das ist vorbei? Und schwöre mir bitte nichts mehr, denn ich hasse Meineide.«

Er war sich sicher, dass sie weinte, und schämte sich dafür. »Du hast gesagt, du willst nichts von dem, was zwischen mir und Katja gelaufen ist, wissen, und ich habe versprochen, es zu beenden. Klar, ich bin ein Idiot und selbst schuld an der Situation, aber ich bekomme das hin. Bitte, du musst mir jetzt vertrauen.«

»Ich weiß nicht, ob ich das kann«, gab sie eisig zurück.

»Ronja …«

Wieder dieses unerträgliche Schweigen, dann antwortete sie ihm doch noch: »Lass mir Zeit, darüber nachzudenken.«

Noch bevor ihm eine Entgegnung möglich gewesen wäre, hatte sie aufgelegt. Seither waren beinahe anderthalb Tage ohne ein Zeichen von ihr vergangen.

Und jetzt, als es klingelte, ging er voller Hoffnung an die Tür, nur um sie dem Menschen zu öffnen, den er im Moment am wenigsten sehen wollte.

»Katja, was willst du hier?«, schnauzte er seinen unerwarteten Gast an.

»Mit dir reden«, sagte sie harmlos, ignorierte seinen abweisenden Ton und schob sich an ihm vorbei in die Wohnung. »Bist du allein?« Sie drehte sich zu ihm um, sah ihn abschätzig an und beantwortete sich ihre Frage selbst: »Natürlich bist du allein, deine neue Freundin hat wohl schon wieder genug von dir?«

Er verlor die Beherrschung. So schnell, wie er auf Katja zustürmte, hatte sie keine Chance, ihm auszuweichen. Die Ohrfeige, die er ihr verpasste, traf sie mit solch einer Wucht, dass sie ins Taumeln kam. Der Schmerz durchfuhr sie und nahm ihr für einen Moment den Atem, bevor sie das warme

Blut im Mund schmeckte, das von der aufgeplatzten Lippe stammte. Automatisch berührte sie mit den Fingerspitzen ihr Gesicht, leckte sich erneut über die Mundwinkel und warf ihm einen triumphierenden Blick zu. »So schlimm steht es also. Sie hat dich tatsächlich schon wieder verlassen«, provozierte sie ihn boshaft.

Er holte erneut aus, besann sich aber und trat ein paar Schritte von ihr zurück.

»Na los, schlag noch mal zu! Das ist doch das, was du willst. Ich wusste es.«

Sie bewegte sich wie eine sprungbereite Katze auf ihn zu, stand jetzt dicht vor ihm und strich ihm mit ihrem blutverschmierten Finger über die Lippen.

»Du willst mein Blut schmecken? Du willst mich beherrschen?« Sie drückte ihren Körper an seinen. »Einverstanden, lass uns spielen.«

Ihre Hände legten sich wie Krallen um seine Schultern, dabei bohrte sie ihre Fingernägel schmerzhaft durch den Stoff seines T-Shirts direkt in sein Fleisch.

Johann zuckte zusammen und befreite sich schroff aus ihrer Umarmung »Du bist ja krank«, keuchte er und stieß sie von sich.

»Ich bin krank?«, schrie sie ihn an. »Ich? Wer von uns schlägt denn wehrlose Frauen?«

»Du solltest jetzt gehen, wir sind miteinander fertig.«

»Wir sind fertig, wenn ich es sage!«, zischte sie gefährlich. »Glaubst du, ich lasse zu, dass eine wie Ronja meinen Platz einnimmt? Was gefällt dir an dem fetten Trampel?« Katja schleuderte ihm rücksichtslos ihre Beleidigungen entgegen. »Ronja kann dir nichts geben. Sie ist langweilig und völlig fantasielos. Was treibt ihr denn so im Bett? Gefummel unter der Bettdecke, verlegenes Kichern und unterdrückte Lustschreie?« Ihr Gesicht glich einer gehässigen Fratze, als sie fragte: »Weiß sie von deinen *besonderen* Vorlieben?«

»Wenn ich mich recht entsinne, waren das *deine* Vorlieben«, gab er kalt zurück.

Sie fauchte ihn an: »Lügner! Du hast dich genauso daran aufgegeilt, hast es genossen, wenn sie geweint haben, wenn sie die Scham überkam und ihnen klar wurde, dass es keinen Ausweg für sie gab!«

»Das war falsch«, schnauzte er und packte sie am Arm. »Verschwinde endlich!«, fuhr er ungehalten fort und wollte sie zur Tür zerren, »ich kann dich nicht mehr ertragen, du bist ekelhaft und völlig durchgeknallt. Ich will dich nie wieder sehen.«

»Ich werde dich nicht gehen lassen!«, gab sie vor Wut außer sich zurück und stemmte sich gegen ihn. »Ich werde Ronja erzählen, was du getan hast.«

Er blieb stehen und ließ ihren Arm los.

Einen Augenblick sahen sie sich schweigend an, dann ergriff Johann als Erster das Wort. Er war jetzt, als ihm klar wurde, dass es keinen Ausweg gab, vollkommen ruhig. »Wenn du meinst, das tun zu müssen, bitte. Vielleicht ist es an der Zeit, reinen Tisch zu machen.«

Augenscheinlich hatte Katja nicht mit dieser Reaktion gerechnet. Sie blickte ihn ungläubig an und begriff, dass sie ihn verloren hatte. Ronjas Sieg war gleichzeitig ihre Niederlage. Die Erkenntnis, die Verliererin zu sein, löste in ihr eine Flut von Gefühlen aus. Am Ende überwogen der Hass und die Wut. Ihre Lippen bebten, alles um sie herum verschwamm, wurde in ein seltsames Weiß getaucht, und in Katjas Ohren dröhnte das Rauschen des eigenen Blutes. Sie konnte nicht denken, sondern nur noch fühlen, und plötzlich entlud sich all der Zorn in einer einzigen schnellen Bewegung. Ihre Hand griff nach dem erstbesten Gegenstand in ihrer Nähe. Sie holte damit aus und schlug mit aller Kraft zu.

* * *

Nachdem die Polizisten mit allen, einschließlich den Mitarbeitern des Instituts, gesprochen hatten, saßen sie nun in ihrem Dienstwagen und fuhren Richtung Präsidium.

»Das ist mir ja ein merkwürdiger Haufen«, konnte Frank Kröner nicht länger an sich halten.

Beate Kraus schmunzelte. »Mit der Zeit wird dir aufgehen, dass die meisten Menschen wesentlich komplizierter sind, als man auf den ersten Blick meint. Vergiss nicht, dass sie mit uns für gewöhnlich über Dinge sprechen müssen, die sie unter anderen Umständen lieber geheim halten.«

Er schnaufte als Antwort, und Beate setzte nach: »Wenn dich dein Nachbar fragt, wie es dir geht, sagst du vermutlich ›gut‹, weil du keine Lust hast, mit ihm deine Probleme zu diskutieren. Wenn aber die Hauptkommissarin Beate Kraus vor dir steht und fragt: ›Weiß Kelly Miller eigentlich, dass Sie auf sie stehen?‹, kannst du dich nicht um ein Gespräch drücken.«

Sein entsetzter Blick ließ sie kurz auflachen, dann besann sie sich und sagte versöhnlich: »Entschuldigung, ich wollte dir nicht zu nahe treten …«

»War das denn so offensichtlich?«

»Na, für einen Fremden nicht, aber ich bin eben Polizistin. Was ich damit sagen will, ist, dass die Menschen, wenn wir uns mit ihnen befassen, eben die sprichwörtlichen Hüllen fallen lassen müssen. Und darunter steckt bei uns allen viel Merkwürdiges.«

Frank Kröner verstand, was sie ihm damit sagen wollte. Trotzdem wollte er ihr nicht vollständig beipflichten. »Aber du musst doch zugeben, dass die Nellers sehr verdächtig gewirkt haben.«

»Ja, stimmt. Und deshalb werden wir diese Familie genau unter die Lupe nehmen. Ich will vor allem wissen, was wir über Leon haben.«

»Und Paul?«, hakte Frank nach, »denkst du, der ist wirklich zurückgeblieben? Oder tut er nur so?«

»Dann müsste Doktor Torgen ihn decken. Der hat uns ja immerhin erzählt, dass er ihn als Kind für eine Studie untersucht hat.«

»Vielleicht hat dieser Wissenschaftler tatsächlich gelogen. Den fand ich übrigens auch merkwürdig. Hast du seinen starren Gesichtsausdruck bemerkt?«

»Ja, und nicht nur das. Er war nervös. Zu nervös für einen Mann, der eine leitende Position bekleidet und es gewohnt ist, vor Menschen zu sprechen.«

»Nervös wegen uns oder wegen Paul Neller?«

Beate wackelte unschlüssig mit dem Kopf, während sie den Wagen auf den Parkplatz lenkte. »Keine Ahnung, aber Spekulationen helfen sowieso nicht weiter. Es wird uns daher nichts anderes übrig bleiben, als sauber zu recherchieren.« Nachdem sie den Motor abgestellt hatte, sah sie auf die Uhr. »Aber nicht mehr heute Abend!«, sagte sie müde, »wir sehen uns morgen früh.«

Die Beamten verabschiedeten sich voneinander.

Beate Kraus war froh, als sie ihre Wohnung erreichte. Dort fand sie in der Küche einen großen Blumenstrauß mit einer Karte: *Für die beste Mama der Welt.* Daneben einen Zettel, auf dem ihr Anne mitteilte, dass sie heute bei ihrer Freundin übernachten würde.

Die Hauptkommissarin griff sich das Telefon und rief dort an. Sie wählte bewusst den Festnetzanschluss der Familie, erreichte so die Mutter besagter Freundin und hatte ihre Tochter kontrolliert, ohne dass die Verdacht schöpfen konnte. Da Anne bereits mit der Freundin im Kino war, ließ sie Grüße ausrichten, schnupperte noch einmal gerührt an den bunten Blumen und fiel nach einer kurzen Dusche erschöpft ins Bett.

* * *

Am nächsten Morgen, auf einem Wochenmarkt

Paul Neller war seit dem Besuch der Polizisten sehr still. Natürlich fiel das niemandem aus der Familie auf, da die einfach nur froh darüber waren, dass er vorübergehend keinen Ärger machte.

Gedankenverloren hielt er den Teller mit den Probierstückchen in die Menge. Nur nebenbei registrierte er, wie sich eine dicke Frau bereits das vierte Mal ein Stück Schwarzbrot mit der hauseigenen Blutwurst der Nellers schnappte und in Windeseile in ihrem Mund verschwinden ließ. Normalerweise mochte er die Markttage, aber heute hätte es ihm nichts ausgemacht, zu Hause zu bleiben. Wie gewöhnlich waren sie mit ihren Produkten in einem kleinen schwäbischen Dorf mit niedrigen Standgebühren und wechselndem Publikum gelandet. Zumindest wusste Paul, dass das die Kriterien waren, nach denen Leon den Verkaufsort auswählte.

Hinter ihm seufzte Klara erleichtert: »Die Wurstdosen sind alle weg, nur noch etwas Marmelade ist da.«

»Gut, packen wir zusammen«, entgegnete Gustav knapp und bellte in gewohnt unfreundlicher Manier Paul ein paar Anweisungen zu.

Ohne Widerworte machte sich der an die Arbeit und dachte erneut an Kelly und den toten Mann vom Foto.

So einfach war das also, ging es ihm durch den Kopf.

Dieser Timo hatte Kelly schlecht behandelt, so viel stand fest, und jetzt war er tot. Für immer weg, sodass er nie wieder Ärger machen konnte. Wenn nur alle ungeliebten Zeitgenossen so einfach verschwinden würden. Er beobachtete die dicke Frau, die jetzt die letzten Reste Blutwurst von den Fingern leckte und weiterging, um den Stand mit den Backwaren zu plündern.

Ein Grinsen erschien auf seinem Gesicht. Im Prinzip war es doch genau so einfach: Menschen verschwanden, und das Leben ging weiter.

Ein Schlag auf den Rücken ließ ihn zusammenfahren. Er drehte sich um und sah Gustav, der ihn anmeckerte, er solle nicht im Weg herumstehen. Paul dachte darüber nach, wie es wohl ohne seinen Onkel wäre, und konnte sich mit der Vorstellung anfreunden. Dann blickte er zu seiner Mutter. Sie ging ihm zwar ständig auf die Nerven, aber immerhin kochte sie und machte die Wäsche. Daraufhin fiel ihm sein Bruder Leon ein. Über ihn musste er sich oft ärgern – aber, und das wusste er genau, Leon war derjenige, der ihn beschützte. Er hatte damals dafür gesorgt, dass Paul auf dem Hof bleiben konnte, und außerdem war Leon sein Bruder. Als Kinder waren sie besonders stark verbunden gewesen; aber als sie älter geworden waren, da hatte sich alles verändert. Vermutlich war das Pauls Schuld. Zwar hatte Leon nie verraten, warum er böse war, aber manchmal spürte Paul ganz deutlich den Zorn, den ihm sein Zwilling entgegenbrachte.

Einmal hatte er seine Mutter belauscht, die Leon beschwichtigen wollte: »Aber Paul kann doch nichts dafür! Die Natur macht uns eben unterschiedlich.«

Er hatte bis heute nicht begriffen, was damit gemeint gewesen war. Nichtsdestotrotz gab es gelegentlich besondere Momente zwischen den Geschwistern. Deshalb kam Paul zu dem Schluss, dass Leon vorerst bleiben durfte. Zudem befürchtete er, dass er Leons Hilfe bei Kellys Hochzeitsgeschenk noch benötigen würde.

»Wenn du mit Glotzen fertig bist, pack endlich mit an«, unterbrach Gustav seine Tagträume.

Er erwiderte nichts, sondern klappte lustlos den Sonnenschirm zusammen. Die dicke Frau kam noch einmal vorbei und wirkte bedrückt, als sie den leeren Probierteller erblickte.

»Gibt bestimmt bald wieder was«, sagte Paul mit einem Grinsen, das die Fremde mit dem typischen Blick quittierte, den er nur allzu gut kannte: einer Mischung aus Mitleid und dem Wunsch, schnell verschwinden zu können. Und schon hatte sie sich umgedreht und in der Menge Zuflucht vor dem eigenartigen jungen Mann gesucht.

Kapitel 11

Hauptkommissarin Kraus war auf dem Weg zum Haus der Familie Baumann. Deren Tochter Andrea war vor acht Jahren angeblich das Opfer von Timo Robers Übergriffen gewesen. Frank Kröner lenkte den Wagen durch die Baden-Badener Innenstadt und wirkte unzufrieden.

Sie waren gerade bei den Eltern von Timo Rober gewesen. Vater und Mutter samt Familienanwalt hatten keinen Hehl daraus gemacht, dass sie wenig Vertrauen in die Arbeit der Polizei setzten. Ihr Sohn sei ein Engel gewesen, falscher Umgang, vor allem kleine Flittchen wie diese Kelly Miller, hätten ihn verdorben und in den Tod getrieben.

»Du verurteilst die Eltern, aber die trauern um ihren Sohn. Was erwartest du?«, sagte seine Vorgesetzte unvermittelt, so als hätte sie Franks Gedanken erraten.

»Sie waren nicht an der Wahrheit interessiert.«

»Vermutlich, weil sie die längst kennen. Die werden wissen, was für ein Mensch ihr Sohn war.« Frank wollte schon Einwände erheben, doch Beate Kraus sprach schnell weiter: »Aber Eltern wollen das nicht immer sehen.« Das »Ich kann ein Lied davon singen« verkniff sich die Beamtin.

»Man hat den Eindruck, die wünschen keine weiteren Ermittlungen«, entgegnete Frank verständnislos.

»Weil sie Angst haben, dass dann alles ans Licht kommt. Die Spurensicherung hat in Timos Wohnung nichts Verdächtiges gefunden. Warum, denkst du, gab es dort keine Hinweise auf sein Stalking? Allein im Hotelzimmer haben wir eindeutige Beweise dafür entdeckt, dass er unnatürlich stark auf Kelly Miller fixiert war. Er hat die Frau verfolgt, auch wenn die Familie behauptet, er habe sich aus geschäftlichen Gründen in Tübingen aufgehalten.«

»Die haben alles ausgeräumt«, sagte Frank empört, dem das eben erst klar geworden war.

»Davon gehe ich aus.«

»Wir werden auch von den Angestellten nichts erfahren, oder?«

»Zumindest nicht, solange der Anwalt bei jedem Gespräch dabei ist«, erwiderte Beate Kraus, die äußerst erstaunt gewesen war, als Timos Vater ihnen mitgeteilt hatte, sein Rechtsvertreter würde den Mitarbeiterbefragungen beiwohnen.

»So kann er sicher sein, dass niemand aus der Reihe tanzt. Die haben alle Angst, ansonsten den Job zu verlieren.«

Beate nickte. »Die Kollegen werden die Vernehmungen führen, vielleicht bekommen sie trotzdem etwas heraus. Womöglich ist einer der Angestellten bereit, abseits der Firmenkontrolle mit uns zu sprechen.«

Die Beamtin blätterte in ihren Notizen. Sie hätte bei der Haltung der Robers unmöglich den Vorfall vor acht Jahren erwähnen können. Nichts war aktenkundig. Und sich in so einer Situation auf Gerüchte zu berufen, wäre keinesfalls hilfreich, dafür aber mit jeder Menge Ärger verbunden. Deshalb hatte sie beschlossen, nicht mit Timos Eltern, sondern mit denen des möglichen Opfers von damals zu sprechen. Bei der Überprüfung der Adresse hatten sie jedoch feststellen müssen, dass der Vater, Joachim Baumann, vor zwei Monaten an einem Schlaganfall gestorben war. Jetzt blieb nur noch die Mutter Anita.

Beate Kraus hatte ihren Besuch angekündigt und hoffte, die Frau würde sich nach all den Jahren und trotz des Todes ihres Ehemanns gesprächsbereit zeigen.

Anita Baumann öffnete ihnen die Tür. Ihr Blick war glasig, und der Atem der Frau roch nach Alkohol.

»Polizei?«, fragte sie knapp, und als man ihr das bestätigte, bat sie die Beamten mit einer flüchtigen Handbewegung einzutreten. Anita Baumann war Mitte vierzig, groß, schlank, und auch wenn ihr Äußeres momentan etwas schmuddelig wirkte, konnte man doch sehen, dass sie immer noch eine attraktive Frau war.

Die Einrichtung des Hauses zeugte von Geschmack, darüber konnten auch die vollen Aschenbecher und die leeren Alkoholflaschen nicht hinwegtäuschen. Auf einem Regal standen Fotos. Beate Kraus erkannte das fröhliche Gesicht eines jungen Mädchens, das neben einem mürrisch dreinblickenden älteren Mann stand.

Ihre Gastgeberin war ihrem Blick gefolgt. »Meine Familie«, sagte sie tonlos, ließ sich auf das Sofa fallen und murmelte: »Wenn Sie wollen, setzen Sie sich.«

Beate Kraus sprach ihr Beileid zum Tod des Ehemanns aus. Als Antwort erhielt sie lediglich ein Kopfnicken. Entweder war Anita Baumann es leid, darüber nachzudenken und jedes Mal erneut den Schmerz des Verlustes zu fühlen, oder aber das genaue Gegenteil war der Fall und ihre Trauer hielt sich in Grenzen.

»Wir haben uns nicht mehr allzu gut verstanden, trotzdem fehlt er mir irgendwie«, folgte schließlich eine Erklärung, die Beate Kraus' letztere Vermutung bestätigte.

»Sie wissen, warum wir hier sind?«, fragte sie behutsam.

Anita Baumann zündete sich eine Zigarette an und griff unter den Couchtisch. Dort angelte sie nach einer angebrochenen Flasche Rotwein und füllte etwas davon in das schmutzige Glas vor sich auf der Tischplatte.

»Timo Rober ist tot«, antwortete sie pflichtschuldig und nahm einen großen Schluck Wein.

»Wie standen Sie zu ihm?«

»Wie sollte ich zu ihm gestanden haben?«

Sie schenkte nach und zog kräftig an der Zigarette, bevor sie anfügte: »Er hat all das hier bezahlt. Eigentlich müsste ich deshalb sagen, dass ich gut zu ihm stand.« Ihre Stimme klang rau.

»Darf ich fragen, wie wir das zu verstehen haben?«

»Ja«, entgegnete sie schnippisch, »das dürfen Sie, Frau Kommissarin.«

Die Augen von Anita Baumann füllten sich mit Tränen, als sie endlich wieder zu sprechen begann: »Ich habe das Glück meines Kindes an ihn verkauft.«

»Der Vorfall vor acht Jahren?«, half die Polizistin nach.

Anita setzte sich aufrecht hin, atmete einmal durch und antwortete gespreizt: »Ja, *der Vorfall.*«

»Würden Sie uns vielleicht genauer erzählen, was damals passiert ist?«

Anita Baumann trank von ihrem Rotwein. »Warum nicht, jetzt, wo alle tot sind.«

Automatisch spannten sich Frank Kröners Muskeln an – sollten sie endlich die Wahrheit über Timo Rober erfahren?

»Ich war eine schlechte Mutter, von Anfang an. Aber ich war jung und völlig abhängig von meinem Mann. Er war fast zwanzig Jahre älter und behandelte mich nicht wie seine Ehefrau, sondern wie ein Kind. Ich hatte mich damit abgefunden und mir ehrlich gesagt gar keine Gedanken darüber gemacht. Und dann, eines Tages, kam mein kleines Mädchen nach Hause, völlig verstört, mit einer Wunde am Bauch. Ich habe sofort die Polizei gerufen, anschließend meinen Mann informiert. Ich wollte, dass der, der Andrea das angetan hat, zur Rechenschaft gezogen wird. Aber plötzlich lief alles in eine komplett andere Richtung.« Sie schluchzte heftig und wischte sich mit der Hand die Tränen aus dem Gesicht. »Mein Mann hat mit Andrea gesprochen. Er muss ihr ordentlich zugesetzt haben, denn auf einmal räumte sie ein, dass alles eine Lüge gewesen sei.«

»Haben Sie denn Ihre Tochter nicht befragt als Mutter? Sie hatten ihr doch geglaubt …«, platzte Frank Kröner heraus.

Nach einer langen Pause, die schon vermuten ließ, Anita Baumann hätte beschlossen zu schweigen, antwortete sie ihm doch. Sie klang jetzt vollkommen nüchtern. »Nein, das habe ich nicht getan, und seither trage ich eine schwere Schuld mit mir herum. Ich habe einfach den Anweisungen meines Mannes Folge geleistet und nichts infrage gestellt. Mein Kind hat mir das nicht verziehen, das konnte ich spüren. Vermutlich hoffte sie darauf, dass ich mich schützend vor sie stellen, sie retten würde. Als Mutter …« Ihre Stimme versagte.

»War Ihr Mann denn nicht wütend auf Timo Rober?«

Sie lachte bitter auf. »Wütend war er, aber nicht auf ihn, sondern auf mich. Er behauptete, ich hätte in der Erziehung versagt. Ihm war es gleichgültig, was Timo getan hatte, denn alles, was vorgefallen ist, sei einzig und allein meine Schuld. Ich hätte Andrea gestattet, in *aufreizenden* Kleidern herumzulaufen, und geduldet, dass sie das Haar ständig offen über die Schultern fallen ließ. Joachim war der Meinung, dass das einen jungen Mann ja auf falsche Gedanken bringen muss.« Sie schluchzte erneut. »Mein Mädchen hatte so schöne Haare. ›Wir hätten sie ihr abrasieren sollen‹, hat er gebrüllt, ›dann wäre das alles nicht passiert.‹«

Beate Kraus reichte der Frau ein Taschentuch und wartete, bis sich diese beruhigt hatte. »Wie ging es weiter?«, fragte sie vorsichtig.

»Am Ende hat Andrea vermutlich selbst geglaubt, alles nur erfunden zu haben. Sie wurde immer verschlossener. Und eines Tages …«

»Und danach, die letzten Jahre?«

»Mein Mann hat an der Geschichte festgehalten, mir sogar verboten, das Thema noch einmal zu erwähnen.«

»Er blieb bei den Robers beschäftigt?«

»Ja, und er wurde dafür sehr gut bezahlt.« Sie trank erneut einen Schluck und fasste sich in ihr zusammengebundenes Haar. »Sehen Sie meine Frisur«, fuhr sie unvermittelt fort, »ich durfte sie nie offen tragen. Seit damals hat er behauptet, nur Nutten würden das tun. Kurz vor seinem Tod war er so boshaft, dass er sogar junge Frauen auf der Straße deswegen angepöbelt hat.«

»Und wie verstand er sich mit Timo?«

Sie verzog angewidert den Mund. »Er ist dem Juniorchef in den Arsch gekrochen. Er hat Timo ausgebildet, und die beiden waren miteinander auf Geschäftsterminen. Stets ein Herz und eine Seele.«

»Was für Termine waren das?«, fragte Beate Kraus interessiert.

»Kundenbetreuung im Stuttgarter Raum, alle paar Wochen, bis Joachim vor einem halben Jahr in Rente ging.«

»Nur die beiden?«

»Das nehme ich an«, entgegnete Anita Baumann irritiert.

Beate Kraus machte sich eine Notiz. Sie musste die Unterlagen über diese Geschäftsreisen einsehen.

»Haben Sie nach dem Tod Ihres Mannes Kontakt mit den Robers gesucht oder mit Timo?«

»Ich?« Sie schien überrascht. »Warum sollte ich?«

Auf ein Zeichen von Beate Kraus hin befragte Frank Kröner die Frau nach ihrem Aufenthaltsort in der Nacht vor Timo Robers Tod.

Sie interessierte sich nicht für den Grund der Frage, sondern gab ihnen bereitwillig Auskunft. Offensichtlich war die letzten Tage eine Cousine bei ihr zu Gast gewesen.

»Ich bin froh, dass der Junge tot ist«, sagte sie unvermittelt. »Scheint mir gerecht, Kind gegen Kind.«

Während sie das sagte, stierte sie vor sich hin, so als wären die Beamten gar nicht anwesend. Im Großen und Ganzen war die Frau eine ausgezeichnete Verdächtige, und trotzdem traute ihr die Hauptkommissarin nicht zu, nach all den Jahren die Kraft aufgebracht zu haben, doch noch die Initiative zu ergreifen und sich an Timo Rober zu rächen. Anita Baumann tat ihr leid, aber gleichzeitig empfand sie eine starke Wut auf die Frau. Warum hatte sie sich nicht vor ihr Kind gestellt? Warum hatte sie den herzlosen Vater nicht einfach zum Teufel gejagt? Aber die Hauptkommissarin wusste, dass Gedanken dieser Art alles nur noch schlimmer machten.

Die Vergangenheit ließ sich nicht mehr ändern, sie mussten sich auf die Gegenwart konzentrieren.

Als die Beamten später im Wagen saßen, ließen sie das eben Gehörte erst einmal sacken.

»Schon krass«, sagte Frank Kröner, »die haben diesen Timo einfach so davonkommen lassen.«

»Ehrlich gesagt ist es für mich unbegreiflich, dass sich der Vater überhaupt noch mit Rober Junior im selben Raum aufhalten konnte«, gestand Beate Kraus.

»Bei dem Frauenbild, das der hatte, wundert mich gar nichts. Da war die eigene Tochter sicher weniger wert als der Sohn des Chefs. Den Kerl hätte ich gern auf einer Anklagebank gesehen. Könnte Joachim Baumann etwas mit den vermissten Frauen zu tun haben?«

»Die Geschäftsreisen?« Die Hauptkommissarin hatte ebenfalls an diese Möglichkeit gedacht. »Die Tote im Neckar und das Verschwinden von Nina Wäldele sind Fälle, die sich nach dem Tod von Joachim Baumann ereignet haben.«

»Was ist mit Timo Rober?«

»Du glaubst, sie waren Komplizen?«

»So etwas in der Art. Als der Lehrer starb, hat der Schüler alleine weitergemacht.«

Das »Hm« seiner Chefin zeigte Frank Kröner, dass sie nicht überzeugt war. Also argumentierte er weiter: »Das Verschwinden der Frauen begann vor ungefähr acht Jahren, sprich zu der Zeit, als Andrea Baumann von Timo Rober misshandelt wurde.«

»Nein«, konterte Beate Kraus jetzt scharf. »Das kann ich mir einfach nicht vorstellen. Er war trotz allem ihr Vater. Gut, er hat sich frauenfeindlich verhalten, hat sich mit den Jahren immer mehr in seinen Ansichten über *aufreizende* Frauen verstiegen, aber vermutlich doch nur, um die eigenen Schuldgefühle zu unterdrücken. Der Kerl war ein Kotzbrocken, aber ein Serienmörder, der Frauen verschwinden lässt und das auch noch zusammen mit dem Peiniger seiner Tochter, das, fürchte ich, geht doch zu weit.«

»Er war mit ihm auf Geschäftsreise«, hielt Frank dagegen.

»Vielleicht wollte er sich selbst bestrafen, vielleicht ging es auch darum, sich vorzumachen, alles wäre normal und in bester Ordnung.« Sie verstummte und fasste einen Entschluss. »Aber ignorieren können wir sein Verhalten natürlich auch nicht. Ich werde mit dem Boss sprechen. Wir sollten Timo Rober weiter durchleuchten. Kelly Miller gegenüber hat er zugegeben, in der Kneipe gewesen zu sein, in der Nina das letzte Mal gesehen wurde. Wenn Rober etwas mit dem Verschwinden der Frauen zu tun hat, ist Nina Wäldele unsere beste Option. Irgendwo müsste es eine Spur geben. Die Robers haben Geld, eventuell existiert ein abgelegenes Ferienhaus, eine Angelhütte oder etwas Ähnliches. Irgendein Ort, wo er jemanden hätte verstecken können. Nina Wäldele ist hübsch, ihr Puppengesicht wäre jemandem aufgefallen. Womöglich saß sie in Robers Wagen. Wenn wir da eine Verbindung finden, dann können wir uns auf die alten Fälle konzentrieren. Außerdem wissen wir immer noch nicht, ob Timo Rober ermordet wurde oder sein Tod eine Folge des eigenen Drogenmissbrauchs ist. Das heißt, ich muss Überzeugungsarbeit leisten, damit wir weiter an der Sache dranbleiben können. Wie erklärt man seinem Chef, dass man ein mögliches Opfer gleichzeitig für einen Mörder hält?«

Aber noch bevor sich die Beamten eine Strategie zurechtlegen konnten, kam der Anruf aus der Dienststelle. Man hatte den Exfreund von Katja Preiwald tot in seiner Wohnung aufgefunden.

* * *

Etwa zur gleichen Zeit

»Ich kann es immer noch nicht fassen, du dämliche Kuh«, rief Walter Preiwald nicht das erste Mal seit gestern Abend.

»Du dämliche, dämliche Kuh«, stieß er erneut voller Zorn aus und ließ sich auch nicht von Olaf Dielbach besänftigen, der bereits seit Stunden daran arbeitete, Katja Preiwald vor dem Gefängnis und ihren Vater vor einem Skandal zu bewahren.

Die Anwaltskanzlei »Dielbach & Halwälder« war eine der angesehensten in der Stuttgarter City und bearbeitete vom Verkehrs- bis zum Steuerrecht alles. Die wohlhabenden Mandanten waren allerdings äußerst selten in ein Tötungsdelikt verwickelt. Als man ihn gestern Nacht aus dem Bett geklingelt hatte, war er mit einem ausgezeichneten Gefühl zur Villa der Preiwalds gefahren. Wenn er das wieder hinbiegen könnte, wäre seine Position auf Jahre gefestigt. Skandale mochte keiner, und einen hervorragenden Ruf als Helfer in der Not zu haben, würde ihm weitere Türen öffnen.

Olaf Dielbach strahlte genug Sachverstand aus, um Walter Preiwald zumindest das Gefühl zu vermitteln, es sei noch nicht alles verloren. Trotzdem schnauzte der jetzt in dessen Richtung: »Sagen Sie es mir, Dielbach, wie wollen Sie so eine Scheiße wieder hinbekommen? Die nächsten Wahlen kann ich vergessen, und du …« Wütend sah er zu seiner Tochter. »… du bist ebenfalls erledigt.« Theatralisch mit den Armen fuchtelnd fuhr er fort: »Mit viel Glück bekommen wir dich gut verheiratet. Irgendein reicher Unternehmer, dem sein Ruf egal ist, wird sich schon auftreiben lassen. Wenigstens bist du hübsch, wenn schon nicht besonders gescheit.«

»Papa!«, setzte sich Katja jetzt das erste Mal zur Wehr. »Ich wollte das nicht«, flehte sie ihn an, und Tränen liefen ihr über das Gesicht.

So hatte sie ihren Vater noch nie erlebt. Immer war sie sein kleines Mädchen gewesen, das er voller Stolz überall präsentiert hatte – und mit einem Mal behandelte er sie so mies. Ausgerechnet jetzt, da sie ihn dringend an ihrer Seite bräuchte. Vielleicht hätte sie nicht herkommen dürfen. Aber das war ganz automatisch geschehen. In Windeseile hatte sie im Verbindungshaus ein paar Sachen zusammengepackt und sämtliche Videodateien auf ihrem Computer gelöscht. An die anschließende Fahrt nach Hause erinnerte sie sich kaum noch und fragte sich mittlerweile, wie sie ohne Unfall die Strecke geschafft hatte.

»Dämliche Kuh«, war die einzige Antwort, die sie von ihrem Vater bekam, der sich nun abwandte, um aus einer kristallenen Karaffe einen Scotch einzugießen.

Dielbach tauchte neben ihm auf, so leise, als wäre er über den teuren Perserteppich geglitten und nicht gegangen. Er legte sanft die Hand auf den Arm des Politikers. »Bitte nicht! Falls Sie heute noch vor die Presse müssen, wäre eine Alkoholfahne fatal.«

Für eine Sekunde sah es so aus, als würde Preiwald den Mann für seine Einmischung mit harten Worten zurechtweisen, dann ließ er jedoch gehorsam die Karaffe sinken. »Sie haben recht, bitte fahren Sie fort.« Er deutete mit einer Handbewegung an, dass es nun an dem Anwalt war, seine Vorschläge zu unterbreiten, und setzte sich auf seinen Bürosessel, der hinter dem schweren Mahagonischreibtisch wie ein Thron wirkte.

Dielbach und seine Kollegen in der Kanzlei waren die letzten Stunden nicht untätig gewesen. Die Verteidigung stand bereits, jetzt musste er seine Mandanten nur noch dazu bringen, dass sie ihm erstens die Führung überließen und zweitens die Wahrheit sagten.

»Katja muss sich stellen«, kam er gleich zum Punkt, wobei seine Stimme vollkommen ruhig klang.

»Was?«, stieß Preiwalds Tochter entsetzt hervor, »das ist

Ihr Plan? Ich werde nicht ins Gefängnis gehen, ich werde …« Sie war aufgesprungen und hatte sich zornig vor den Anwalt gestellt.

»Setz dich sofort wieder auf deinen Hintern und halte die Klappe«, ging ihr Vater jedoch dazwischen, und sein wutverzerrtes Gesicht ließ sie gehorchen. »Du hast das nicht mehr zu entscheiden. Du tust, was wir dir sagen!«

Das Aber schluckte sie herunter, setzte sich hin und senkte den Kopf.

»Sie wird sich stellen«, begann der Anwalt erneut, sah dabei aber jetzt nur noch Walter Preiwald an; immerhin war er derjenige, der die Rechnungen bezahlte.

»Ihre Tochter wurde von diesem Johann geschlagen. In der nächsten halben Stunde wird ein vertrauenswürdiger Arzt mit ausgezeichnetem Ruf hier auftauchen, die Verletzungen Ihrer Tochter begutachten und dokumentieren.« Der Anwalt wies nicht ausdrücklich darauf hin, dass das Attest entsprechend dramatisch ausfallen würde, auch wenn man oberflächlich kaum noch eine Verletzung in Katjas Gesicht sehen konnte. »Er wird ebenfalls bestätigen«, fuhr er fort, »dass Katja unter Schock stand, nicht in der Lage war, klar zu denken, und deshalb, nicht ungewöhnlich in so einer Situation, die Flucht in den Schoß der Familie angetreten hat. Damit wäre das Verschwinden vom Tatort erklärt. Selbstverständlich hat sie nach dem Angriff des jungen Mannes in Notwehr gehandelt. Keinesfalls bestand eine Tötungsabsicht, es war eben alles nur ein schrecklicher Unfall.« Ihm entging nicht, dass Walter Preiwald sich bei diesen Worten anfing zu entspannen.

»Natürlich können wir das nicht vor der Presse geheim halten.«

Die Entspannung war sofort verschwunden, und Dielbach setzte schnell nach: »Wir müssen also zum Angriff übergehen und den Vorfall für unsere Zwecke nutzen.«

Sein Mandant blickte überrascht auf.

»Wir haben das in der Kanzlei bereits besprochen, es könnte ein guter Aufhänger für den Wahlkampf sein. Walter Preiwald kämpft gegen häusliche Gewalt. Seine einzige Tochter, selbst ein Opfer, unterstützt ihn dabei und so weiter und so fort …«

Preiwald schlug mit der Faust auf den Tisch, sodass sogar der vergoldete Kugelschreiber mit Monogramm zu hüpfen begann, den ihm Katja zum letzten Geburtstag geschenkt hatte.

Als seine Tochter das sah, hoffte sie für einen kurzen Augenblick, ihr Vater würde sich über den Anwalt mit dem unbeteiligten Tonfall ärgern, aber das Gegenteil war der Fall. Preiwald zollte Dielbach für dessen Plan großzügig Anerkennung, sie hatte ihr Mitspracherecht bereits verloren.

Dann fiel dem Politiker doch noch etwas ein, und seine Miene verfinsterte sich: »Und was ist mit diesem unsäglichen Auftritt meiner Tochter im Institut von Doktor Torgen? Wird man da nicht glauben, dass sie in kindischer Eifersucht ihren Exfreund umgebracht hat?«

Dielbach winkte ab. »Bis zur Verhandlung wird Zeit vergehen, Zeugen werden sich nicht mehr genau an den Wortlaut erinnern. Ich sehe es so: Katja wollte ein vernünftiges Gespräch mit einer Frau führen, die sie jahrelang für ihre Freundin gehalten hat. Die beiden Frauen haben zusammengewohnt. Die Beziehung mit Johann war nicht immer leicht, aber Katja hat ihn bei allem unterstützt und ihm seine Fehler verziehen. Sie erfährt, dass er einen One-Night-Stand mit ihrer ehemals besten Freundin gehabt hat, fährt zu ihr und möchte sich aussprechen. Daraufhin wird die andere grob, sogar gewalttätig. Sie hat versucht, Katja zu schlagen, daran werden sich die anderen Zeugen sicher noch erinnern. Was die Drogen angeht …« Er blickte zu Katja. »… haben Sie mir versichert, dass Sie nie selbst welche gekauft haben, sondern nur von Johann beliefert wurden.«

Die Tochter von Walter Preiwald nickte zustimmend.

»Ausgezeichnet. Damit war Ihr Exfreund ein mieser Kleinkrimineller, der schlechten Einfluss auf Sie gehabt hat und zudem auch noch brutal gewesen ist. Wir kriegen das hin«, fügte Dielbach gelassen an.

Walter Preiwald überlegte, dabei wanderten seine Augen hin und her, so als würde er ein schnelles Tennismatch beobachten. Langsam fuhr er sich mit der Hand über das Gesicht und sagte: »Gut, so machen wir das. Ich trommle mein Team zusammen, und wir bereiten etwas für die Presse vor.«

Dielbach hob jedoch gebieterisch die Hand. »Bevor wir starten, muss ich wissen, ob es sonst noch irgendetwas gibt, das man gegen Sie verwenden könnte. Wir dürfen uns keine Überraschungen leisten.« Dieses Mal haftete sein Blick besonders durchdringend auf Katja, die ihn jetzt ansah und mit belegter Stimme antwortete: »Es gibt sonst nichts.«

Es wäre ihr unmöglich gewesen, die Wahrheit zu gestehen. Weder ihr Kontakt zu Leon Neller, von dem außer ihr niemand wusste, noch die andere Sache konnte sie vor ihrem Vater laut aussprechen, er würde sie dafür verachten. Nicht weil sie es getan hatte, vermutlich wäre ihm das gleichgültig, aber weil es ihr nicht gelungen war, ihre Geheimnisse zu wahren. Aber das stimmte nicht, sie war nicht dämlich, und sie konnte ihre Geheimnisse schützen. Der Plan des Anwalts war vielleicht gar nicht so schlecht. Und stimmte es nicht sogar? War sie nicht in Wirklichkeit das Opfer? Ronja und Johann hatten ihr übel mitgespielt, sie in die Enge gedrängt, sodass sie gezwungen gewesen war, sich zu verteidigen.

»Ich bin bereit, Herr Dielbach«, sagte sie nun gefasst und erntete von ihrem Vater zumindest ein Nicken unter Verbündeten, das ihr Hoffnung machte, er würde ihr bald verzeihen.

* * *

»Wir haben uns an deine Anweisungen gehalten«, sagte Gustav Neller gerade.

Es gelang ihm jedoch nicht, vollkommen überzeugend aufzutreten. Allerdings war das auch nicht mehr nötig, da ihm Leon sowieso kein Wort glaubte.

In solchen Augenblicken hegte er eine regelrechte Abscheu gegen Gustav. Wie er jetzt geräuschvoll die Nase hochzog, sodass man selbst im nächsten Dorf noch hören konnte, wie ihm der Rotz die Kehle nach unten lief, ekelte Leon an. Und auch wenn der Bruder seiner Mutter gerade den Kopf gesenkt hatte, konnte er den hinterhältigen Blick der stechenden Augen fühlen und seinen stinkenden Atem riechen. So wie früher als Kind. Gustav hatte eine ganze Weile versucht, den Hausherrn zu spielen, aber das hatte ihm Leon irgendwann ausgetrieben.

»Wir machen alles, was du von uns verlangst, Junge«, mischte sich Klara ein.

Dass sie sich auf die Seite ihres Bruders stellte, ärgerte Leon. Er verurteilte sie nicht das erste Mal dafür, dass sie so eine Anhänglichkeit gegenüber Gustav entwickelt hatte. Sie war schwach und dumm, beides hielt er für unverzeihlich. Ja, Paul, der konnte nichts dafür, aber seine Mutter machte die Fehler, obwohl sie die Konsequenzen kannte, daran hatte er keine Zweifel.

»Ihr lügt, alle beide«, stieß er zwischen den Zähnen hervor.

Sie rückten automatisch ein Stück näher aneinander, eine Bewegung, die ihn bis aufs Blut reizte.

Gustav schob seine abgewetzten Hosenträger zurecht, und Klara strich sich eine Haarsträhne aus dem Gesicht.

»Ihr kotzt mich an«, beschimpfte sie Leon, »ihr glaubt, ich merke nicht, wenn ihr Scheiße baut? Wenn ihr jemanden verarschen wollt, haltet euch an Paul.«

»Aber, Junge, sei doch nicht so, wir haben doch …«, begann Klara in dem quengelnden Tonfall, den er so hasste.

»Ich weiß, was ihr habt, und ihr wisst, was das für Folgen hat«, unterbrach er seine Mutter ungehalten.

Jetzt wurde es Gustav offensichtlich zu viel. »Findest du nicht, dass dieses Theater übertrieben ist? Die Dinge sind, wie sie sind. Wir überlassen dir die Leitung des Hofes, spielen deine Bauern, Bäcker, Metzger und Marktverkäufer, und du bist immer noch nicht zufrieden. Reicht das denn nicht?«

»Gustav«, wimmerte Klara neben ihm mit zitternder Stimme, »sei still!«

Aber ihr Bruder war gerade erst in Fahrt gekommen; all die Jahre hatte er zu Leons herrschsüchtigem Verhalten und seinen Drohungen geschwiegen, vielleicht war es an der Zeit, sich dagegen zur Wehr zu setzen. »Nein, ich bin nicht still. Er behandelt uns doch wie seine Sklaven, das ist nicht recht!«

Leon trat einen Schritt auf seinen Onkel zu, der ungefähr die gleiche Größe hatte, aber massiger wirkte.

»Du wagst es, dich zu beschweren? Ausgerechnet du?«, gab er Gustav wütend zur Antwort.

»Und was willst du jetzt tun? Zur Polizei gehen, weil dein Onkel böse ist?« Die Angst war aus der Stimme des Mannes verschwunden.

Er sah Leon angriffslustig an, während sich Klara bei den Worten ihres Bruders zitternd die Hand vor den Mund legte.

Leons Herz hämmerte wild gegen die Brust. Der Zorn, der sich gerade in ihm aufgestaut hatte, suchte nach einem Ventil, das konnte er spüren. Was Gustav da sagte, war wie ein Funke, der einer offenen Gasflasche zu nahe kam. Als die kalten, lauernden Augen des Onkels Leon fixierten und ihn zu verspotten schienen, da war es um die Beherrschung von Klaras Sohn geschehen.

Ohne jede weitere Vorwarnung holte Leon aus und schlug Gustav so fest ins Gesicht, dass der rückwärts taumelte und gegen die Wand prallte. Aber die Wut beherrschte den Jüngeren immer noch, und jetzt, da sie erst einmal einen Weg entdeckt hatte, gab es kein Halten mehr. Sie wollte dem engen Gefäß, in dem sie steckte, unbedingt entweichen. Fäuste prügelten auf Gustav Nellers Oberkörper ein, als wäre der ein Boxsack, bis Klara ihren Sohn am Arm zog, ihn anflehte aufzuhören und dabei selbst auf dem Boden landete.

Erst jetzt ließ Leon von dem anderen ab, der verzweifelt versucht hatte, während der Attacke sein Gesicht mit den Händen zu schützen.

»Du hast es nicht anders gewollt«, schrie Leon mehrmals hintereinander. Dann trat er zurück, Schweiß stand ihm auf der Stirn, der teure Anzug war in Unordnung geraten, und das Gesicht ähnelte mehr denn je den verzerrten Zügen seines Bruders Paul. Nur war in dessen Blick noch nie ein solcher Hass zu erkennen gewesen.

»Was macht ihr da?«, fragte Paul, der genau in diesem Augenblick in der Tür erschien.

Auch wenn er nicht immer in der Lage war, Situationen sofort richtig einzuschätzen, genügten ihm dieses Mal wenige Sekunden, um zu erfassen, was vor sich ging. Leon hatte Gustav geschlagen, so viel war klar. Und da Paul den Alten eh nicht besonders mochte, fand er, dass es dem sicher recht geschehen war. Dass seine Mutter leise weinte, tat ihm jedoch leid. Allerdings befand die sich öfter in solch einem Gemütszustand, sodass er keinen Grund sah, beunruhigt zu sein. Was ihn aber aus der Fassung brachte, war Leons Gesichtsausdruck, der machte ihm nämlich Angst. Er kannte seinen Bruder gut genug und hatte ihn nur sehr selten so erlebt. Das erste Mal war am Tag ihres sechzehnten Geburtstags. Damals hatte Leon mit diesem gehetzten Ausdruck das Haus verlassen und war anschließend für mehrere Tage verschwunden. Danach hatte sich alles verändert.

Paul starrte zu seinem Bruder. Die Angst war verflogen, und er fühlte Mitleid. Leon war unglücklich, das konnte er in diesem Moment so deutlich spüren, als käme die Empfindung direkt von ihm selbst. Er schluckte schwer, wollte den Blick nicht vom Bruder abwenden und reagierte auch nicht, als seine Mutter ihm zurief, er solle auf sein Zimmer gehen. Nein, er würde nicht gehen, denn dafür war ihm der Moment der Verbundenheit mit Leon viel zu kostbar. Auch oder vielleicht gerade weil dieses unsichtbare Band aus Schmerz bestand. Nichts konnte man intensiver empfinden als die Qualen, die einem das Leben unerträglich machten. Einige Sekunden sahen sie sich noch an, betrachteten ihr lebendes Spiegelbild, als wäre es ihnen vollkommen neu, dann zerstörte Leon die seltene Nähe, indem er sich wieder Gustav widmete.

»Du bist ekelhafter Abschaum«, schrie er außer sich und schlug mit der Faust gegen die Wand, direkt neben den Kopf des Mannes.

Es war so leise in der Küche, dass man das Rieseln des bröseligen Putzes auf den Kachelboden hören konnte. Klara war unfähig, das Wort an Leon zu richten, und suchte Schutz bei Paul, den sie fest am Arm packte. Gustav lehnte immer noch an der Wand, beugte sich vornüber und stützte die Hände auf die Knie, während er schwer nach Luft schnappte.

Wahrscheinlich stirbt er jetzt, dachte Paul und starrte den Keuchenden neugierig an.

Nur nebenbei registrierte er, wie Leon aus der Küche stürmte. Was die Worte »Ihr wisst, was jetzt passieren wird!« zu bedeuten hatten, die sein Bruder dabei wütend hervorstieß, verstand er nicht, und sie waren ihm auch egal.

Leon hatte sich davongemacht und er, Paul, musste sich um seine eigenen Angelegenheiten kümmern. Eigentlich war er auf der Suche nach Streichhölzern gewesen, als er zufällig den Streit in der Küche mitbekommen hatte. Da er nicht wollte, dass jemand erfuhr, was er damit vorhatte, schien es ihm ratsam, später danach Ausschau zu halten. Er machte sich vom Arm seiner Mutter los und ging ohne ein weiteres Wort aus dem Raum. Draußen hörte man Leon mit aufheulendem Motor den Hof verlassen.

Klara sah besorgt zu ihrem Bruder. Unbeholfen hielt sie ein Küchentuch unter den Wasserhahn und brachte Gustav den nassen Lappen zum Kühlen seines verletzten Auges, das bereits anschwoll.

»Du hättest das nicht sagen dürfen«, flüsterte sie, immer noch sichtlich geschockt.

Er zuckte unter der Berührung des Stoffes zusammen. Eigentlich hatte sie erwartet, er würde sie wie gewöhnlich anfahren, aber dieses Mal gab er nicht ihr die Schuld. Seine Stimme war fest und entschlossen, und der kalte Ausdruck in seinen Augen ließ Klara nicht eine Sekunde daran zweifeln, wie ernst ihr Bruder es mit dem, was er nun sagte, meinte: »Ich werde mir das nicht länger gefallen lassen, Familie hin oder her!«

* * *

Nach der Begutachtung am Tatort und der ersten Einschätzung des Gerichtsmediziners waren Beate Kraus und Frank Kröner wieder in die Dienststelle gefahren. Die Hauptkommissarin hatte ihren Chef davon unterrichtet, dass man Katja Preiwald als dringend tatverdächtig einstufen musste. Sie hatte sich ihre Argumente gut überlegt, war auf die Verbindung der jungen Frau zum Opfer eingegangen, auf die Tatsache, dass Johann sie betrogen hatte, und auf die Szene im Institut von Doktor Torgen. Abgesehen davon hatte die Spurensicherung im Badezimmer des Opfers hinter einer losen Kachel eine ungeheuerliche Entdeckung gemacht, die das Ausstellen eines Haftbefehls rechtfertigte. Aber noch bevor an höchster Stelle darüber entschieden war, erschien ein Beamter und unterrichtete Beate Kraus darüber, dass Katja Preiwald zusammen mit ihrem Anwalt hier wäre, um eine Aussage zu machen.

Der Kollege schien ein wenig überrascht, dass Beate Kraus nicht sofort Feuer und Flamme war und sich wie ein hungriger Wolf auf die Vernehmung stürzen wollte. Er sah sie fragend an.

»Ich komme gleich«, entgegnete sie daraufhin nachdenklich.

Dass Katja hier einfach so auftauchte, ließ sie befürchten, etwas übersehen zu haben. Diese Frau tat sicher nichts Unüberlegtes. Und dass der Anwalt gleich mit dabei war, zeugte davon, dass man sich im Hause Preiwald gut vorbereitet hatte.

»Womöglich ein Geständnis«, meldete sich Frank Kröner zu Wort.

»Ja, womöglich«, antwortete Beate, »oder ein hinterlistiger Schachzug. Wir müssen auf jeden Fall auf der Hut sein.«

Kapitel 12

Hans Torgen saß noch über seinen Aufzeichnungen. Es war bereits nach Büroschluss, als die Tür zu seinem Labor aufgestoßen wurde, eine aufgeregte Carmen Raub hineinstürzte und außer Atem rief: »Hast du es schon gehört?«

Der Wissenschaftler hatte keine Ahnung, wovon seine Assistentin sprach.

»Ich muss zu Ronja«, plapperte sie hektisch weiter.

»Was ist denn los?«, fragte er genervt.

»Katja Preiwald hat ihren Freund ermordet!« Carmen konnte die Genugtuung, die sie empfand, nicht ganz verbergen. »Also eigentlich ihren Exfreund. Der junge Mann war ja mittlerweile mit unserer Ronja zusammen«, fügte sie erklärend hinzu.

Torgen nahm die Neuigkeit mit widersprüchlichen Gefühlen auf und öffnete sofort die Webseite eines Nachrichtensenders. Tatsächlich dominierte Katja Preiwald die »Breaking News« des Abends.

Überall fand man Ausschnitte des Interviews, das Katjas Vater mit versteinerter Miene und großen Gesten gegeben hatte: »Meine Tochter, ein Opfer der Gewalt … unschuldiges Kind … in ihrer Not eine Verzweiflungstat begangen … sich in die gerechten Hände der Justiz begeben …«

Torgen hörte die Worte des Vaters und dachte an die verführerische junge Frau, die er eigentlich in sein Bett hatte kriegen wollen. Was auch immer hier gesagt wurde, ein unschuldiges Kind war diese Katja gewiss nicht. Er hörte nur mit halbem Ohr seiner Assistentin zu, die darüber lamentierte, was noch alles hätte passieren können.

»Sei froh, dass ihr euch gerade erst kennengelernt habt«, spielte sie nun darauf an, dass er sich mit der jungen Frau hatte verabreden wollen. Woher sie das schon wieder wusste, war dem Wissenschaftler schleierhaft.

»Was dir da hätte passieren können!«

Während die Assistentin ihren Chef im eigenen Blut liegen sah, dachte Hans nur daran, die Chance auf eine unvergessliche Nacht zwischen den wohlgeformten Schenkeln einer leidenschaftlichen, unersättlichen Frau verpasst zu haben. Die Stimme der Vernunft in Gestalt von Carmen Raub fing deshalb an, ihn zu nerven.

»Das hat man ja gemerkt, dass die nicht ganz richtig im Kopf war«, fuhr seine Mitarbeiterin unbeirrbar fort. »Wie die sich hier aufgespielt hat.«

»Ich denke, du wolltest nach Ronja sehen?«, unterbrach er ihren Wortschwall in der Hoffnung, sie würde endlich abhauen.

Sein barscher Ton ließ sie verstummen. Das Blut schoss ihr in die Wangen, aber das bemerkte er nicht, da er sich bereits abgewandt hatte. Deutlicher hätte er ihr nicht zeigen können, dass sie verschwinden sollte.

Carmen Raub blinzelte mehrmals und versuchte unbeschwert zu klingen, als sie sagte: »Ja, du hast recht. Ich muss zu dem Mädchen.«

Er brummte einen Abschiedsgruß und fragte sich, seit wann Carmen diese Fürsorge für die Aushilfen entwickelt hatte.

Als sie gegangen war, warf er erneut einen Blick auf die Nachrichtenseite. Dort gab es ein Foto von Katja. Wie schön die Frau war. Er berührte den Bildschirm mit dem Finger und zog die Konturen ihrer Lippen nach. Wie gerne hätte er sie geküsst. Er seufzte, es war nie zu einem Date zwischen ihnen gekommen, und jetzt konnte er wohl kaum noch damit rechnen. Plötzlich fing er an, sich zu ärgern. Warum hatte ihm Carmen überhaupt davon erzählen müssen? War das nicht reine Bosheit gewesen? Er hätte doch noch früh genug davon erfahren. Nein, das hatte dieser missgünstigen Frau nicht gereicht. Sie musste ihm den Abend verderben. Was hatte sie sich davon versprochen? Etwa, dass er jetzt, da man Katja Preiwald sozusagen aus dem Teich gezogen hatte, nicht erneut seine Angel auswerfen würde? Es gab noch andere junge Frauen da draußen, die nur auf einen Mann wie ihn warteten. Sich selbst mit einem Fischer zu vergleichen, gefiel ihm, und er bediente sich gern dieses abgeschmackten Klischees. Ja, er wollte frische Ware, fangfrisch und nicht irgendeine Konserve aus dem Regal. Carmen Raub war doch nichts weiter als ein Billigprodukt, das man mit etwas Tomatensoße aufgepeppt hatte und das ihn nicht im Geringsten lockte.

Natürlich würde er ihr das niemals sagen, immerhin stand sie ihm beruflich stets treu zur Seite. Deshalb wollte er sie nicht verlieren. Aber in Momenten wie diesen war sie ihm regelrecht verhasst. Der Grund dafür war einfach: Er nahm es ihr übel, wenn sie ihn durchschaute, das verunsicherte ihn. Denn die Vertrautheit, die sich zwangsläufig über die Jahre zwischen ihnen entwickelt hatte und sich für die Zusammenarbeit auszahlte, sorgte gleichzeitig dafür, dass er sich ihr manchmal ausgeliefert fühlte.

Hans Torgen öffnete die unterste Schublade und zog die Ampulle heraus, die er von Leon Neller erhalten hatte. Er steckte sie in seine Tasche, ebenso wie die Einwegspritzen, und schaltete den Computer aus. Bevor er sein Labor verließ, sah er in den Spiegel über dem Waschbecken.

Was hatte er denn für eine Wahl? Natürlich gefiel es ihm nicht, zu solchen Mitteln zu greifen, aber die Zeit arbeitete nun einmal gegen ihn. Er brauchte jedoch seine Befriedigung, das erlösende Gefühl der Genugtuung, des Sieges.

Sein Spiegelbild drückte die Gefühle, die er gerade empfand, nicht aus, sein Gesicht glich einer undurchdringlichen Maske. Er fragte sich, ob das normal sei. Es verunsicherte ihn. Eigentlich hatte er gehen wollen, aber jetzt hielt er inne und beugte sich weiter vor. Er betrachtete sich intensiv, schob mit seinen Zeigefingern die Haut auf der Stirn hin und her, strich die Nasenflügel entlang und rieb die Augenlider. Er versuchte ein Lächeln, das seltsam aufgesetzt wirkte.

Ich muss vorsichtiger sein, dachte er ein wenig alarmiert, *sonst durchschaut man mich noch.*

Erneut machte er verschiedene Fratzen vor dem Spiegel, als hinter ihm plötzlich die Tür aufging.

»Ronja ist völlig mit den Nerven …« Carmen war zurückgekommen, unterbrach sich mitten im Satz und sah ihn überrascht an. »Was machst du da?«, rutschte ihr die Frage heraus, und sie hätte sich am liebsten dafür die Zunge abgebissen.

»Ich dachte, ich bekomme einen Ausschlag«, log er und rechnete nicht damit, dass Carmen sofort reagieren würde.

»Lass mich mal sehen«, sagte sie eifrig, trat vor ihn und legte ihm die Hand an die Wange.

Sie hatte zarte Hände, das musste er ihr lassen. Er vergaß den Ärger, den er noch wenige Minuten zuvor wegen ihr empfunden hatte, und dachte daran, dass der Hungrige erstens nicht wählerisch sein durfte und zweitens auch eine Konserve satt machen konnte.

Also ließ er ihre Berührungen zu. Carmen schien zu spüren, dass er sie nicht abweisen wollte, und legte die Arme um ihn. Noch tat sie so, als wären sie nur gute Freunde, und sagte: »Es tut mir leid. Ich weiß, du mochtest die junge Frau. Ich hätte dir die Nachricht schonender beibringen müssen. Ich war nur so aufgeregt und in Sorge …«

Sie tätschelte fast schon mütterlich seinen Rücken und wollte sich von ihm lösen, da zog er sie erneut an sich.

Während in Carmen ein lang vermisstes Glücksgefühl aufstieg, blieb bei Hans Torgen die körperliche Erregung aus. Ungeduldig drückte er die Frau in seinen Armen noch stärker an sich, konzentrierte sich auf ihre Brüste, stellte sich vor, diese zu berühren, und entschloss sich, einen Schritt weiterzugehen. Er küsste Carmen leidenschaftlich auf den Mund. Sie schmeckte süß und vertraut. Seine Hand zerrte an ihrer Bluse und schob sich unter den Stoff. Ihre Haut war weich, und er spürte, wie erregt sie bereits war, als er mit den Fingern ihre Brustwarzen berührte. Seine Küsse wurden fordernder, seine Berührungen grober.

Carmen empfand sie längst nicht mehr als angenehm, ließ es aber geschehen und fragte sich, was das sollte. Hans war doch früher immer so ein rücksichtsvoller Liebhaber gewesen.

Aber Torgen dachte nicht an Carmens Gefühle, die waren für ihn bedeutungslos. Ihn interessierte nur die eigene Befriedigung, doch die blieb ihm verwehrt. Die aufsteigende Angst, er könnte bei ihr versagen, gab ihm das Gefühl, in der Falle zu sitzen. Schnell redete er sich ein, dass die Lust, die sie ihm bereitete, offensichtlich nicht ausreichte, um eine körperliche Reaktion bei ihm zu provozieren.

Torgen löste sich abrupt von ihr, schob sie weg und sagte beherrscht: »Wir sollten das nicht tun. Es wäre nicht richtig.«

Natürlich bemerkte er ihren flehenden Blick, beschloss aber, ihn zu ignorieren, denn nur so konnte er die Situation für sich noch retten. »Wir arbeiten zusammen, das wäre unprofessionell.«

»Das hat dich früher doch auch nicht gestört, und letztes Jahr …« Sie verstummte.

Sein Gesichtsausdruck veränderte sich, und Carmen wusste, dass sie zu weit gegangen war.

»Aber jetzt stört es mich«, gab er kalt zurück.

Er würde sich ganz sicher nicht auf eine Diskussion einlassen. Carmen Raub hatte es sich selbst zuzuschreiben, dass sie nicht in den Genuss gekommen war, mit ihm zu schlafen.

Sie ist eine Versagerin und hat alles verdorben, betete er sich im Stillen vor.

Seine Assistentin kämpfte gegen die aufsteigenden Tränen an, fragte sich, was sie falsch gemacht hatte, und meinte plötzlich zu wissen, was der Grund für sein Verhalten war.

»Es ist, weil ich keine zwanzig mehr bin, stimmt's?«, warf sie ihm wütend an den Kopf. »Du findest mich alt und hässlich, deshalb willst du mich nicht.«

Sie hatte erwartet, dass er zumindest aus Höflichkeit widersprechen würde, aber das tat er nicht. Er starrte sie nur mit diesem maskenhaften Gesichtsausdruck an und versuchte nicht einmal, sie zu beruhigen.

»Ich müsste wütend sein, oder?«, sagte sie schließlich unerwartet ruhig. »Aber ehrlich gesagt ist mir gerade etwas klar geworden.«

Immer noch schwieg Hans Torgen.

»Du denkst, ich wüsste nicht, was du hier treibst«, fuhr sie fort, »glaubst du, das wird auf Dauer niemandem auffallen?«

»Ich weiß nicht, wovon du sprichst«, stieß er zwischen den zusammengepressten Lippen hervor. Aber er wusste es genau.

Sie blickte ihn traurig an und schüttelte den Kopf. »Ich frage mich, was ich die ganze Zeit in dir gesehen habe. Aber ab heute wirst du mir nur noch leidtun. Wenn du so leben willst, bitte!«

Damit drehte sie sich auf dem Absatz um und verließ ohne Eile das Labor.

Hans Torgen hallten ihre Worte noch eine ganze Weile wie ein schriller Ton in den Ohren nach, während er mit einer Hand die Ampulle in seiner Jackentasche umklammerte. Dann atmete er geräuschvoll aus. Er wusste selbst doch am besten, was er tun musste, um das zu bekommen, was er so dringend benötigte. Carmen hingegen wusste gar nichts.

* * *

Sie machte es ihm schwer, warum tat sie das nur? War es seine eigene Schuld? Er hatte dieses Mal noch weniger als sonst darauf geachtet, wen er zum Mitfahren einlud. Einzig schnell ein Opfer zu finden, hatte ihn interessiert. Ohnehin waren ihm die Stunden bis nach Mitternacht zu lange erschienen. Er hatte auf den Schutz der nächtlichen Dunkelheit verzichtet und lediglich auf die Unaufmerksamkeit der abendlichen Passanten gesetzt.

Jetzt, in der vertrauten Ruhe des Kellers, sah er ein, dass die Hast ein Fehler gewesen war. Aber andererseits hatte ihn sein Zustand dazu gezwungen, keine unnötige Zeit verstreichen zu lassen. Der Wunsch nach Erlösung brannte in ihm wie ein Fieber, das stetig anstieg, und drohte sein Fleisch von innen heraus zu kochen, bis es sich von den Knochen lösen würde, bis die Haut blass und verschrumpelt vom darunterliegenden Gewebe gleiten und seine inneren Organe einfach durch die Hitze verdampfen würden.

Warum es heute so dringend war, darüber wollte er nicht weiter nachdenken. Stattdessen betrachtete er lieber die gefesselte Frau auf dem Stuhl. Mager sah sie aus und krank. Bleiche Haut, ausgehöhlte Wangen und ungesunder Schweiß auf der Stirn. Er hatte sie am Bahnhof aufgelesen. Eine drogenabhängige Nutte, die in ihrem unsauberen Körper vermutlich Krankheiten und eine verschmutzte Seele beherbergte. Aber warum sollte ihn das scheren, er brauchte sie nicht reinlich, mit dem Sterben begann ohnehin der Zerfall. Bei dieser Frau hatte der Tod nur schon etwas vorgegriffen.

Er umrundete ihren Stuhl, so wie er es bei seinen Opfern für gewöhnlich immer tat. Da sie weder schrie noch um Gnade flehte, hatte er ihr vorerst nicht den Mund zugeklebt. Ihre Lider flackerten, und sie versuchte sie zu öffnen. Die verdrehten Augen signalisierten ihm, dass sie mit Drogen vollgepumpt war. Das, was er ihr noch zusätzlich verpasst hatte, musste ihr wie ein Geschenk vorgekommen sein.

Denn sie war die Erste, die in diesem modrigen kalten Keller saß und glückselig lächelte.

Jetzt stieß sie ein glucksendes Geräusch aus und lallte: »Was is'n das für ein komisches Spiel?« Es folgte ein krächzendes Kichern, und ihr fielen die Augen wieder zu.

Eine neue Erfahrung, die er in seiner Not heute lieber nicht gemacht hätte. Bisher war er der Meinung gewesen, die Angst in ihren Gesichtern zu sehen, spielte für ihn keine Rolle – aber gerade musste er feststellen, dass das nicht ganz der Wahrheit entsprach. Die Furcht der Frauen war zwar nicht entscheidend, aber dennoch ein wichtiges Element bei seiner Suche nach Erlösung. Allerdings konnte er nicht darauf warten, dass dieses zugedröhnte Geschöpf zur Besinnung kam. Wieder regte sie sich, ein Krampf schüttelte ihren Körper, und sie musste sich übergeben. In ihrem Rausch wäre sie beinahe am eigenen Erbrochenen erstickt, es war also höchste Zeit.

Während er die verfilzten Haare vom Kopf seines Opfers schor, atmete er den Geruch ungewaschener Haut ein. Alter Schweiß vermischt mit dem Urin, der sicherlich vom Boden der öffentlichen Toilette stammte, in der sie sich für gewöhnlich ihren Schuss setzte.

Wieder wachte sie auf, und dieses Mal schien sie alarmiert: »He, was soll das? Bin ich im Knast?«, stellte sie nuschelnd ihre Fragen und registrierte erst nach und nach, dass es die eigenen Haare waren, die an ihren nackten Armen entlangstrichen und letztlich auf dem Boden landeten.

Endlich begann auch sie zu zappeln, und er entledigte sich seiner Kleider. Vermutlich war es der Frau auf dem Stuhl bislang nicht bewusst, dass sie bald sterben würde; aber jetzt, da er nackt vor sie trat, traf sie die Gewissheit, dass ihr Leben hier und heute enden würde, mit einer solchen Wucht, dass selbst die Drogen in ihrem Körper die beruhigende Wirkung verloren.

»Was bist du für ein Perverser?«, schrie sie geschockt und betrachtete mit solch einer Abscheu seine entblößte Scham, dass er nicht länger an sich halten konnte und ihr den Abschiedskuss voller Inbrunst auf den kahlen Schädel drückte, wobei ein schmatzendes Geräusch entstand.

Sie wehrte sich, entwickelte erstaunlich viel Kraft und machte es ihm wiederum nicht einfach, doch dann folgte das erlösende Knacken, und ihr Genick war gebrochen.

* * *

»Frau Preiwald«, begann Beate Kraus das eben Gehörte noch einmal zusammenzufassen. »Sie sagen aus, dass Sie angegriffen wurden und sich in Notwehr gezwungen sahen, Ihren Exfreund niederzuschlagen?«

»Sie haben eine detaillierte Aussage meiner Mandantin, wir haben Ihnen sogar den Sportpokal übergeben, mit dem sich Frau Preiwald verteidigt hat«, mischte sich Dielbach ein.

»Den sie zuvor vom Tatort entwendet hat«, unterbrach ihn die Polizistin.

»Den Frau Preiwald, die unter Schock stand, unbewusst mitgenommen hat«, ließ sich der Anwalt nicht beirren. »Sie haben hier die ärztlichen Atteste. Vergessen wir nicht, dass Frau Preiwald das Opfer ist. Sie wurde angegriffen und hat sich nur zur Wehr gesetzt.«

Die Hauptkommissarin betrachtete die Frau ihr gegenüber. Katja spielte ihren Part exzellent. Sie wirkte zerknirscht, zart und zerbrechlich, außerdem schien sie sich exakt an die Anweisungen ihres Anwalts zu halten. Bisher hatte sie kein unbedachtes Wort geäußert, und es war den Beamten unmöglich gewesen, die junge Frau auf irgendeine Weise aus der Reserve zu locken.

»Was war das für eine Beziehung zwischen Ihnen und Ihrem Freund Johann?«, fragte die Beamtin und beobachtete genau die Reaktion der Beschuldigten.

»Ich denke, das hat meine Mandantin ausreichend dargelegt. Johann war besessen von Katja, hat sie misshandelt und psychischen Druck auf sie ausgeübt. Meine Mandantin hat ebenfalls erklärt, dass sie von ihm gezwungen wurde, Drogen zu konsumieren.«

»Er hat Ihnen die Drogen mit Gewalt eingeflößt?«, hakte die Polizistin nach.

Katja wirkte nun besonders verzweifelt, als sie antwortete: »Nein, so war das nicht. Aber er gab mir das Gefühl, ich müsste es tun. Er bot mir etwas an, sagte, es sei völlig harmlos, allerdings …« Sie schluchzte laut. »… wenn ich mich weigerte, wurde er gemein.«

»Gemein auf welche Weise?«

»Er entzog mir seine Zuneigung, verletzte mich mit Worten oder wurde handgreiflich.«

»Worüber haben Sie sich mit ihm vor seinem Tod gestritten?«, stellte Beate Kraus eine Frage, um deren Beantwortung sie Katja Preiwald in der letzten Stunde bereits mehrmals gebeten hatte.

»Frau Hauptkommissarin«, ging nun Dielbach wieder dazwischen, der sich nicht erklären konnte, warum die Beamtin das Verhör weiter fortführte. Etwas, das ihn ein wenig beunruhigte. »Frau Preiwald hat diese Frage bereits hinlänglich beantwortet.«

»Hat sie das?«, entgegnete Beate Kraus und sah die junge Frau auf der anderen Seite des Tisches durchdringend an.

Katja ließ für eine Sekunde die Maske des zerbrechlichen Opfers fallen und warf der Polizistin einen hochmütigen Blick zu. Dann senkte sie tugendhaft die Lider und schaffte es sogar, ein paar Tränen zu vergießen.

»Wie ich es Ihnen bereits gesagt habe, er hatte mich mit Ronja betrogen, und ich wusste plötzlich, dass er mich nur benutzte. Dass ich mich in den falschen Mann verliebt hatte.« Sie ließ sich Zeit, so als hätte man mit ihr geprobt, und fuhr mit belegter Stimme fort: »Aber er wollte mich nicht gehen lassen, hat behauptet, Ronja sei nur ein unbedeutender Spaß gewesen, und fing an mir zu drohen. Er sagte, ich könnte ihn nicht verlassen, das würde er zu verhindern wissen. Er schlug mich, ich wollte aus der Wohnung fliehen, er hielt mich fest und …« Sie brach ab wie eine große Tragödin, die die Rolle ihres Lebens spielte.

Die Beamtin schwieg, und auch Frank Kröner sagte nichts.

Die Stimmung in dem Verhörzimmer wurde immer unbehaglicher, und Dielbach sah sich genötigt, das Wort zu ergreifen: »Wir haben alle Ihre Fragen beantwortet. Wird es nicht Zeit, das Verhör zu beenden?«

Beate Kraus schürzte die Lippen, bevor sie erwiderte: »Ja, Sie haben recht.« Dann sagte sie jedoch: »Andererseits gibt es da etwas, das uns Kopfzerbrechen bereitet.«

Dielbach verzog keine Miene, aber innerlich schrie in ihm eine Stimme: *Ich wusste es, das lief zu glatt!* Trotzdem bewahrte er Haltung und entgegnete höflich: »Und das wäre?«

Beate Kraus nickte in Richtung des venezianischen Spiegels, durch den ihr Chef und weitere Beamte das Verhör verfolgt hatten, ohne selbst gesehen zu werden.

Kurz darauf rollte ein Uniformierter einen Computertisch herein.

Beate Kraus ließ sich Zeit, bedankte sich höflich bei dem Mann und hielt einen USB-Stick in die Höhe. »Den fanden wir in der Wohnung des Opfers, er war gut versteckt.«

Automatisch fuhr der Kopf des Anwalts herum. Er schaute in das Gesicht seiner Mandantin und wusste sofort, dass Katja Preiwald ihm bislang etwas verheimlicht hatte, denn für einen Augenblick verschwand der selbstsichere Ausdruck in den Augen der jungen Frau. Stattdessen blickte ihm die nackte Angst entgegen.

Gut, dachte die Hauptkommissarin, der das ebenfalls nicht entgangen war, *wir sind auf dem richtigen Weg.*

Ohne weitere Erklärungen startete sie eine Filmaufnahme.

Auf dem Bildschirm sah man eine junge Frau. Dielbach blickte fragend zu seiner Mandantin, anschließend zu der Polizistin, erhielt aber keine Antwort.

Die junge Frau in dem Film hatte geweint, das konnte man an den geröteten Augen erkennen, aber jetzt schien sie vollkommen ruhig. Sie lag nackt auf einem Bett. Es sah aus, als wäre sie in einem Keller, man erkannte die Steinwände. Das Lager bestand lediglich aus einer alten Matratze, keine Decken, keine Kissen. Dann erschien ein Mann im Bild. Er war ebenfalls nackt, über den Kopf hatte er eine lederne Maske gezogen. Sein Körper war ungepflegt und schwabbelig, und auch wenn man sein Gesicht nicht erkennen konnte, sah man doch, dass er älter war als die junge Frau auf dem Bett.

»Was soll das?«, rief Dielbach empört. »Müssen wir uns jetzt die Pornosammlung des Toten ansehen? Ich denke, das geht entschieden zu weit. Meine Mandantin hat wegen des Mannes bereits genug gelitten.«

Sein Einwand wurde nicht gehört.

Der Maskierte auf dem Bildschirm sagte jetzt nämlich: »Und du bist sicher, dass sie einverstanden ist? Ich will keinen Ärger.«

Dumpf hörte man die Antwort einer männlichen Stimme: »Natürlich ist sie einverstanden, oder sieht das für dich so aus, als wollte sie nicht?«

Auch wenn der Angesprochene eine typische SM-Ledermaske trug, konnte man, da der Reißverschluss über dem Mund nicht geschlossen war, erkennen, dass er anzüglich grinste. »Hast recht, ich bin wohl eingeladen.«

Damit ging der unförmige Typ zum Bett und legte sich auf die junge Frau. Deren Gesicht wurde jetzt aus der Nähe von der Kamera eingefangen. Es war offensichtlich, dass sie unter Drogen stand und kaum bemerkte, was da vor sich ging. Es war aber auch offensichtlich, dass alles, was geschah, ihr zuwider war.

Dielbach wandte sich schockiert ab, und Beate Kraus empfand Sympathie für den Mann, der durch diese Reaktion bewies, dass er längst nicht so kaltblütig war, wie er tat.

»Schalten Sie das ab!«, forderte er die Beamten auf.

Beate Kraus kam seiner Bitte gerne nach. Sie musste alle Kraft aufwenden, nicht vor Betroffenheit die Nerven zu verlieren.

Sie setzte sich wieder und wandte sich direkt an Katja Preiwald. »Sie kennen die Frau in dem Film?«

Die andere straffte sich und nickte. »Das ist Verena.«

Bevor Dielbach ihre Befragung unterbrechen konnte, klärte ihn die Hauptkommissarin auf: »Die junge Frau, die Sie gerade gesehen haben, hat sich vor wenigen Wochen umgebracht. Wir haben in dem Fall ermittelt und denken, dass wir jetzt den eigentlichen Grund für ihren Suizid kennen.«

Sie hielt keine Informationen zurück. Legte ihm eine Kopie des Abschiedsbriefes vor, in dem auch Katja erwähnt wurde, erzählte von Kelly Miller, die bestätigt hatte, dass Verena eine Verbindung zu Dielbachs Mandantin hatte, und kam wieder zurück zu dem Punkt, dass das Filmmaterial aus Johanns Wohnung stammte.

»Davon wusste ich nichts, das ist entsetzlich«, meldete sich Katja mit schriller Stimme zu Wort. »Hier haben Sie doch Ihren Beweis! Johann war ein Monster, das war seine Stimme hinter der Kamera. Er war krank.« Sie weinte, und es klang aufrichtig.

Die Beamtin ließ sich jedoch nicht täuschen, sondern stand erneut auf. »Ich sollte Ihnen den Anfang des Films nicht länger vorenthalten.«

Katja verstummte abrupt, sah zur Tür, und für einen kurzen Moment hatte man den Eindruck, sie wollte aufspringen und aus dem Raum fliehen. Dann war der Anflug von Panik vorbei, und sie beruhigte sich. Vielleicht kam sie zu dem Schluss, dass man ihr nichts anhaben konnte. Vielleicht resignierte sie auch, jedenfalls schwieg sie.

Dielbach befürchtete längst das Schlimmste. Polizisten führten sich nicht so auf, es sei denn, sie hatten einen Trumpf im Ärmel. Er dachte an den Moment zurück, als er seiner Mandantin die Frage nach weiteren strafbaren Handlungen gestellt hatte. Ihr Leugnen war ihm genug gewesen, doch das stellte sich nun als Fehler heraus. Deshalb sah er mit dem Gefühl, gleich sehr tief zu fallen, auf den Bildschirm.

Wieder fing die Kamera Verenas Gesicht ein. Der Zoom wurde benutzt, und man sah die junge Frau in voller Größe. Sie trug einen flauschigen Bademantel und wirkte unsicher.

»Sieht gut aus«, sagte der Mann hinter der Kamera, aber Verena blickte zweifelnd zu ihm.

»Johann, ich glaube, das ist nichts für mich«, rief sie ihm unglücklich zu und machte schon Anstalten, den düsteren Kellerraum zu verlassen.

»Warte«, konnte man eine andere weibliche Stimme vernehmen.

Automatisch sauste Dielbachs Kopf herum, und er starrte ungläubig zu seiner Mandantin, die jedoch keine Miene verzog und stur auf den Bildschirm blickte.

»Du willst doch eine von uns werden«, war erneut Katjas Stimme zu hören.

»Schon«, entgegnete Verena stockend, »aber der Typ ist schrecklich.«

Katja lachte und trat jetzt gut erkennbar ins Bild. »Das haben wir alle durchmachen müssen.«

Verena verschränkte die Arme vor der Brust, so als könnte sie sich damit schützen.

Eine Geste, die Katja dazu veranlasste, mehr Druck auszuüben: »Wenn du jetzt einen Rückzieher machst, stehst du wieder vollkommen allein da. Wegen mir müsstest du das nicht tun, aber es wäre den anderen gegenüber unfair, wenn ich bei dir eine Ausnahme machen würde. Die sind sowieso schon eifersüchtig auf unsere Freundschaft.«

Verena schien mit sich zu ringen, Katja hatte ganz klar die richtigen Knöpfe gedrückt.

Johann hinter der Kamera schaltete sich jetzt ein. Undeutlich hörte man ihn nuscheln: »Wenn sie nicht will, lassen wir es.«

»Halt du dich da raus«, fauchte ihn Katja an.

Etwas, das den Anwalt der Preiwalds dazu veranlasste, die Kiefer zusammenzupressen.

»Schalten Sie das ab«, rief Katja plötzlich aus. »Ist das überhaupt legal?« Ihre Stimme klang bedrohlich, als sie Beate Kraus herausfordernd anfunkelte. Aber es gelang ihr nicht, die Vorführung zu unterbrechen.

»Ich weiß, was dir helfen wird zu entspannen«, klang ihre Stimme aus dem Lautsprecher. Anschließend sah man, wie Katja eine Flüssigkeit aus einer Ampulle in ein Glas Wasser schüttete, das Verena in einem Zug austrank, und bald darauf war sie vollkommen benommen. Die Kamera hielt sogar noch fest, wie ihr Katja half, sich des Bademantels zu entledigen, und sie auf das Bett bugsierte. Einen kurzen Moment erschien das Gesicht von Katja Preiwald in der Totalen.

»Halt drauf«, wies sie den Kameramann an, und für jeden sichtbar lag in ihren Zügen eine Bosheit, die genau wie ihre Schönheit nicht von dieser Welt stammen konnte.

»Das genügt wohl«, besann sich Dielbach, endlich etwas zu unternehmen.

»Das denke ich auch«, entgegnete Beate Kraus kalt, während Frank Kröner die Aufnahme stoppte.

»Ich muss mich mit meiner Mandantin besprechen, unter vier Augen«, forderte er.

»Selbstverständlich. Und fragen Sie Ihre Mandantin nach Nina Wäldele und Timo Rober.«

Verwirrt starrte er die Beamtin an.

»Ein Vermisstenfall. Frau Wäldele wollte der Verbindung von Frau Preiwald nicht beitreten, es gab Streit. Deshalb haben wir Grund zu der Annahme, dass Ihre Mandantin etwas über den Verbleib von Frau Wäldele weiß. Und Timo Rober ist tot, womöglich waren ihm die Aktivitäten von Frau Preiwald bekannt. Er hat sie heimlich fotografiert, eventuell erpresst …«

»Nein«, ging Katja dazwischen. Anscheinend vertraute sie nicht länger auf Dielbachs Fähigkeiten und setzte sich auch über seinen Versuch, sie am Sprechen zu hindern, hinweg.

»Nina hat nicht verstanden, worum es ging. Sie hat sich gegen mich entschieden, und das war alles. Mit ihrem Verschwinden habe ich nichts zu tun. Und dieser Typ, Timo Rober, der Name sagt mir gar nichts.«

»Warum hat Verena mit diesem Mann schlafen müssen?«, nutzte Beate Kraus den Moment, um weitere Informationen zu bekommen.

Dielbach wollte erneut Einwände erheben, aber Katja antwortete bereits: »Das war nichts weiter als eine Mutprobe, ein Einstiegsritual. Das ist nichts Ungewöhnliches.«

»Wer waren die Männer?«

»Keine Ahnung, die hat Johann besorgt. Irgendwelche bescheuerten Typen, die nicht viele Fragen stellen und auf eine schnelle Nummer scharf sind.«

»Und das verstehen Sie unter nicht ungewöhnlich? Schlafe mit einem ekelhaften Kerl und lass dich dabei filmen? Ich verrate Ihnen etwas, kein Richter dieser Welt wird das als einfache Mutprobe durchgehen lassen. Bei Studentenverbindungen, die von vernünftigen Menschen geführt werden, würde so etwas niemals als normal angesehen. Und ehrlich gesagt bin ich sehr gespannt, was die Altmitglieder Ihrer Vereinigung dazu sagen werden. Ganz nebenbei: Das, was Sie mit den Frauen gemacht haben, ist kriminell.«

»Ich habe keine dazu gezwungen«, entgegnete ihr die Tatverdächtige schnippisch.

»Sie haben Verena unter Drogen gesetzt, das ist Körperverletzung. Ihr Anwalt wird Sie da informieren können. Warum hat sie sich umgebracht?«

»Was weiß denn ich?!«, schnauzte Katja.

»Ich werde es Ihnen sagen. Sie haben ihr die Mitgliedschaft verweigert, obwohl sie Ihre perversen Anforderungen erfüllt hat, und dann gingen Sie noch einen Schritt weiter und haben ihr gedroht, die Aufnahmen im Internet zu veröffentlichen!« Beate Kraus musste nur eins und eins zusammenzählen, das Schweigen der Beschuldigten bestätigte ihre Theorie. »Ich bin mir sicher, dass wir, wenn die Ermittlungen erst einmal richtig anlaufen, auch von anderen Frauen eine Aussage bekommen werden. Sie können sich kaum darauf verlassen, dass alle aus Scham und Angst schweigen. Vor allem, wenn sie begreifen, mit wem sie sich da eingelassen haben, und diejenige mittlerweile im Gefängnis sitzt. Die ein oder andere wird bestimmt gerne die Möglichkeit nutzen, um sich an Katja Preiwald zu rächen. Und noch etwas …« Es war unübersehbar, dass Beate Kraus den letzten Schlag, zu dem sie gerade ausholte, genoss. »… wir haben noch weitere Filme dieser Art auf dem USB-Stick Ihres Exfreundes gefunden. Vermutlich hat er Ihnen versichert, alles gelöscht zu haben.«

Dielbach schaffte es dieses Mal, seine Mandantin an einer Antwort zu hindern, aber Beate Kraus war überzeugt, dass sie richtiglag.

»Ich werde mich mit Frau Preiwald besprechen«, entgegnete er scharf.

Beate Kraus nickte, es gab nichts weiter zu sagen. Sowohl die Beamtin als auch der Anwalt wussten, dass die Aufnahmen es schwer machen würden, Katja Preiwald als Opfer darzustellen. Man könnte ihr leicht unterstellen, Johann umgebracht zu haben, weil der sie erpressen wollte. Damit stand eine Mordanklage im Raum. Sollte die Preiwald also etwas über den Verbleib von Nina Wäldele wissen, würde sie sich auf Anraten ihres Anwalts hin kooperativ zeigen, um nicht die Chance auf einen milden Richterspruch zu verspielen. Die Hauptkommissarin hoffte zumindest darauf, auf diese Weise im Fall von Nina weiterzukommen; und vielleicht gab es doch noch eine Verbindung zu den anderen vermissten Frauen.

* * *

Kurze Zeit später

Dielbach befand sich gerade im Sturzflug Richtung Erdmittelpunkt, zumindest fühlte es sich für ihn so an. Natürlich hatte er Katja Preiwald nicht für ein Unschuldslamm gehalten; wie auch, bei dem Vater? Aber das …

Wenigstens war es nicht auf seinem Mist gewachsen, dass bereits die gesamte Medienlandschaft von Preiwald Senior informiert worden war. Er hatte dringend davon abgeraten, schon so früh eine Pressekonferenz zu geben, und darauf gedrängt, bis nach dem Verhör zu warten. In dem Punkt war Preiwald jedoch unnachgiebig geblieben. Der hatte nämlich befürchtet, es könnte etwas durchsickern, bevor er sich in die richtige Position gebracht hätte. Momentan galt Preiwalds Tochter in der Öffentlichkeit daher als unschuldiges Opfer – aber sowie die Wahrheit herauskäme, wäre ihr Vater erledigt.

Fieberhaft suchte Dielbach einen Ausweg, und für den Bruchteil einer Sekunde wünschte er sich, seine Mandantin würde sich aus dem obersten Stock des Polizeigebäudes stürzen. Ein Selbstmord wäre perfekt, um ihre Taten unter dem Deckel zu halten, und man könnte Preiwald gleichzeitig als einen Mann aufbauen, der vom Schicksal schwer gebeutelt worden war. Aber solange dieses gemeine Miststück von Tochter noch lebte, würden sich die Gemüter der Wähler voller Zorn gegen die gesamte Familie richten.

»Und was jetzt?«, zischte Katja wütend.

Dielbach war so tief in seinen Gedanken versunken gewesen, dass er ihre Anwesenheit beinahe vergessen hatte.

»Das fragen Sie mich?«, reagierte er gereizt, »jetzt, nachdem die Katze aus dem Sack ist? Ich hatte Sie ausdrücklich gebeten, offen zu sein. Diese Hauptkommissarin hat uns eben massakriert.«

Er bemühte sich nicht im mindesten um einen freundlichen Tonfall. Sollte sie ruhig beleidigt sein, vielleicht wollte sie dann einen anderen Anwalt. Die Idee gefiel ihm fast so gut wie der Selbstmord.

Obwohl er mit einer scharfen Entgegnung gerechnet hatte, blieb diese aus, und Katja schwieg.

»Ich muss mit Ihrem Vater sprechen. Diese Aufnahmen werden alles verändern.«

Sie sah betreten zu Boden. Kurz glaubte Dielbach, sie würde bereuen. Aber ihm wurde schnell klar, dass seine Mandantin lediglich das Zerwürfnis mit dem Vater fürchtete, ihre Taten waren ihr vollkommen egal.

Sie ist eine Psychopathin, schoss es ihm durch den Kopf. Und plötzlich hatte er einen brillanten Einfall.

Kapitel 13

Am nächsten Tag

Gegen Mittag platzte die Bombe. Nachdem am Abend zuvor ausführlich über Katja Preiwalds Notwehrtat berichtet worden war, flimmerte jetzt das Gesicht einer anderen jungen Frau über die Bildschirme.

Beate Kraus stöhnte, als man sie darüber informierte, dass sich eine ihrer Zeuginnen an die Presse gewandt hatte. Noch am frühen Morgen hatten die Befragungen begonnen, und tatsächlich stellten sich die meisten der jungen Frauen aus der Studentenverbindung gegen ihre einst so bewunderte Anführerin und packten aus. Manche voller Wut und Scham, andere, ohne überhaupt zu begreifen, wie sie manipuliert worden waren. Und eine nutzte die Gunst der Stunde und machte sich zum Gesicht des Tages. Vermutlich war sie der nicht ganz irrigen Meinung, dass der folgende Prozess sie sowieso in den Fokus der Öffentlichkeit bringen würde. Also warum nicht wenigstens selbst die Geschicke lenken und von der Medienpräsenz profitieren?

Sowohl das Netzwerk der altgedienten Mitglieder der Studentenverbindung als auch Katja Preiwalds Vater zeigten sich entsetzt über die jüngsten Entwicklungen, wenn auch aus unterschiedlichen Gründen.

Der Politiker Preiwald jedenfalls lief tobend in seiner Villa auf und ab und warf Dielbach vor, an allem schuld zu sein. Kaum zu beschwichtigen angesichts der Folgen, die Katjas Verhalten für seine eigene Zukunft hatte, machte er es Dielbach schwer, das Wort zu ergreifen. Aber letzten Endes lauschte Preiwald dann doch interessiert den Vorschlägen des Anwalts.

Am Nachmittag lud er ebenfalls zur Pressekonferenz.

Beate Kraus sah die Liveübertragung mit gerunzelter Stirn, und wenige Minuten genügten ihr, um zu wissen, was Preiwald vorhatte: »Die werden auf Unzurechnungsfähigkeit plädieren und den Vater als bedauernswerten Mann darstellen.«

Und so kam es auch. Preiwald wirkte gekonnt gebrochen, klopfte sich auf die Brust, um die eigene Schuld zu unterstreichen, die er durch sein Versagen als Vater trug. Bedauerte, dass er nicht früher bemerkt hatte, wie krank der Geist des eigenen Kindes war und dass Katja dringend auf ärztliche Hilfe angewiesen sei. Etwas, das er nicht rechtzeitig erkannt hatte. Aber jetzt würde er dafür Sorge tragen, dass die Dinge wieder ins Lot kämen. Außerdem wäre es ihm ein besonderes Anliegen, dass der Gerechtigkeit genüge getan würde. Eigenes Kind hin oder her, er gäbe seine geliebte Tochter Katja ab jetzt in die Hände der Justiz. Denn auch der Politiker Preiwald stehe nicht über dem Gesetz.

»Und so weiter«, äffte Beate Kraus seinen Tonfall nach. »An der Stelle kommen wir nicht weiter. Der Anwalt bleibt dabei, dass Katja weder etwas über die tote Frau im Neckar weiß noch den Aufenthaltsort von Nina Wäldele kennt, geschweige denn Kontakt mit Timo Rober gehabt hat.«

»Die bieten uns nichts an?«, hakte Frank Kröner nach.

»Nein. Wir haben zwar eine Kriminelle aus dem Verkehr gezogen, aber wir finden keine Verbindung zu den vermissten Frauen.«

Frank Kröner verbarg seine Enttäuschung nicht. »Ich dachte, wir wären nahe dran und könnten den Familien der Vermissten endlich Antworten liefern.«

»Ja, das hätte ich mir auch gewünscht. Die Wäldeles rufen jeden Tag bei mir an, und ich kann ihnen nicht einmal Hoffnung machen.«

»Soll ich denn die Überprüfung von Doktor Torgen, seinen Mitarbeitern und den Nellers überhaupt noch weiterverfolgen?«

Die Hauptkommissarin seufzte. »Wir haben immer noch den Tod von Timo Rober zu klären. Das führt uns zwangsläufig zu Kelly Miller, dem Hof und dem Institut von Doktor Torgen. Sowohl Katja Preiwald als auch deren Exfreund Johann und Timo Rober sind dort gewesen. Machen wir also weiter, vielleicht stoßen wir doch noch auf etwas.«

* * *

Im Institut von Doktor Torgen, eine Stunde später

Kelly winkte Amars Auto hinterher. Nachdem Ronja von Johanns Tod erfahren hatte, war sie zusammengebrochen. Kelly hatte sie kaum beruhigen können, und auch Carmen Raubs Bemühungen waren vergeblich gewesen. Am Morgen kam mit den neusten Nachrichten über Katja Preiwald zu dem tiefen Schmerz auch noch das Entsetzen und die Enttäuschung über Johanns Komplizenschaft.

»Das war es also, was die beiden verbunden hat. Das perverse Vergnügen am Missbrauchen verzweifelter Frauen.«

Ronja hatte die Worte ausgespien, als hätte ihr etwas Giftiges auf der Zunge gelegen. Sie hatte sich mit solcher Grobheit die Tränen aus dem Gesicht gewischt, dass Kelly schon Angst gehabt hatte, sie könnte sich dabei verletzen. Danach war sie in ihrem Zimmer verschwunden und hatte gepackt.

Mit dem Vorsatz »Ich werde um so jemanden nicht weinen!« hatte sie sich verabschiedet und Amars Angebot angenommen, sie zu fahren.

Kelly winkte immer noch, obwohl der Wagen bereits aus ihrem Sichtfeld verschwunden war. Ronja wollte nach Hause zu ihren Eltern, um dort zu vergessen. Dann würde sie im Herbst nach Madrid ziehen und die Erinnerung an Johann hinter sich lassen.

Heute fühlte sich Kelly besonders einsam.

Carmen Raub hatte sich krankgemeldet, Doktor Torgen vergrub sich in seinem Labor, und die Familie Neller war mit ihren alltäglichen Arbeiten beschäftigt. Zumal Paul der einzige der Hofbewohner war, mit dem sie gelegentlich etwas Zeit verbrachte. Aber mit ihm konnte sie nicht über das sprechen, was sie gerade bewegte. Also beschloss sie, allein einen Spaziergang zu machen.

Die Felder sahen gepflegt aus, bis auf die Gruppe Sonnenblumen am Rand, die man hatte verdorren lassen. Ihre einst so strahlenden gelborangenen Blütenblätter waren jetzt hart und von einem schmutzigen Braun. Die Köpfe hingen nach unten, so als hätten sie etwas zu bedauern. Mit einem Lächeln dachte Kelly daran, dass das sicher ein schönes Motiv für einen Fotokünstler wäre, und folgte mit den Augen einem Zitronenfalter; die einzige Schmetterlingsart, die sie namentlich benennen konnte. Die Luft war heiß und trocken, in der Nähe zirpten ein paar Grillen. In einiger Entfernung sah sie den abgestellten Traktor und die großen Heuballen, die noch nicht abtransportiert worden waren. Sie hatte Paul danach gefragt, und der war auskunftsfreudig gewesen. Man verkaufe das Heu an einen Nachbarn für dessen Vieh.

»Braucht ihr das nicht für eure eigenen Tiere?«, hatte Kelly automatisch gefragt.

Mit einem »Nö« hatte er das Thema gewechselt und behauptet, dass er sich demnächst Leons Auto ausleihen würde.

Kelly musste bei dem Gedanken daran immer noch schmunzeln. Sie hätte gerne das Gesicht von Leon Neller gesehen, wenn dessen Bruder die Schlüssel für den teuren Sportwagen verlangte. Sofort überkam sie das schlechte Gewissen, denn es war nicht fair, sich auf Pauls Kosten lustig zu machen. Der junge Mann tat ihr leid, und sie wünschte ihm nur das Beste für die Zukunft. Ihr fiel Leon ein, und sie fragte sich, ob der ihr absichtlich aus dem Weg ging oder sie sich das nur einbildete. Kurz erinnerte sie sich an Frank Kröner, den Kollegen der Hauptkommissarin. Aus irgendeinem Grund musste sie immer wieder an ihn denken, dabei hatte er *eigentlich* keinen bleibenden Eindruck hinterlassen. Und wenn, keinen positiven. Immerhin hatte sie sich über seine unangenehmen Fragen bei jedem Zusammentreffen geärgert.

Ohne genau auf den Weg zu achten, setzte sie ihre Grübeleien fort, beschäftigte sich nun jedoch mit Ronja und fragte sich, ob sie je wieder etwas von der neuen Freundin hören würde. Die Australierinnen hatten sich ja auch nicht mehr gemeldet, obwohl Kelly den beiden noch drei weitere Nachrichten geschickt hatte.

Sie nahm es Jula und Evi nicht übel, aber mit Ronja hatte sie in den letzten Tagen ein so gutes Verhältnis gehabt, dass sie es bedauern würde, den Kontakt zu verlieren.

Sie war an der Obstwiese entlanggeschlendert und steuerte auf die Rückseite des Wohnhauses der Nellers zu. Normalerweise ging sie von hier Richtung ihrer eigenen Unterkunft, aber heute wollte sie noch ein wenig draußen bleiben. Daher umrundete sie das alte Bauernhaus und näherte sich der Wurstküche, an der sie schnell vorbeieilte.

Neben dem Gebäude entdeckte sie einen Kräutergarten. Da sie hier noch nie gewesen war, betrachtete sie interessiert die vielen verschiedenen Pflanzen. Sie erkannte Rosmarin und sog genüsslich den Duft des Lavendels ein, der wild an einer alten Mauer wucherte. Frau Neller hatte kleine Holzstäbe in die Beete gesteckt, an denen die Verpackungen der Samen befestigt waren. So konnte Kelly auch Oregano, Majoran und Estragon auseinanderhalten. Sie zupfte einige Blätter ab und rieb sie zwischen den Fingern, um den Geruch intensiver wahrnehmen zu können.

Erfreut stellte sie fest, dass das Durchforsten der Beete eine beruhigende Wirkung auf sie hatte. Sie richtete sich deshalb langsam auf, streckte die Arme in die Höhe und fühlte, wie eine Last von ihr abfiel. Dabei ließ sie den Blick hin und her schweifen. Etwas abseits neben einer Schubkarre, einem achtlos hingeworfenen Gartenwerkzeug und einem Stapel Holzscheite stand der Häcksler. Automatisch musste sie an Paul und seine Bemerkungen über das Gerät denken.

Sie ging darauf zu und sagte scherzend: »So wie es aussieht, wartest du wieder einmal, was?«

Dann fiel ihr Blick auf die weißen Krümel darunter. Neugierig nahm sie welche davon mit den Fingerspitzen auf. Sie waren überraschend hart. *Vielleicht ein besonders helles Holz,* dachte sie und wollte sich schon abwenden, als sie zwischen dem weißen, groben Pulver etwas Farbiges hervorblitzen sah.

Das Violett hob sich besonders scharf von dem hellen Hintergrund ab. Automatisch ging Kelly in die Knie und begutachtete ihren Fund genauer. Das farbige Teil ähnelte am ehesten einem Rechteck von etwa zwei Zentimetern Länge und circa einem Zentimeter Breite und sah stabil aus. Sie dachte im ersten Augenblick an ein abgebrochenes Stück einer Plastikwäscheklammer, aber dann registrierte sie das Muster, das auf das Teil gezeichnet worden war. Sie hatte das schon einmal gesehen; ihre Hand griff danach, und in diesem Moment kam die Erinnerung zurück. Vor Schreck ließ sie ihren Fund sofort wieder fallen. Sie hatte augenblicklich ein ungutes Gefühl. Was sie hier entdeckt hatte, war nicht der Rest einer Wäscheklammer, sondern ein Fingernagel. Ihr Gehirn lief auf Hochtouren. Sie erinnerte sich an das Violett mit dem kunstvollen Muster: Jula, die Australierin, hatte ihre Nägel auf diese Weise lackiert. Wie war das an dem Tag gewesen, an dem die Australierinnen sich verabschiedet hatten?

Das, was sie hier sah, war nicht nur eine abgebrochene Spitze. Es handelte sich um den kompletten Fingernagel, der vom Fleisch gerissen worden war. So eine schwere Verletzung hätte Kelly doch auffallen müssen. Immer wieder ließ sie den Abschiedsmorgen in Gedanken Revue passieren und versuchte sich an Julas Finger zu erinnern. Kein Pflaster, kein Verband, nichts. Welche logische Erklärung gab es also dafür, was hatte sich hier ereignet und vor allem wann? Die Australierin war unversehrt ins Auto von Doktor Torgen gestiegen, da war sich Kelly mittlerweile ziemlich sicher. Wie hätte …

»Was wird denn das?«

Die Stimme ließ Kelly herumfahren. Sie war so auf ihren Fund konzentriert, dass sie die Schritte hinter sich nicht gehört hatte.

»Oh, ich habe die Kräuterbeete bewundert«, log sie instinktiv, konnte allerdings nicht verhindern, dass ihr Blick dabei für einige Sekunden auf den abgerissenen Fingernagel fiel, der verräterisch vor ihren Füßen lag. Sie verspürte das starke Bedürfnis, sofort von hier zu verschwinden. Sollte sie Beate Kraus anrufen – oder war das übertrieben?

Kelly wurde immer nervöser und brauchte Zeit zum Nachdenken. Vermutlich verhielt sie sich albern, aber der Gesichtsausdruck ihres Gegenübers verunsicherte sie zunehmend. »Ich gehe mal besser zurück, bis später«, sagte sie deshalb bemüht gleichgültig, verabschiedete sich und wandte sich ab.

Mit einem Angriff hatte die junge Frau nicht gerechnet. Der Schlag traf Kelly hart am Hinterkopf, und sie verlor sofort das Bewusstsein.

* * *

Etwa zur gleichen Zeit betrat Frank Kröner das Büro seiner Vorgesetzten. »Die Kollegen haben die Robers überprüft.« Sein Gesichtsausdruck verriet bereits, dass das zu keinen neuen Erkenntnissen geführt hatte. »Es existieren weder eine Jagdhütte noch irgendein abgelegenes Anwesen. Auch die Durchsuchungen haben nichts ergeben.«

»Was ist mit dem Alibi von Frau Baumann?«, hakte Beate Kraus nach.

»Das hat sich bestätigt, und damit können wir eine Hauptverdächtige im Todesfall Timo Rober streichen.«

Die Hauptkommissarin lehnte sich erschöpft zurück. »Langsam befürchte ich, wir verrennen uns da in etwas.«

Frank Kröner setzte sich ihr gegenüber. »Also doch kein Durchbruch, was die vermissten Frauen angeht?«

Sie zuckte mit den Schultern. »Womöglich müssen wir aufhören, Verbindungen zu konstruieren. Nehmen wir Katja Preiwald als das, was wir beweisen können: eine Sadistin, die wir aus dem Verkehr gezogen haben. Dann gibt es noch Timo Rober: ein Stalker, der in der Vergangenheit mit großer Wahrscheinlichkeit ein Mädchen missbraucht hat. Hat er tatsächlich etwas mit dem Verschwinden von Nina Wäldele oder der Frauenleiche im Neckar zu tun? Uns fehlen die Beweise. Auch was seine Beteiligung an den Vermisstenfällen in der Vergangenheit angeht.«

»Die Unterlagen über die Geschäftsreisen von Timo Rober und Joachim Baumann wurden sichergestellt. Dank der Aufbewahrungspflichten reichen die einige Jahre zurück. Ich habe einen Kollegen gebeten, sie mit den Daten, an denen die Frauen verschwunden sind, abzugleichen. Keine Übereinstimmungen.«

»Also sieht es so aus, als hätte Timo Rober damit nichts zu tun. Bleibt noch die Frage, wie er zu Tode kam.«

»Doch ein Unfall infolge von Drogenmissbrauch?«, schlug Frank vor.

Beate wusste, dass sie auf diese Weise den Fall elegant abschließen könnte, und doch nagten Zweifel an ihr. Aber bevor sie Kröner antworten konnte, klopfte es an der Tür und ein Kollege trat ein.

»Es geht um die Recherchen, um die ihr uns gebeten habt. Wir sind da auf etwas gestoßen.«

Sofort richtete sich Beate Kraus auf, und auch Frank Kröner sah den Mann erwartungsvoll an. Der begann daraufhin aus seinen Notizen vorzulesen: »Wir haben uns unter anderem in den Klubs und Kneipen umgehört. Leon Neller ist dort zwar bekannt, aber niemand weiß etwas Genaues über ihn. Man hält ihn für einen reichen Geschäftsmann, einen Weiberhelden. Doch als wir nach einer Freundin suchten, Fehlanzeige. Wir werden noch weiter herumfragen, vielleicht landen wir bei den Prostituierten einen Treffer, aber offensichtlich behält Leon Neller sein Privatleben für sich. Falls er etwas Illegales macht, ist er sehr vorsichtig.«

»Ist er denn noch nie aufgefallen?«, fragte Beate Kraus dazwischen.

»Keine Akte, keine Gerüchte, wie gesagt, sehr vorsichtig.«

»Oder aber er hat eine weiße Weste«, warf Frank Kröner ein.

Beate Kraus überlegte kurz und sagte: »Mir kam er nicht so unschuldig vor. Ich denke, ihr solltet noch ein wenig tiefer graben.«

Der Kollege nickte und fuhr fort: »Über den Rest der Familie gibt es nichts.« Er blätterte auf seinem Organizer weiter und bemerkte: »Interessanter ist euer Doktor Torgen.«

Die Beamten horchten auf. »Der Institutsleiter?«

»Genau. Zwar ist der nicht aktenkundig, aber Gerüchten zufolge gab es letztes Jahr Ärger wegen sexueller Belästigung. Keine Anzeige, doch man spricht über ihn als einen Frauenbegrapscher. Einer der Barkeeper hat erzählt, dass er regelmäßig in seinem Laden aufkreuzt und immer versucht junge Frauen aufzureißen.«

»Na, da ist er gewiss nicht der Einzige, aber das mit der Belästigung ist interessant.«

»Es wird noch besser«, setzte der Kollege erneut an, »vor ein paar Tagen ist der Mann mit zwei jungen Ausländerinnen aufgetaucht, hat denen einen Drink spendiert und sich wieder davongemacht.«

»Und?«, fragte Frank Kröner ungeduldig.

»Der Barkeeper hatte gerade Zigarettenpause und stand am Hinterausgang. Anscheinend hat sich Doktor Torgen unbeobachtet gefühlt, denn, ich zitiere: ›Der Typ schien eine Stinkwut zu haben, trat mehrmals gegen die Mülleimer und fluchte laut über undankbare Nutten.‹«

»Okay, vielleicht haben wir da was. Gibt es denn eine Verbindung zu unserer Toten im Neckar oder Nina Wäldele?«

»Wir haben Fotos herumgezeigt, keiner hat Doktor Torgen zusammen mit einer der Frauen gesehen. Die hätten sich aber trotzdem aus den Klubs kennen können. Torgen hält sich in den gleichen Lokalen und Kneipen auf, wie die beiden Frauen es taten.«

»Was natürlich nichts zu bedeuten hat«, warf Beate Kraus ein. »Das könnte purer Zufall sein, so groß ist Tübingen nun auch wieder nicht.« Sie dachte kurz nach. »Ich werde Kelly Miller anrufen. Mit etwas Glück kann sie sich erinnern, ob Hans Torgen am Abend von Nina Wäldeles Verschwinden in der Kneipe war, in der sie bedient hat. Und dann denke ich, wir sollten uns nochmals mit Torgens Assistentin unterhalten.« An den Kollegen gewandt sagte sie: »Gute Arbeit, macht weiter!«

Der Mann verabschiedete sich, und Frank Kröner stieß einen leisen Pfiff aus. »Du glaubst, Torgen hat etwas mit der Sache zu tun?«

Beate verzog das Gesicht. »Ich klammere mich wohl gerade an einen Strohhalm. Aber so wie es aussieht, steht unser Doktor auf junge Frauen und zwingt sich ihnen auch auf. Außerdem neigt er zur Gewalt, wenn er abblitzt. Vorausgesetzt, man vertraut der Aussage des Barkeepers. Wir hatten kurz vermutet, Timo Rober musste sterben, weil er Katja Preiwald erpresst hat. Eventuell ist er aber jemand anderem zu nahe gekommen. Immerhin hat er das Institut heimlich beobachtet. Sehen wir einfach mal, wohin uns diese Spur führt.«

* * *

Kelly öffnete langsam die Augen. Wo war sie? Verschwommene Erinnerungsfetzen an Kräuterbeete und lackierte Fingernägel geisterten durch ihren Kopf, und schlagartig fiel ihr alles wieder ein. Sie hatte beim Haus gestanden, hatte den abgerissenen Nagel von Jula gefunden, und plötzlich war jemand hinter ihr aufgetaucht.

Klara Neller, schoss es ihr durch den Kopf.

* * *

»Was machen wir jetzt mit ihr?«, knurrte Gustav ärgerlich, »war das denn nötig?«

»Sie hat beim Häcksler herumgeschnüffelt, ich musste sie aufhalten«, zischte Klara Neller.

Die Gutmütigkeit war aus dem sonst so tumb wirkenden Gesicht verschwunden. Da sie gerannt war, um ihren Bruder zu Hilfe zu holen, atmete sie immer noch schnell. Ihre Frisur hatte sich aufgelöst, das zerzauste Haar und der unstete Blick gaben ihr das Aussehen einer Kriegerin, die bereit war anzugreifen.

»Das gibt Probleme«, entgegnete ihr Bruder genervt.

»Ich hole ihre Sachen, und wir sagen, sie ist Hals über Kopf abgereist. Der Rest wird sich schon finden«, schlug Klara vor.

»Gefällt mir nicht, aber bitte«, stimmte Gustav schließlich zu und vergewisserte sich, dass die schwere Tür, die von der Wurstküche direkt in den Keller führte, auch fest verriegelt war. »Wir werden ihm sofort Bescheid geben müssen. Das weißt du, oder?«, richtete er noch einmal das Wort an seine Schwester.

»Was sein muss, muss sein«, antwortete die mit fester Stimme und folgte Gustav, in der Überzeugung, richtig gehandelt zu haben, nach draußen.

* * *

Kelly richtete sich mühsam auf und spürte, wie die Angst ihr die Luft abschnürte. Sie konnte nichts sehen, befühlte die feuchte, kalte Mauer und nahm den typischen modrigen Geruch wahr, der ihr sofort signalisierte, dass sie sich in einem Keller befand. Die Dunkelheit hüllte sie ein und erdrückte sie wie eine schwere Decke. Automatisch griff sie in die kleine aufgesetzte Tasche ihres Kleides, in die sie ihr Handy gesteckt hatte, aber die war leer. Ein verzweifeltes Stöhnen kam über ihre Lippen; entweder hatte sie es verloren oder Klara Neller war klug genug gewesen, es ihr wegzunehmen.

»Ich brauche Licht«, flüsterte sie und nahm all ihren Mut zusammen, um sich zu überwinden, die Wände nach einem Schalter abzutasten. Finsternis und Kellerräume hatten ihr immer schon Angst eingeflößt. Deshalb fiel es ihr auch schwer, Gedanken an plötzlich auftauchende Spinnen zu verdrängen, die ihr mit langen, haarigen Beinen über die Hand krabbeln könnten. Sie ignorierte auch das entfernte Scharren und Fiepen der Ratten. Als ihre Finger endlich die Erhebung an der Wand ertasteten, kam ihr das wie ein Wunder vor. Ihr Stoßgebet, der Schalter möge nun auch noch funktionieren, wurde erhört. Mit einem Flackern, das endlos zu dauern schien, nahm eine alte, verdreckte Glühbirne die Arbeit auf. Das Licht, das sie an die dunklen Wände warf, produzierte furchteinflößende Schatten, aber wenigstens hatte sie nun die Möglichkeit, ihr Gefängnis zu sehen.

Sie stand in einem Gang, der wenige Meter entfernt eine Biegung machte. Es war kalt hier unten, und Kelly, die nur ein ärmelloses Sommerkleid trug, hatte längst eine Gänsehaut. Sie drehte sich in die andere Richtung und stand vor einer massiven verschlossenen Tür. Verzweifelt rüttelte sie daran, auch wenn sie nicht wirklich die Hoffnung hatte, sie öffnen zu können. Der Weg in diese Richtung war ihr also versperrt.

Sie war versucht, sich kraftlos auf den Boden sinken zu lassen, doch ihre innere Stimme meldete sich. Nein, sie würde sich nicht wie das sprichwörtliche Lamm zur Schlachtbank führen lassen, sie würde unter allen Umständen kämpfen. Was auch immer man mit ihr vorhatte, niemand sollte glauben, er hätte leichtes Spiel mit Kelly Miller. Die Tür war verschlossen – aber wer sagte denn, dass das der einzige Zugang war? Sie führte den Gedanken nicht weiter, denn unweigerlich wäre ihr dann in den Sinn gekommen, dass Klara Neller das sicher bedacht hatte. Nein, sie klammerte sich an die Aussicht auf einen Fluchtweg und biss tapfer die Zähne zusammen, als sie dem Gang bis zur Biegung folgte. Als sie um die Ecke blickte, starrte sie in einen schwarzen Tunnel. Die junge Frau schluckte schwer und tastete erneut die Wand ab. Auch dieses Mal wurde sie fündig, und als das Licht aufflammte, war es, als würde ihr Klara Neller voller hinterhältiger Freude ins Gesicht lachen. Vor ihr lag ein Gang, der an einer dicken Mauer endete. Sie ballte die Hände unbewusst zu Fäusten, ihre Fingernägel gruben sich dabei schmerzhaft ins Fleisch. Sollte sie doch aufgeben?

Kelly machte ein paar Schritte nach vorne und hörte wieder das Fiepen. Ihre Nackenhaare sträubten sich, und sie suchte mit den Augen den Boden ab. In dem diffusen Licht war das nicht so einfach, deshalb hätte sie auch beinahe die Tür übersehen, die am Ende des Ganges nach links führte. Kelly lief darauf zu, und es kam ihr wie ein Geschenk vor, als sich die Klinke nach unten drücken ließ und sie die Tür öffnen konnte.

Dieses Mal war das Tasten nach dem Schalter unnötig. An der Decke hing eine Neonröhre, die den Raum in ein unwirkliches Licht tauchte. Der grelle Schein gestattete es Kelly nicht, den Blick abzuwenden; unbarmherzig lenkte er ihre Aufmerksamkeit auf die Gestalt, die in der Mitte des Raumes auf dem Boden lag. Zuerst dachte die Studentin, es handelte sich um eine ausrangierte Schaufensterpuppe. Der kahle Schädel, die leblosen Augen und die verrenkten Glieder erweckten für einen Moment diesen Eindruck, aber schnell registrierte sie all die vielen Details, die dagegensprachen. Betrachtete man zum Beispiel die Haut, fiel einem sofort auf, dass die weder glatt noch poliert war wie bei den Plastikmenschen üblich. Auch der Kopf hatte nicht die exakte ovale Form, die für die Puppen so typisch war. Nein, hier konnte man die Schädelknochen erkennen, die sich ungleichmäßig unter der Kopfhaut abzeichneten. Und auch der Kahlheit fehlte die Perfektion. Auf den zweiten Blick sah man die Verletzungen, verursacht durch einen stumpfen Rasierer, mit dem so unsauber gearbeitet worden war, dass seitlich noch einige Haarbüschel vom Kopf abstanden. Und was die Augen anging, zeugten die unverkennbaren Tränenspuren, die zwischen schwarzem Mascara und Dreck über den bleichen Wangen verliefen, davon, dass erst vor Kurzem das Leben aus diesem Körper gewichen war.

Kelly hatte plötzlich das Gefühl, mitten im arktischen Eis zu stehen. Die Kälte schien unerträglich. Gerne hätte sie in ihrer Panik irgendwo ein Versteck gesucht, aber sie musste durchhalten und versuchen, sich zu retten. Deshalb blieb ihr keine andere Wahl, als das, was sie hier vorfand, hinzunehmen, ohne die Nerven zu verlieren. Sie dachte daran, wie sie das erste Mal durch Tübingen spaziert war und sich sofort verlaufen hatte. Ja, genau so musste sie jetzt vorgehen. Sie hatte sich verlaufen und suchte den Weg zurück. Die tote Frau im Raum durfte nichts weiter für sie sein als ein zertrampeltes Beet, ein umgeworfener Mülleimer oder ein liegen gelassenes, verrostetes Fahrrad. Es fiel ihr jedoch schwer, sich einzureden, dass alles, was sie hier sah, nicht mehr war als ein hässlicher Blickfang auf ihrem Weg nach Hause. Sie schluckte und musste gegen die aufsteigende Übelkeit ankämpfen, als sie sich nun der Toten näherte. Wenn sie Glück hatte, gab es hier etwas, das ihr nützlich sein könnte. Zum

Beispiel ein Werkzeug oder eine Waffe. Wieder ermahnte sie sich, ruhig zu bleiben.

Trotzdem begann ihr Herz nun zu rasen, als sie direkt neben der Leiche stand. Eine Ratte, die sich an den Überresten zu schaffen machen wollte, huschte aufgeschreckt davon, als sie die ungebetene Besucherin bemerkte, und hinterließ dabei kleine, rote Krallenabdrücke. Kelly starrte schockiert auf die Wunde am Bauch der Toten, sah das vertrocknete Blut und erkannte voller Abscheu, dass man der Frau den Bauchnabel herausgeschnitten hatte. Sie würgte, musste sich abwenden und konnte nicht verhindern, dass sich ihr Magen entleerte. Heiße Tränen liefen über ihre kalten Wangen.

Wie konnte jemand nur so etwas tun? Wie konnte Klara Neller nur so etwas tun?, waren Kellys nächste Gedanken.

Die Mutter von Paul und Leon hatte sie niedergeschlagen und hierhergebracht. War es der Toten genauso ergangen?

Das erste Entsetzen ebbte ab, und Kelly spürte unbändige Wut in sich aufsteigen. Sie erinnerte sich an ihren eigentlichen Plan und durchsuchte jeden Winkel des Verlieses. Aber außer Staub, Dreck und der Leiche gab es auf dem kalten Steinboden nichts. Sie zwang sich, erneut an der Toten vorbeizugehen und den Raum zu verlassen, vielleicht fand sie noch weitere Zimmer. Ein merkwürdiges Geräusch drang an ihre Ohren, als sie auf der Türschwelle stand. Es war ein leiser, schmatzender Ton. Kelly drehte sich nicht danach um – sie wusste, auch ohne es zu sehen, dass die Ratte ihren Fressplatz wieder eingenommen hatte.

Obwohl sich die Augen der Studentin langsam an das dämmrige Licht gewöhnten, bemerkte sie zu spät, dass sie nicht mehr allein war. Als sie in den Gang zurückkehrte, packte sie jemand und stieß sie zu Boden. Kelly spürte das schwere Gewicht eines Körpers auf ihrem Rücken, dann einen schmerzhaften Einstich im Arm. Innerhalb weniger Sekunden wurde ihr schwarz vor Augen.

Kapitel 14

Hauptkommissarin Kraus hatte Kelly eine Nachricht auf der Mailbox hinterlassen und um Rückruf gebeten. Ein weiteres Telefonat galt dem Institut. Sie wollte mit Doktor Torgen verbunden werden, aber der Pförtner teilte ihr mit, dass der Mann eben sein Labor verlassen habe. Man erwarte ihn in zwei Stunden zurück. So erfuhr sie auch von Carmen Raubs Krankmeldung.

Freundlicherweise erklärte die sich aber trotzdem bereit, den Beamten ihre Fragen zu beantworten. Daher betraten die Hauptkommissarin und Frank Kröner kurze Zeit später die Wohnung von Doktor Torgens Assistentin. Die Einrichtung war ungewöhnlich verspielt, und selbst für Beate Kraus' Geschmack gab es hier zu viel Kitsch. Zwei dicke Perserkatzen rekelten sich auf der hellen Couch, was Carmens Vorliebe für Katzenmotive erklärte, die sich selbst auf den Blumentöpfen am Fenster finden ließen.

Carmen Raub trug einen Jogginganzug und hätte ohne Schminke und mit ihrem geflochtenen Zopf sehr mädchenhaft gewirkt, wäre da nicht der bittere Zug um ihren Mund gewesen.

»Sie wissen von den jüngsten Ereignissen?«, begann Beate Kraus das Gespräch und setzte sich auf Bitten ihrer Gastgeberin auf einen Sessel, während Frank Kröner zwischen den beiden Katzen Platz nahm, die ihn argwöhnisch beäugten.

»Die arme Ronja«, gab Carmen zur Antwort. Es war nicht klar, ob sie damit Johanns Tod oder dessen Verbindung zu Katja Preiwald meinte.

Mit einer unverkennbaren Gehässigkeit präzisierte sie ihre Aussage, indem sie anfügte: »Es ist wirklich eine Genugtuung zu wissen, dass dieses Miststück hinter Gittern enden wird. Ich wusste gleich, was das für eine ist, als sie im Institut auftauchte. Aber Männer sind, was das angeht, ja blind.«

Offensichtlich gab es da für Carmen Raub keine Ausnahmen, denn sie machte nicht einmal den Versuch, Frank Kröner aus ihrem pauschalen Urteil auszuschließen.

»Was kann ich für Sie tun? Geht es um meine Aussage? Ich kann jederzeit vor Gericht bestätigen, wie sich Katja Preiwald gegenüber Ronja verhalten hat …«

»Das ist gut zu wissen, aber deshalb sind wir nicht hier«, klärte sie die Polizistin auf. »Ich habe noch ein paar Fragen das Institut betreffend. Wir haben Doktor Torgen nicht angetroffen, deshalb sind wir zuerst zu Ihnen gekommen.« Die Beamtin hielt es für klüger, nicht gleich mit der Tür ins Haus zu fallen. Zunächst wollte sie behutsam abklopfen, wie die Assistentin zu ihrem Chef stand.

Carmen Raub sah auf die Datumsanzeige ihrer Uhr und schnalzte mit der Zunge. »Ja, heute hat er sein wöchentliches Tennistraining.« Sie bemerkte den überraschten Blick der Polizistin und erklärte: »Oh, keiner würde das Hans vorwerfen. Er hat sicher so viele Überstunden, dass er längst in den Vorruhestand gehen könnte, und normalerweise ist er auch rund um die Uhr im Labor. Die Tennisstunde ist sozusagen das einzige Vergnügen, das er sich während der Arbeitszeit gönnt, bis …« Sie brach ab und bot ihren Besuchern etwas zu trinken an, was die ablehnten.

Beate Kraus ließ sich jedoch nicht so einfach überrumpeln und hakte sofort nach: »Welchen anderen Vergnügungen geht Doktor Torgen denn noch nach?«

Carmen Raub wurde rot und sah verlegen zur Seite. »Ich denke, es geht um das Institut. Was interessiert Sie da das Privatleben meines Vorgesetzten?«

»Verstehen Sie sich gut mit Doktor Torgen?«, versuchte es die Polizistin auf einem anderen Weg.

Die Röte verschwand nicht aus Carmens Gesicht. Sie schnaubte geräuschvoll, was die Katzen veranlasste, die runden Köpfe zu heben und in die Richtung ihrer Besitzerin zu starren.

»Was solls, Sie werden es ja sowieso erfahren.« Sie straffte sich und sagte ein wenig gestelzt: »Ich werde mich beruflich verändern und das Institut verlassen.«

»Hat das mit Doktor Torgen zu tun?«

Carmen Raub sah keine Notwendigkeit, die traurige Wahrheit zu verbergen. Sie hatte sich lange genug etwas vorgemacht, deshalb betrachtete sie es beinahe als eine Art Therapie, offen und sehr direkt zu antworten: »Also schön, ich könnte Ihnen jetzt sagen, dass fünfzehn Jahre Assistenzzeit endlich nach einer leitenden Position verlangen. Aber ich gebe es zu, ich gehe wegen Hans. Vor langer Zeit waren wir einmal ein Paar, zumindest sah ich das so. Für ihn ging es wohl nur darum, eine weitere Eroberung zu machen. Ich bin geblieben, hoffte darauf, er würde mit der Zeit erkennen, was er an mir hat, und musste leider feststellen, dass ich mein Leben verschwendet habe.« Wieder folgte das Schnauben, dann lehnte sie sich zurück und sagte um ein Lächeln bemüht: »Aber das interessiert Sie garantiert nicht.«

Da die Antwort ausblieb, sah Carmen Raub alarmiert zu der Polizistin: »Was ist los?«

»Wir ermitteln immer noch im Todesfall von Timo Rober.«

»Der Spanner, der um Kelly Miller herumgeschlichen ist?«, entgegnete Carmen spöttisch.

»So ist es. Nun fragen wir uns, ob er Kontakt zu Doktor Torgen gehabt hat.«

»Kann ich mir nicht vorstellen«, erwiderte Carmen Raub prompt, »wieso sollte er Hans gekannt haben?«

»Vielleicht hatten die beiden Streit, ein Missverständnis. Timo Rober dachte womöglich, dass das Verhältnis zwischen seiner Exfreundin und Ihrem Arbeitgeber zu vertraulich wäre.«

Auf Carmen Raubs Gesicht erschien ein resigniertes Lächeln. »Reden Sie doch nicht um den heißen Brei herum. Ich habe mehrere Universitätsabschlüsse, ich bin nicht dämlich. Sie haben herausbekommen, dass mein Boss die Finger nicht von den Frauen lassen kann. Bei Kelly hat er allerdings keine Chance. Ich denke, das weiß er längst. Aber warum ist das so wichtig?«

Ein leichtes Misstrauen schwang in der Frage mit.

»Wir ermitteln im Moment in alle Richtungen«, wich die Hauptkommissarin ihr aus. »Es wäre hilfreich, wenn Sie uns einfach unsere Fragen beantworten könnten.«

* * *

Kelly erwachte, weil sie jemand am Arm rüttelte. Im ersten Moment glaubte sie tatsächlich, nur geschlafen zu haben, vor allem, als sie mit noch halb geschlossenen Lidern Pauls Gesicht erkannte.

»Kelly, wach auf, ich bin es«, rief er aufgeregt, und da war sie fast sicher, dass sie all die schrecklichen Dinge nur geträumt haben konnte.

Er klang vergnügt, richtig aufgekratzt, das musste doch etwas Gutes bedeuten.

Doch diese Hoffnung löste sich in Luft auf, als es ihr nicht gelang, die Arme zu bewegen. Auch die Beine versagten ihr den Dienst, und ihr wurde bewusst, dass sie gefesselt auf einem Stuhl saß. Ihr war übel, so als würde sich eine scharfe Säure in ihrem Magen ausbreiten. Die Spritze, die man ihr so schmerzhaft in den Arm gerammt hatte, fiel ihr wieder ein. Und damit kam die komplette Erinnerung zurück. Klara Neller, der dunkle Keller, die Frauenleiche mit dem kahlen Schädel und die Ratte mit ihren blutgetränkten kleinen Pfoten.

Sie öffnete die Augen und sah in Pauls strahlendes Gesicht. Er rüttelte sie immer noch an der Schulter, aber als er bemerkte, dass sie jetzt zu sich gekommen war, ließ er sie los und streichelte über ihr Haar. Es glich der Geste eines Kindes, das die eigene Kraft nicht einschätzen konnte und ein wenig zu grob in das Fell eines niedlichen Welpen griff.

Sie wich automatisch zurück, aber das nahm Paul nicht zur Kenntnis.

»Wird ja auch Zeit, dass du aufwachst. Ich muss dir doch noch mein Geschenk zeigen. Ich habe so lange daran gearbeitet, aber …«

»Paul!«, rief sie ungeduldig und mit krächzender Stimme. Ihr Mund war trocken und der Hals rau.

Endlich unterbrach er seine Geschichte und blickte sie überrascht an.

»Paul, du musst mich sofort losbinden«, sagte sie nun eindringlich, und ihr Blick bohrte sich förmlich in seinen.

»Das kann ich nicht«, antwortete er leichthin, so als hätte sie ihn um eine unwichtige Gefälligkeit gebeten.

»Paul, das hier ist sehr ernst, du musst mich jetzt sofort losbinden.« Die letzten Worte sprach sie langsam und sehr deutlich aus.

»Aber das geht nicht«, entgegnete er und schien ihre verzweifelte Bitte überhaupt nicht nachvollziehen zu können.

»Du musst!«, schrie sie plötzlich. Sie verlor die Beherrschung, begann nun zu weinen und wandte sich panisch an ihn. »Bitte, du musst mir helfen!«

Er wirkte überrascht und legte den Kopf schräg, so als wollte er die Geheimnisse eines abstrakten Gemäldes ergründen. Dann verzog er das Gesicht, was seine geistige Beeinträchtigung noch stärker betonte. »Ich weiß, was dich aufheitern wird!«

»Mach mich los!«, bettelte Kelly, aber er ignorierte ihren Wunsch.

»Ich bin gleich zurück«, rief er ihr stattdessen zu. Unter der Tür drehte er sich nochmals um und sagte fürsorglich:

»Nicht mehr weinen, gleich geht es dir besser. Ich zeige dir mein Hochzeitsgeschenk für dich!«

Damit war er verschwunden, und Kelly spürte ihren rasenden Puls. Sie musste hier fort. Hektisch versuchte sie, sich aus den Fesseln zu winden, indem sie mit dem Stuhl wackelte, aber die dicken Stricke gaben keinen Millimeter nach. Sie wollte sich nicht ausmalen, was Paul eben gemeint hatte. Was auch immer das für ein Hochzeitsgeschenk sein sollte, sie musste ihn dazu bringen, die Fesseln zu lösen. Das war ihre einzige Chance, aus diesem verfluchten Keller zu entkommen. Ihre Gedanken überschlugen sich: Wie überzeugte sie Paul, ihr zu helfen? Offenbar begriff er nicht, was in diesem Haus geschah. Während sie hastig überlegte, welches Vorgehen das richtige wäre, hielt sie den Blick stur auf die gegenüberliegende Wand gerichtet.

Längst hatte sie erkannt, wo man sie gefangen hielt. In diesem Raum war sie nicht die Erste, die verzweifelt auf einem Stuhl gefesselt um ihr Leben fürchtete. Wer hatte alles in diesem grausamen Verlies sterben müssen? Zeugen der hier erlittenen Qualen waren das Blut auf dem Boden und Kratzspuren von Fingernägeln an der Wand, dort, wo ein massiver Eisenring mit einer schweren Kette an der Mauer hing. Um wie viele Handgelenke war diese schon gelegt worden? Kelly sah tapfer über das getrocknete Blut hinweg, das den Boden bedeckte. Aber am schwierigsten war es, die menschlichen Haare zu ignorieren, die unter und um ihren Stuhl lagen. Sosehr sie sich auch bemühte, konnte sie trotzdem nicht verhindern, dass die Strähnen ihre nackten Fußsohlen berührten. Irgendwer musste sie zusammengefegt und bewusst drapiert haben. Als Paul zurückkam, hatte sie immer noch keinen Fluchtplan.

»Paul, machst du mich bitte los?«, probierte sie es dieses Mal mit weniger Druck, vielleicht hatte ihn ihre Panik erschreckt. Sicher war es das Beste, ruhig zu bleiben.

»Warte«, entgegnete er, »ich will dir erst mein Geschenk zeigen.«

Kelly spielte mit: »Da bin ich aber gespannt.«

Ihre Reaktion schien ihm zu gefallen, und er hielt ihr eine Plastiktüte vor die Nase: »Ich hatte keine Zeit mehr, es hübsch einzupacken, und eigentlich fehlt auch noch etwas«, gab er jetzt bedrückt zu.

»Das macht doch nichts«, beschwichtigte ihn Kelly, »ich bin überzeugt, es wird mir gefallen.«

Wieder strahlte er glücklich und begann umständlich, etwas aus der Plastiktüte zu ziehen.

Kelly sah ihm dabei zu und hatte Mühe, sich die Ungeduld nicht anmerken zu lassen. Er kniete vor ihr auf dem Boden, wo er sein Geschenk präsentieren wollte. Viel konnte sie noch nicht erkennen, sie sah lediglich, dass mehrere Quadrate mit groben Fäden aneinandergenäht worden waren. Vermutlich handelte es sich um ein Zierdeckchen oder einen kleinen Teppich.

»Das ist aber ein schönes Geschenk«, sagte sie schnell, um ihn bei Laune zu halten.

»Warte, bis du es ganz siehst. Ich dachte, wir können es als Tischdecke verwenden, aber wenn ich es mit der Zeit noch größer mache, legen wir es auf unser Sofa.«

»Sicher«, entgegnete Kelly, die sich hütete, ihm zu sagen, dass sie niemals ein gemeinsames Sofa haben würden.

»Das war eine anstrengende Arbeit«, fuhr er fort, während er anfing das zusammengefaltete Teil vor ihren Füßen auszubreiten. So lange hatte er auf diesen Augenblick gewartet, jetzt wollte er ihn auskosten, ihr erzählen, wie er daran gearbeitet und sich immer gewünscht hatte, eines Tages sein Glanzstück jemandem zu schenken, den er auch für würdig hielt.

»Und die einzelnen Teile kamen ja nicht alle gleichzeitig. Ich arbeite schon seit vielen Jahren daran«, sagte er gerade voller Stolz und strich liebevoll über das Geschenk, bevor er fortfuhr. »Weißt du, das mit der Gerbung ist ganz schön schwierig.«

»Gerbung?«, wiederholte Kelly seine Worte. »Du hast also Leder gemacht«, versuchte sie Interesse zu heucheln.

»Ja, genau«, entgegnete er und gab endlich den Blick frei, indem er auf dem Boden ein Stück nach hinten rutschte.

Kelly betrachtete den kleinen Lederteppich. Ihr erster Eindruck bestätigte sich. Paul hatte verschiedene Stücke aneinandergenäht, ähnlich wie bei einer Patchworkdecke. Die Quadrate waren von unterschiedlicher Größe und auch die bräunliche Färbung war nicht bei jedem der kleinen Lederstücke gleich intensiv. In der Mitte der Quadrate war jeweils ein Muster, ein Kringel. Paul hatte wohl versucht, das Leder zu verzieren.

Die junge Frau ermahnte sich, Begeisterung zu zeigen, schenkte ihm kurz ein Lächeln und rief entzückt: »Das ist ja fantastisch, wie hast du das …?«

Sie stockte, ihr Blick wanderte zurück zum Boden und blieb auf dem eigenartigen Lederteppich haften. Was lag da wirklich zu ihren Füßen? Irgendetwas stimmte hier nicht.

Paul plapperte munter weiter. Erzählte von dem komplizierten Gerbvorgang, dem Kneten, der Behandlung mit Rauch, aber sie hörte ihm nicht mehr zu.

Kelly kam sich vor, als wäre sie auf den Trick eines Varietékünstlers hereingefallen. Sie hatte sich täuschen lassen, ihren Augen war ein übler Streich gespielt worden. An einem der kleinen Lederquadrate war dort, wo Kelly im ersten Moment einen Zierkringel vermutet hatte, ein Kettchen befestigt. Ein Kettchen, an dem ein kleiner Würfel hing.

»Oh Gott …«, stöhnte sie und konnte den Ausruf des Entsetzens nicht länger unterdrücken. Vor ihrem geistigen Auge tauchte Jula auf, es war der Tag ihrer ersten Begegnung. Die junge Australierin hatte so hübsch ausgesehen, und dann war da dieses witzige Bauchnabelpiercing gewesen, eine Kette mit einem kleinen Würfel daran. Sofort fiel ihr die Tote im Nebenraum ein, der man den Bauchnabel herausgeschnitten hatte. Kelly wurde schlecht, als sie Pauls Geschenk als das erkannte, was es in Wirklichkeit war: der Beweis dafür, dass hier Menschen großes Leid ertragen hatten. Sie hatte sich getäuscht – das, was sie für Kringel gehalten hatte, war keine Verzierung, es handelte sich um menschliche Bauchnabel. Jedes Lederstück stammte von einer anderen Person. Kelly zählte vier Quadrate pro Reihe, insgesamt acht Reihen, machte zweiunddreißig Quadrate und damit zweiunddreißig Opfer, die in diesem Keller ihr Leben verloren hatten. Sie keuchte.

Paul schien nicht zu bemerken, unter welchem Schock sie stand, deutete ihren Ausruf als Lob und wollte ihr haargenau jeden Arbeitsschritt erklären: »Weißt du, bei der Hirngerbung …«

Wieder stöhnte Kelly auf und rief fassungslos: »Halt sofort den Mund! Was hast du nur getan?« Sie hatte ihn bisher für harmlos gehalten, geglaubt, er wüsste nicht, was hier vor sich ging, aber er war ein Teil davon. Er hatte die Frauen getötet, sie anschließend verstümmelt und diesen widerwärtigen Teppich aus den Hautstücken zusammengenäht.

Ihren plötzlichen Stimmungswechsel verstand Paul nicht, deshalb sah er sie misstrauisch an. »Ich habe gar nichts getan, nur das, was notwendig war. Anders kann man die Haut nicht gerben …«

Sie unterbrach ihn: »Aber begreifst du denn nicht, das waren Menschen und jetzt sind sie tot. Weil du sie getötet hast, du hast ihnen das Leben genommen!« Sie weinte, konnte die Angst und Verzweiflung nicht länger unterdrücken.

»Wieso sagst du so etwas Gemeines?«, fuhr er sie trotzig an, »ich habe mir so viel Mühe gegeben, und du …«

Er wurde wütend, aber noch bevor er mehr sagen konnte, ging die Tür auf.

»Gott sei Dank«, rief Kelly, und plötzlich war da doch wieder Hoffnung. »Ich brauche Hilfe!«

»Was geht hier vor sich?«, fragte ihr vermeintlicher Retter aufgebracht und sah voller Zorn zu Paul.

»Wir müssen dem hier ein Ende setzen«, flehte Kelly.

»Ja, das müssen wir«, sagte der Mann unter der Tür.

Ihre Blicke trafen sich, und als sie den Wahnsinn in seinen Augen erkannte, wusste sie, dass er nicht gekommen war, um ihr zu helfen.

* * *

Carmen Raub war unschlüssig, was das Beantworten von Beate Kraus' Fragen anging. Einerseits gab es da diese unbändige Wut auf Hans, andererseits war es ja nicht so, dass all die Gefühle, die sie für ihn die letzten Jahre empfunden hatte, einfach so verschwunden wären.

»Sie haben Angst, ihm gegenüber nicht loyal zu sein«, half die Polizistin nach. »Aber momentan sind das nur Routinefragen, auf die wir eine ehrliche Antwort benötigen.«

»Was wollen Sie denn wissen?«, lenkte die Assistentin von Doktor Torgen ein.

»Sie sagten, Ihr Chef wüsste, dass er bei Kelly keine Chance hat. Wie reagiert er in so einem Fall? Wird er wütend?«

Carmen runzelte die Stirn. »Na, Ablehnung gefällt ja niemandem«, antwortete sie zögernd.

»Was war das für eine Sache letztes Jahr? Es gibt Gerüchte wegen sexueller Belästigung.«

Dieses Mal verdrehte die Zeugin die Augen. »Da stand Aussage gegen Aussage. Ich bin mir nach wie vor sicher, dass Hans zwar mit dieser jungen Göre geflirtet hat, aber gewiss nicht zu weit gegangen ist.«

»Wie ging das Ganze aus?«

Carmen presste die Lippen zusammen.

»Wir finden das so oder so heraus.«

»Also schön, er hat ihr eine Entschädigung gezahlt. Aber«, sie sprach jetzt mit Nachdruck, »das war kein Schuldeingeständnis, das war lediglich der Versuch, das Institut vor einem Skandal zu schützen.«

Frank Kröner holte das Foto von Nina Wäldele aus der Tasche. »Kennen Sie diese Frau?«

Der Polizist bemühte sich, konzentriert zu bleiben, was gar nicht so einfach war. Die Perserkatzen hatten beschlossen, ihn als neues Spielzeug zu betrachten. So wurde die eine nicht müde, ihre Krallen in seinen Oberschenkel zu schlagen, wenn er aufhörte, sie zu kraulen, während die andere hinter ihm auf der Sofalehne saß und regelmäßig seinen Kopf mit der Schnauze anrempelte.

»Liegt vermutlich an Ihrem Shampoo«, sagte Carmen Raub nebenbei und betrachtete dann das Bild. Sie zuckte mit den Schultern. »Kann sein, dass ich die Frau schon gesehen habe … Sie ist hübsch. Erinnert mich an eine Puppe, die ich als Kind hatte.«

»Hat Doktor Torgen Zugang zu Benzodiazepinen?«, fragte die Hauptkommissarin und dachte an den Tod von Timo Rober.

»Sie meinen, ob er für seine Eroberungen K.-o.-Tropfen einsetzt?«, reagierte Carmen mit einer Gegenfrage. »Also das geht nun doch zu weit. Das Einzige, was Hans …« Mit hochrotem Kopf brach sie ab.

»Was, Frau Raub?«

»Es ist nichts«, entgegnete die andere lahm.

»Wir können Sie auch offiziell vorladen«, erhöhte die Polizistin den Druck.

Carmen stieß geräuschvoll die Luft aus. »Also schön. Ich glaube nicht, dass Hans irgendwelche Betäubungsmittel einsetzt, um eine Frau ins Bett zu bekommen. Das würde seinem Sportsgeist widersprechen. Ich kenne den Mann nun lange genug, ich weiß, wie er tickt. Er will die Beute selbst erlegen, wenn Sie mir diesen plumpen Vergleich gestatten.«

»Aber solche Mittel stehen in Ihrem Labor zur Verfügung?«, ließ die Beamtin nicht locker.

»Ja, natürlich, aber darüber wird genau Buch geführt. Wir müssen hohe Standards erfüllen. Etwas zu entwenden ist sehr schwierig.«

»Aber es wäre möglich. Immerhin ist Doktor Torgen der Institutsleiter«, hakte jetzt Frank Kröner nach.

»Ja«, antwortete Carmen genervt, »aber das wäre trotzdem nicht seine Art.«

»Und was wollten Sie vorhin sagen? Was ist das Einzige, das Ihr Chef verwendet?«, griff Beate Kraus Carmens unbedachte Äußerung auf.

Carmen Raub wollte zuerst schweigen. Sie hatte nicht vorgehabt Hans' Geheimnis auszuplaudern, aber nun gab es kein Zurück mehr.

Widerwillig murmelte sie schließlich: »Er spritzt sich heimlich Neurotoxine, keine Ahnung, wo er das Zeug herhat. Ich weiß aber, dass er ein Präparat verwendet, das in Deutschland nicht zugelassen ist. Ich fand eine leere Ampulle in seinem Mülleimer.«

»Er verwendet was?«, entschlüpfte Frank Kröner ein überraschter Ausruf.

»Einfach ausgedrückt: Er benutzt ein Nervengift«, antwortete ihm Carmen Raub.

»Aber wozu macht er das?«

Beate Kraus beschlich eine Ahnung und nahm die Antwort vorweg: »Ich vermute, er glättet damit seine Falten.«

Carmen Raub nickte, und Frank Kröner dachte sofort an die eigentümliche Starre, die ihm in den Zügen des Wissenschaftlers aufgefallen war. Die war also eine Folge der Faltenunterspritzung. Allerdings machte das den Mann nicht weniger verdächtig. Jemand, der so stark dem Jugendwahn verfallen war wie Doktor Torgen, könnte in einer entsprechenden Stresssituation die Kontrolle verlieren. Junge Frauen, die ihn verspotteten, ausnutzten und ihm die kalte Schulter zeigten, wären durchaus in der Lage, eine gewalttätige Reaktion bei ihm zu provozieren. Damit stellte sich erneut die Frage nach Timo Rober. Hatte der vielleicht etwas beobachtet?

Carmen Raub hatte das Bedürfnis, ihren Chef zu verteidigen: »Wenn das rauskommt, werden sich die Kollegen das Maul zerreißen. Doktor Torgen ist kein schlechter Mensch. Nehmen Sie zum Beispiel die Nellers. Hans hat unglaublich viel Geduld mit Paul und ist nie arrogant zu der Familie.«

Beate Kraus hatte wohl bemerkt, dass ihre Gastgeberin das Thema wechseln wollte, deshalb lenkte sie ein und sagte: »Gut, sprechen wir über die Nellers. In welchem Verhältnis steht die Familie zu Doktor Torgen?«

»Zum einen sind wir Nachbarn und natürlich war Paul als Kind Teil von Hans' Studien.«

»Worum ging es dabei?«, fragte Frank Kröner interessiert.

»Hans ist Verhaltensforscher. In der Studie wurde untersucht, wie sich Stimulation von außen auf die geistige Entwicklung auswirkt. Vor allem bei Menschen, die mit einer geistigen Behinderung geboren wurden. Es war eine große Studie mit vielen Teilnehmern. Paul war zufällig einer davon.«

»Aber Doktor Torgen war besonders um den Jungen bemüht?«, hakte Beate Kraus nach.

»Er wohnt neben dem Labor, da war das Verhältnis intensiver. Sie haben die Mutter doch kennengelernt …« Sie unterließ es, sich über Klaras mangelnde Intelligenz auszulassen, und fuhr fort: »Natürlich ist so jemand hellauf begeistert von einem Mann wie Hans. Über die Jahre hat es sich ergeben, dass sie wegen jeder Kleinigkeit die Jungen betreffend vor der Tür stand. Anfangs dachte ich sogar, Hans wäre der Vater der Kinder.« Sie lachte auf.

»Wäre das denn so abwegig? Immerhin wissen wir, dass Ihr Chef dem weiblichen Geschlecht sehr zugetan ist.«

»Hans ist unfruchtbar«, sagte sie gelassen.

Beate Kraus hob überrascht die Brauen.

»Kam letztes Jahr heraus. So eine geldgierige Schlampe wollte ihm eine Vaterschaftsklage anhängen. Hans ist als Teenager an Mumps erkrankt, die Infektion hatte einen schlimmen Verlauf. Es gibt ein entsprechendes medizinisches Gutachten.« Sie unterbrach sich und kam wieder auf das ursprüngliche Thema zurück. »Es wird wohl so sein, wie Klara Neller erzählt. Irgendein Wanderarbeiter hat sie sprichwörtlich aufs Kreuz gelegt. So gesehen kann einem die Frau wirklich leidtun. Zwei Kinder ohne Mann großziehen zu müssen, und dann noch ein behindertes … das ist sicher hart.«

»Was ist mit Leon, war der auch Teilnehmer der Studie?«

»Nein, Leon ist hochintelligent. Eigentlich ein Jammer, dass er es nie geschafft hat, seiner Wege zu gehen. Ihm hätte alles offen gestanden.«

»Er leitet den Hof«, warf Beate Kraus ein.

»Ja, was für eine Karriere, der Bauer im Anzug«, gab die andere zurück und schien wohl ein wenig die eigenen verpassten Chancen zu bedauern.

»Und der Onkel?«

Carmen verzog das Gesicht.

Noch bevor Beate Kraus ihre nächste Frage stellen konnte, klingelte es an der Tür. Ihre Zeugin eilte zur Gegensprechanlage, erleichtert, dem Gespräch kurzfristig zu entkommen. Als sie das Wohnzimmer wieder betrat, waren ihre Wangen leicht gerötet. »Ich bekomme unerwarteten Besuch«, sagte sie und deutete hinter sich.

Kapitel 15

Leon Neller betrachtete die Frau auf dem Stuhl. Er kannte sogar ihren Namen, Kelly Miller. Sie öffnete den Mund, schrie, schleuderte ihm irgendwelche Worte entgegen – aber es war, als säße die Studentin hinter einer schalldichten Scheibe. Er sah zwar die Verzweiflung in ihren Augen und hörte auch die Wut, die in den Hilferufen lag, aber es berührte ihn nicht. Für ihn war sie, wie auch all die anderen vor ihr, nur ein Werkzeug zu seiner Erlösung. Natürlich hätte er sie nicht ausgewählt, dafür hatte sie bei ihm zu viele widersprüchliche Gefühle ausgelöst, und das war für gewöhnlich hinderlich, wenn es darum ging, Befriedigung zu finden. An einem anderen Tag hätte er sie einfach nur getötet. Ihr schnell den schlanken Hals umgedreht, so als müsste ein Huhn für die Sonntagsbrühe geschlachtet werden. Eine Notwendigkeit eben, bedingt durch Kellys Neugier. Sie hatte ihre Nase in Dinge gesteckt, die sie nichts angingen.

Aber dann hatte er Klara und Gustav zusammen gesehen. Da er quasi schon fast zu Hause gewesen war, als ihn der Anruf seiner Mutter erreicht hatte, war er schneller auf dem Hof angekommen, als die beiden vorhergesehen hatten. In der Küche hatten sie gestanden, in seiner Küche, in dem Raum seiner Kindheit, und hatten sich umarmt. Wie er sie dafür verdammte. Natürlich waren sie auseinandergeschreckt, wie jedes Mal, wenn er sie erwischte, hatten sich vielsagend angesehen und ihre Unschuld beteuert.

»Leon, mein Junge, er hat mich nur getröstet«, hatte seine Mutter beschwörend auf ihn eingeredet.

»Das stimmt«, war das schuldbewusste Brummen von Gustav gefolgt, so wie sie es eben immer taten.

Dabei waren ihre Berührungen eindeutig gewesen. Unübersehbar hatte es sich nicht um ein Trösten unter Geschwistern gehandelt, sondern um Berührungen aus Fleischeslust. Vor acht Jahren war ihm alles klar geworden. Er hatte in dem Geschwisterpaar seine Eltern erkannt und damit endlich den Grund für die eigene tiefe Verzweiflung erfahren. Sein Schwur, sie bis an ihr Ende leiden zu lassen, hatte er wahr gemacht, aber trotzdem ließen sie es nicht sein. Widerliche Begierden, für die sie all die toten Frauen billigend in Kauf nahmen. Leon konnte ohne das Sterben seiner Opfer nicht überleben; nur so war es ihm möglich, den Fluch zu ertragen, der ihm von Gustav und seiner Mutter auferlegt worden war.

Und gerade eben in der Küche war es wieder passiert. Er brauchte jetzt Erlösung. Warum dazu erst in ein Auto steigen und nach einer *Freundin* für die Tote im Nebenraum suchen, wenn er sich einfach an Kelly bedienen konnte? Dass er sie nur der Schlamperei seiner Mutter zu verdanken hatte, die den Fingernagel beim Häcksler übersehen hatte, spielte keine Rolle.

Das Feuer in seinem Inneren hatte sich bereits entzündet und würde ihn auffressen, falls er das Züngeln nicht ersticken konnte. Das war die Schuld von Gustav und seiner Mutter. Ihre kranken Gelüste hatten den Brand entfacht. Für gewöhnlich geschah es, wenn er sie so wie heute dabei ertappte. Manchmal reichte auch die Erinnerung an die Nacht von damals, als er entdeckt hatte, dass seine Eltern Geschwister waren.

Kelly selbst, der Tag, an dem er sie das erste Mal getroffen hatte, und seine Versuche, ihr aus dem Weg zu gehen, verbannte er aus seinen Gedanken. Nur der Dienst, den sie ihm erweisen würde, war noch von Bedeutung. Die unsichtbare Scheibe zwischen ihnen löste sich auf, und er hörte sie sagen: »Du willst mich also auch töten, warum?«

Eine Antwort blieb er ihr schuldig.

Kurz hatte Kelly gehofft, Leon würde sie retten, würde Paul Einhalt gebieten, aber offensichtlich hatte sie die Situation vollkommen falsch eingeschätzt.

Sie blickte zu Paul und erkannte, dass er nicht verstand, was hier gerade vor sich ging. Deshalb ergriff sie die Chance, ihn auf ihre Seite zu ziehen.

»Hast du gehört, dein Bruder wird mich umbringen! Damit wird wohl nichts aus der Hochzeit«, rief sie in Pauls Richtung.

»Leon?«, wandte der sich nun verständnislos an seinen Zwilling. »Mama hat gesagt, ihr würde nichts passieren.«

»Dann hat sie dich angelogen«, fuhr der nun seinen Bruder an, ohne den Blick von Kelly abzuwenden.

»Sie ist aber meine Braut, ich werde sie heiraten!«

»Ach, und du bist dir sicher, dass sie dich auch heiraten will?« Es lag sogar für einen winzigen Moment Mitgefühl in Leons Blick, aber sofort war es auch schon wieder verschwunden. Grausam forderte er seinen Bruder auf: »Los, frag sie, ob sie dich heiraten will!«

Paul sah trotzig zu seinem Bruder, dann zu Kelly. »Dir hat mein Geschenk nicht gefallen, ich werde dir ein anderes machen«, versuchte er, die Frau für sich zu gewinnen.

Leon lachte amüsiert und verschränkte die Arme vor der Brust. »Wie süß! Denkst du, es gibt irgendetwas, das deine Bauchnabelsammlung toppen kann?«

Paul wurde wütend: »Du hast sie für mich aus ihnen herausgeschnitten. Du hast sie mir gegeben und gesagt, das wäre das Leben, etwas Besonderes.«

Der Spott war aus Leons Stimme verschwunden, als er entgegnete: »Ja, etwas Besonderes für uns. Ein Geheimnis unter Brüdern.« Sein Gesicht verzog sich verärgert. »Aber du musstest es unbedingt mit dieser Schlampe teilen. Was hast du erwartet? Dass sie dich versteht, dass sie dich so akzeptiert, wie du bist?«

Er schlug ihm mit der flachen Hand auf die Stirn: »Du bist da oben nicht in Ordnung, hast du das immer noch nicht kapiert? Keine will einen Mann, der weich in der Birne ist.«

»Das bin ich nicht«, antwortete Paul aufgebracht. Leons Worte verletzten ihn, und er wollte sich zur Wehr setzen. »Ich bin genauso gut wie die anderen. Ich bin genauso gut wie du!«

»Du bist ein Idiot und jetzt verschwinde!«

»Nein, Paul, geh nicht«, schrie Kelly außer sich, »er wird mich umbringen, töten. Verstehst du? Dann werden wir uns nie wiedersehen!«

»Na und«, mischte sich Leon ein, »du wärst doch sowieso bald für immer verschwunden.«

»Stimmt das?« Paul begriff langsam, dass sich sein Traum niemals erfüllen würde.

Kelly wusste nicht, was sie sagen sollte. Leon würde ihre Worte in der Luft zerreißen. Deshalb könnte eine Lüge alles nur noch schlimmer machen, aber womöglich würde die Wahrheit helfen.

»Ich habe dich noch nie belogen«, wandte sie sich an Paul und sah ihn dabei fest an. »Und ich habe dir keine falschen Versprechungen gemacht. Selbst wenn ich nicht deine Frau werde, so bin ich doch deine Freundin. Und das werde ich immer sein, auch wenn ich nicht mehr im Institut arbeite.«

»Was für eine Freundschaft soll das denn werden?«, fragte Leon zynisch.

»Sei still«, zischte Paul und trat einen Schritt auf Kelly zu. »Freunde?«

»Ich bin deine Freundin«, wiederholte die junge Frau, »und Freundschaft kann ein Leben lang halten. Hilf mir, bitte!«

»Geh!«, zischte Leon, »du wirst eine andere Freundin finden. Diese hier wird sterben, dafür kannst du dich bei deiner Mutter bedanken.«

Paul verließ ohne ein weiteres Wort den Raum. Den Lederteppich hielt er dabei fest umklammert, während die verzweifelten Schreie von Kelly Miller ihn auf seinem Weg nach draußen verfolgten.

Leon schloss die Tür, verhielt sich so, als wäre er allein im Raum, aber Kelly hörte nicht auf zu sprechen. »Was hast du diesen Frauen angetan? Willst du Sex? Ist es das?« Sie versuchte, so aufrichtig zu klingen, wie es ihr in dieser Situation möglich war, und sagte: »Du kannst doch jede Frau bekommen, die du willst. Wozu die Gewalt, so wie du aussiehst?«

Sie hatte mit vielem gerechnet, aber nicht mit der Wut, mit der er nun auf sie zustürmte. Er griff ihr in die Haare und zog schmerzhaft ihren Kopf nach hinten. »Du weißt überhaupt nichts, du Heuchlerin«, fuhr er sie an und glich dabei einem tollwütigen Hund. »Du lügst, wenn du den Mund aufmachst.«

»Das ist keine Lüge«, stammelte Kelly und schrie auf, als er noch stärker an ihren Haaren zerrte.

Er ließ von ihr ab und sah sie angewidert an. »Das ist dein Plan? Du bietest mir Sex an, damit ich dich verschone?«

»Nein«, stieß sie schnell hervor, »so habe ich das nicht gemeint.« Ihr fiel es schwer, sein Katz- und Mausspiel zu durchschauen. »Ich möchte es nur verstehen.« Sie weinte leise.

»Oh, das ist einfach«, entgegnete er höhnisch. »Meine Mutter sagt, du hast beim Häcksler einen Fingernagel dieser rothaarigen Schlampe entdeckt. Jetzt bin ich gezwungen zu verhindern, dass du das irgendjemandem erzählst. Siehst du, so einfach ist das.«

»Aber warum? Warum mussten so viele sterben?«

Er gab ihr keine Antwort, sondern holte eine Rolle Klebeband aus der Tasche.

Kelly musste Zeit gewinnen, etwas anderes fiel ihr nicht ein. Also versuchte sie mit allen Mitteln, das scheinbar Unvermeidliche hinauszuzögern.

»Was hat das mit dem Bauchnabel für eine Bedeutung?«, fragte sie schnell, bevor er ihr den Mund zukleben konnte.

Dieses Mal war Leon gewillt zu antworten: »Der Nabel ist das Leben, er verbindet uns mit der Mutter. Ein Band, das normalerweise ewig bestehen sollte.«

»Aber das tut es nicht?«, fasste sie schnell nach. Dass es etwas in der Beziehung zwischen Leon und seiner Mutter gab, hatte sie längst bemerkt, vielleicht ließ er sich hinreißen, darüber zu reden.

»Nein, das tut es nicht«, gab er jedoch knapp und voller Zorn zurück.

»Deine Mutter hat sicher nur das Beste für dich und Paul gewollt«, versuchte Kelly ihn milde zu stimmen.

»Das Beste?« Er hielt inne, sah sie mit einem Blick voller Hass an, sodass sie schon befürchtete, er würde sie auf der Stelle töten, und brach in ein gekünsteltes Gelächter aus. »*Das Beste*«, wiederholte er und wurde ernst. Seine Stimme hatte einen bedrohlichen Unterton, als er sagte: »Sie ist schuld daran, dass wir sind, was wir sind.«

»Aber was seid ihr denn?«, fragte Kelly leise und unbeholfen.

Erst starrte er sie reglos an, dann begann er plötzlich, sich seiner Kleider zu entledigen. Er riss sich das Hemd vom Leib, schrie dabei immer wieder: »Was wir sind? Du willst wissen, was wir sind?« Er öffnete seine Hose. »Dann schau es dir an!« Während er sie voller Verachtung anblickte, streifte er die Unterhose ab. Kellys Augen weiteten sich geschockt. Sie sah die missgebildeten Genitalien des Mannes und war nicht in der Lage, den Ekel, den sie dabei empfand, zu verbergen. Im nächsten Augenblick schlug er ihr brutal ins Gesicht. Sie wollte sich entschuldigen, aber Leon drückte ihr bereits einen Klebestreifen über den Mund.

»Siehst du jetzt, was wir sind?« Er presste die Frage zwischen den Lippen hervor, es klang wie ein Zischen. »Sieh es dir an!« Er zerrte an ihrem Kopf, zwang sie erneut zwischen seine Beine zu sehen.

»Wir sind eine verdorbene Ernte!«, schrie er sie an, bevor er endlich von ihr abließ.

Kelly schluchzte.

»So etwas passiert, wenn Kinder infolge von Inzucht geboren werden.«

Sie schüttelte den Kopf, wollte ihm signalisieren, dass sie seinen Zorn verstand, aber ihre Reaktion war ihm gleichgültig.

»Oder gefällt es dir besser, das Ganze als üblen Scherz eines gelangweilten Gottes oder als Strafe der Natur zu bezeichnen? Aber was ändert das?«

Er stellte sich hinter die junge Frau. Sein Puls raste, er war außer sich, hatte es noch nie so deutlich ausgesprochen und konnte sich jetzt nicht mehr zurückhalten. Seine Hände lagen um ihren Hals, und er brüllte: »Die Last ist unerträglich! Geboren mit Verstand und gutem Aussehen, aber einem verkrüppelten Schwanz zwischen den Beinen. Ich bin ein Ausgestoßener, verdammt dazu, für immer nur der heimliche Zuschauer zu sein, der gelegentlich verstohlen durch ein Loch in der Wand blickt. Ich kann den nackten Körper einer Frau beobachten, aber zu mehr bin ich nicht fähig.« Seine Lippen berührten ihr Ohr. »Ich werde nie die Lust zwischen den Schenkeln einer Frau empfinden können. Mein einziges Vergnügen besteht darin, sie in diesem Keller zu besitzen, auf meine Weise. Und weißt du, was das Traurigste daran ist?« Er strich ihr jetzt mit einer Hand über den Kopf. »Paul ist ein Idiot mit schiefem Gesicht, aber ihm fehlt es da unten an nichts. Wie ich schon sagte, verdorbene Ernte. Zwei faule Äpfel vom gleichen Baum.«

Immer noch stand er hinter ihr, drückte seinen Unterleib an ihren Nacken, was Kelly ein Schaudern verursachte, und sprach völlig gelassen weiter: »Aber heute wirst du mich darüber hinwegtrösten, nicht wahr?«

Er beugte sich ein Stück nach unten, legte seinen Arm um ihren Hals und drückte zu.

* * *

Doktor Torgen war zwar überrascht, die Polizei bei Carmen anzutreffen, weigerte sich jedoch nicht, einige unangenehme Fragen zu beantworten.

Schließlich sagte er: »Ich weiß nicht, was Sie glauben, was ich getan habe. Ich kann Ihnen jedoch versichern, dass ich weder mit diesem Timo Rober etwas zu schaffen hatte noch mit Katja Preiwald. Die traf ich das erste Mal im Institut. Ich gebe zu, dass ich sie zu einem Kaffee einladen wollte, aber dazu ist es ja nie gekommen.« Er warf einen Seitenblick auf Carmen, die ihn jedoch ignorierte. »Ich gebe außerdem zu, dass ich mich wie ein Idiot benommen habe«, wieder ein Blick zu Carmen, »aber das ist ja kaum strafbar.«

Er schluckte schwer und überwand sich, die Dinge, wegen derer er gekommen war, anzusprechen, obwohl die Beamten dabei waren.

»Carmen«, wandte er sich deshalb direkt an seine Assistentin, »ich bitte dich, überlege dir das mit der Kündigung noch einmal. Ich verspreche, künftig wird alles anders werden. Du fehlst mir«, fügte er noch leise an.

»Ich bin gerade einmal einen Tag weg«, gab sie spitz zurück.

»Bitte«, stammelte er hilflos. »Mir ist einiges klar geworden, und ich brauche jemanden, der mich erdet.«

»Du hast doch noch die Aushilfen«, war ihre schnippische Antwort, »lauter junge Mädchen.«

Er ächzte und fuhr sich mit der Hand durchs Haar. »Erstens ist das jetzt kindisch und zweitens hat Ronja gekündigt, das weißt du. Amar fährt sie nach Hause und ist erst morgen zurück. Und falls du auf Kelly Miller anspielst, die ist weg, einfach …«

Beate Kraus horchte auf. »Was heißt, Kelly Miller ist weg?«

Torgen zuckte mit den Schultern. »Hat den Job geschmissen«, wurde er deutlicher. »Als ich vorhin ins Institut zurückkam, teilte mir der Pförtner mit, dass Kelly Miller abgereist sei.«

»Hat sie sich bei ihm abgemeldet?« Die Stimme der Hauptkommissarin klang drängend.

»Nein, die Neuigkeit wurde ihm wohl von Klara Neller ausgerichtet.«

Noch während ihr der Wissenschaftler antwortete, zog die Beamtin das Handy heraus und versuchte Kelly telefonisch zu erreichen. Sie landete auf der Mailbox und hinterließ eine dringende Bitte um Rückruf. »Gib den Kollegen Bescheid, die sollen sofort einen Wagen zu Kellys Wohnung schicken. Ich will wissen, ob Sie dort aufgetaucht ist.«

»Was ist denn los?«, fragte Doktor Torgen verwirrt, erhielt jedoch keine Antwort.

Beate Kraus überlegte fieberhaft, während Frank Kröner mit der Leitstelle telefonierte, die einen Streifenwagen zu Kellys Wohnung schicken sollte. »Die sind in zehn Minuten dort«, informierte er seine Vorgesetzte.

Elf Minuten später saßen die Beamten im Wagen und fuhren Richtung Institut. Professor Torgen hatte seine Hilfe angeboten und war ebenfalls eingestiegen. Kelly Miller war nicht in ihrer Wohnung, und der derzeitige Untermieter hatte keine Kenntnis davon, dass die junge Frau vorzeitig zurückkehren wollte. Auf dem Hof der Nellers ging niemand ans Telefon. Vermutlich waren die Bewohner auf dem Feld oder in den Nebengebäuden. Die Hauptkommissarin wollte unbedingt Klara Neller zu der plötzlichen Abreise des Mädchens befragen.

»Vielleicht ist sie bei Verwandten?«, schlug Torgen auf dem Rücksitz vor.

Aber Beate Kraus und auch Frank Kröner, der den Wagen jetzt schnell über die Landstraße lenkte, befürchteten, dass etwas nicht stimmte. Kelly hatte ihnen selbst gesagt, dass es keine Familie mehr gab und auch keine engen Freunde, zu denen sie hätte gehen können. Außerdem passte es nicht zu der jungen Frau, einen Job hinzuwerfen und zu verschwinden. Kelly hatte einiges durchmachen müssen – wer wusste schon, was in einem Menschen vorging? Auch das abgeschaltete Handy war ein Alarmsignal, also machte sich Beate Kraus ernsthaft Sorgen.

Frank Kröner nahm gefährlich scharf die letzte Kurve, bevor sie endlich den Hof der Nellers erreichten, von wo aus sie mit der Suche nach Kelly Miller beginnen wollten.

* * *

Für Paul war gerade eine Welt zusammengebrochen. Kelly wollte ihn also nicht heiraten. Er würde allein auf dem Hof zurückbleiben und weiter mit seiner Mutter und Gustav zusammenleben, während Leon in die große weite Welt hinausfahren durfte, wann immer es ihm beliebte. Nein, das war nicht gerecht. Außerdem hatte ihm seine Mutter versprochen, dass Kelly nichts passieren würde. Eigenartigerweise war ihm das auch jetzt, nachdem der Traum von der Hochzeit geplatzt war, nicht egal. Er wusste, dass Leon den Frauen im Keller wehtat. Danach gab es sie nicht mehr, sie verschwanden für immer. Kellys Bild tauchte erneut in seinem Kopf auf.

Er stand vor der Wurstküche und starrte auf die Kräuterbeete neben dem Häcksler. Dabei rief er sich in Erinnerung, was sie ihm zuletzt gesagt hatte. Von Freundschaft und Ehrlichkeit war die Rede gewesen, und das hatte ihm eigentlich gefallen. Seine Mutter belog ihn ständig, Gustav behandelte ihn schlecht und Leon? Der führte doch etwas im Schilde.

Paul sah nun ganz klar. Leon wollte Kelly für sich, deshalb hatte er sie neulich auch beim Duschen beobachtet. Sein Bruder gönnte ihm nicht einmal eine Freundin.

* * *

Kelly hatte ihre Nackenmuskeln versteift und sich auf diese Weise gegen Leons Arme gestemmt, aber es war aussichtslos. Sie konnte nicht länger durchhalten. Der Schmerz um ihren Hals wurde immer stärker, und sie hatte bereits das Gefühl, bewusstlos zu werden. Die junge Frau hoffte nur noch darauf, dass es schnell vorbei sein würde. Ihre Gedanken galten den Eltern und der Zuversicht, nun bald wieder mit ihnen vereint zu sein. Doch noch bevor die Ohnmacht sie erreichte, ließ Leon von ihr ab, und sie bekam wieder Luft. Ihr Kopf kippte nach vorne, und sie musste husten.

Kelly konnte nicht sehen, was hinter ihr vor sich ging, hörte aber Geräusche eines Kampfes.

Paul hatte keine Zeit mehr verlieren wollen und war den Weg von der Wurstküche in den Keller gerannt. Mit einem Holzscheit bewaffnet, betrat er den Raum und entdeckte Leon, der wie ein wildes Tier versuchte, Kelly zu töten. Es erinnerte ihn an Bilder aus dem Fernsehen: Löwen, die wehrlosen Gazellen das Genick durchbeißen wollten. Paul hatte sich natürlich ausgemalt, was Leon hier unten mit den Frauen anstellte, aber das? Das war doch nicht sein Bruder. Der Anblick des nackten Leon, der mit vor Wahnsinn verzerrtem Gesicht Pauls einzige Freundin töten wollte, löste eine unbeschreibliche Wut in ihm aus. Er schlug ohne weiteres Zögern mit aller Kraft mehrmals zu und konnte nur noch daran denken, dass man vorhatte, ihm Kelly für immer zu nehmen. Das warme Blut seines Bruders spritzte ihm ins Gesicht, aber das bemerkte er nicht. Für ihn galt es jetzt, das, was aus Leon geworden war, aufzuhalten. Jemand rief nach ihm, allerdings konnte er in seiner Raserei die Stimme der Mutter nicht erkennen.

»Paul, hör auf!«, drang ihr Rufen wie aus weiter Ferne an sein Ohr. Plötzlich war sie neben ihm und klammerte sich an seinen Arm.

»Hör auf, er ist dein Bruder!«, flehte sie und sah verzweifelt auf Leons blutüberströmten Körper am Boden.

Paul stieß sie zur Seite, und Klara taumelte gegen die Wand. Ohne weiter darauf zu achten, zog er sein Taschenmesser heraus und schnitt Kellys Fesseln durch. Die kämpfte die Schmerzen und das Entsetzen nieder und versuchte, so schnell wie möglich aufzustehen.

»Lauf weg!«, rief ihr Paul zu, als sie sich jetzt zu ihm umdrehte.

Er war voller Blut und zitterte. Klara Neller lehnte jammernd gegen die Wand, während sich Leon nicht mehr regte. Ein blutgetränktes Holzscheit lag neben dem Leichnam.

Erneut rief Paul »Lauf weg!«, und endlich setzte sich die junge Frau in Bewegung.

Gerade rechtzeitig, um Klara Nellers Versuch, sie an der Flucht zu hindern, zu entkommen.

»Bleib hier, ich bringe dich um«, schrie die jetzt, »du bist schuld, du elendes Miststück. Du hast meinen Jungen auf dem Gewissen!«

Ihre Schreie wurden immer hysterischer, während Kelly durch das dunkle Gewölbe hetzte.

Paul hielt seine Mutter zurück, die nun nach ihrem Bruder Gustav rief: »Halte sie auf«, drang ihr Kreischen durch den Keller, »Gustav, halte sie auf!«

Paul warf seiner Mutter einen vorwurfsvollen Blick zu und folgte Kelly nach oben.

Als die Studentin endlich durch die Wurstküche ins Freie stürzte, lief sie Gustav Neller direkt in die Arme. Er hatte zwar nicht die Rufe seiner Schwester gehört, aber als die nach unten gegangen war, um nach dem Rechten zu sehen, hatte er vor dem Eingang gewartet.

»Wen haben wir denn da?«, knurrte er gehässig und hielt Kelly grob an den Handgelenken fest. »Die kleine Prinzessin will wohl abhauen?«

Kelly roch seinen stinkenden Atem und spürte die klauenartigen Finger schmerzhaft auf ihrer Haut.

Plötzlich war Paul hinter ihr.

»Lass sie sofort los«, befahl der seinem Onkel.

Kelly nutzte diese kurze Ablenkung und trat zu. Für einen Moment lockerte Gustav mit schmerzverzerrtem Gesicht seinen Griff, und es gelang ihr, zu entkommen. Noch bevor er erneut nach Kelly greifen konnte, stürzte sich Paul auf den Mann.

»Ich werde dich retten«, rief er ihr zu und war nun entschlossen, sich von niemandem mehr aufhalten zu lassen.

Gustav fuhr ihn ärgerlich an: »Du Vollidiot, was soll das denn? Weg von mir.«

Als Paul nicht reagierte, wurde der andere grob, riss sich los und schlug zu. Pauls Nase brach, aber er ignorierte den Schmerz und achtete nicht auf die Beschimpfungen, die ihm der Alte an den Kopf warf. Das Einzige, was er spürte, war die Wut, die sich nun voll und ganz auf diesen Mann konzentrierte, so als wäre ihm jeder Moment in Erinnerung, in dem er von Gustav gedemütigt worden war. Niemals würde er Kelly diesem Scheusal überlassen. Er drosch auf seinen Onkel ein, hatte sämtliche Kontrolle über sich verloren und ließ auch nicht von dem Mann ab, als der bereits stöhnend am Boden lag.

»Du wirst sie nie wieder anfassen«, brüllte er wie von Sinnen. Sein Blick fiel auf den Häcksler.

Kelly rannte über den Hof Richtung Straße. Das Adrenalin ermöglichte es ihr, nicht über das Grauen, das sie eben erlebt hatte, nachzudenken – dann sah sie das Auto der Polizisten. Frank Kröner stieß die Tür auf und stürmte auf Kelly zu. Er rief ihren Namen, und sie spürte eine Erleichterung wie noch nie zuvor in ihrem Leben, als er seine Arme um ihren Körper legte. Sie klammerte sich an ihn und wusste, dass sie endlich in Sicherheit war.

* * *

Wenig später wimmelte es auf dem Hof nur so von Polizisten. Hinter dem Haus hatte sich den Beamten ein erstes Bild des Schreckens geboten. Gustav Neller lag tot am Boden, verblutet. Sein rechter Arm fehlte. Die zerfetzten Wundränder und der blutgetränkte Bereich um den Häcksler ließen nur einen Schluss zu, und zwar, dass ihm das Körperteil durch die Maschine abgetrennt worden war. Später würde ihnen das auch die Aussage von Paul bestätigen, der den halb bewusstlosen Mann zum Häcksler gezogen und dessen Arm hineingesteckt hatte. So wollte er dafür Sorge tragen, dass Gustav niemandem mehr wehtun könnte.

Klara Neller fand man im Keller beim Leichnam ihres Sohnes Leon. Aber erst die tote Frau im Nebenraum, die Berge menschlicher Haare und die Bauchnabel der Opfer, die Paul zu einer Decke zusammengenäht hatte, ließen das gesamte Ausmaß des Horrors erkennen, der hier auf dem Hof stattgefunden hatte.

Kapitel 16

Mit dem Versprechen, man würde Paul in einer guten Einrichtung unterbringen, in der für ihn gesorgt würde, ließ sich Klara Neller dazu bewegen, eine umfassende Aussage zu machen.

Kelly hatte bereits einiges zur Klärung des Falls beitragen können. Über DNA-Abgleiche sollten die Opfer von Leon Neller identifiziert werden. Damit hätten deren Angehörigen zumindest Gewissheit, was den Verbleib ihrer Lieben anging. Auch die tote Frau, die man aus dem Neckar gezogen hatte, war laut Meinung der Beamten eines von Leons Opfern gewesen.

Klara Neller saß gefasst im Vernehmungszimmer. Der Anwalt an ihrer Seite fühlte sich nicht wohl, das konnte ihm Beate Kraus anmerken. Mehr als dreißig Menschen gingen auf das Konto von Leon Neller, und dessen Mutter hatte davon gewusst, ihn sogar gedeckt und ihm eigenhändig Kelly Miller zugeführt. Da war es schwierig, den professionellen Abstand zu halten und einzusehen, dass jeder das Recht auf bestmögliche Verteidigung hatte.

»Gustav hat damals gesagt, es wäre in Ordnung. Wir mochten uns, da war es doch nur natürlich«, verteidigte Klara gerade ihr intimes Verhältnis mit dem eigenen Bruder. »Als ich dann schwanger wurde, da hielt er es für besser, niemandem etwas zu sagen. Er wollte mich und die Jungen schützen. Bei der Hausgeburt war nur eine verschwiegene Hebamme anwesend.«

»Aber die Kinder waren nicht gesund, oder?«, hakte Beate Kraus behutsam nach.

Auch wenn sie die Frau für das, was sie getan hatte, verabscheute, ließ sie es sich nicht anmerken. Jetzt galt es nur noch, an so viele Informationen wie möglich zu gelangen.

»Leon wirkte ganz gesund, und Paul war eben etwas langsam«, wich sie aus.

»Aber Leon hatte körperliche Missbildungen«, wurde die Hauptkommissarin deutlicher.

»Als er ein Kind war, konnte er das nicht begreifen. Aber als er älter wurde, verglich er sich natürlich mit seinem Bruder, und in der Schule beim Duschen, na ja …« Es schien ihr peinlich zu sein weiterzusprechen, aber die Beamtin blieb unerbittlich.

»Bitte fahren Sie fort«, forderte sie Beate Kraus auf.

Klara Neller sah betreten zu Boden. »Wir konnten ja nicht zu einem Arzt gehen. Gustav war sich sicher, dass die Behörden mir die Kinder wegnehmen würden. Außerdem konnte man da ja sowieso nichts mehr machen. Die Natur hatte Leon eben so geschaffen. Und er war ja nicht krank, nur anders.«

Auch jetzt musste die Beamtin an sich halten. Leons Genitalien waren, das hatte ihnen die Untersuchung der Gerichtsmedizin bestätigt, vollkommen missgebildet. Er war damit zwar lebensfähig gewesen, aber niemals hätte er sexuellen Kontakt mit einer Frau haben können.

»Wir versicherten ihm, dass alles völlig normal sei, aber Leon war ein kluger Junge.« Sie tupfte sich eine Träne aus dem Augenwinkel. »Eines Tages hat er uns im Schlafzimmer überrascht und sich alles zusammengereimt. Er behauptete, ich wäre an seinem Zustand schuld, ich hätte ihn verdorben. Ab diesem Zeitpunkt war es schwierig, mit ihm auszukommen. Wenn wir nicht taten, was er wollte, hat er uns mit der Polizei gedroht, zudem war er irgendwann stärker als Gustav. Da haben wir eben alles gemacht, was er von uns verlangt hat. Außerdem war er ja sowieso der Klügste der Familie. Und deshalb hat er angefangen, die Leitung des Hofes zu übernehmen, obwohl er noch so jung war.«

Sie seufzte, als würde sie die Laune eines ungezogenen Kindes beschreiben. »Da fing es an.«

Beate Kraus war bereits mit verschiedenen Experten und Sachverständigen in Kontakt getreten. Zusammen mit dem, was sie von Kelly Miller erfahren hatten, wussten sie mittlerweile, was Leon zu seinen Taten getrieben hatte. Durch das Töten der Frauen konnte er eine Art sexuelle Befriedigung finden. Das Morden war sein Ventil.

»Wenn er glaubte, ich und Gustav ...« Klara Neller zögerte, sagte schließlich: »Na ja, Sie wissen schon, ist er losgezogen und hat eine Frau mit nach Hause gebracht.« Sie sah die Polizistin ernst an. »Natürlich versuchten Gustav und ich vorsichtig zu sein, aber manchmal hat er es trotzdem gewusst.«

»Was hatte Paul damit zu tun?«

Sie rief erstaunt: »Paul? Gar nichts. Und falls Sie auf die alberne Sache mit den Bauchnabeln anspielen, das war doch nur ein Hobby von ihm. Ein Spiel unter Brüdern.«

»Leon hat seinen Opfern die Nabel entfernt, und Paul hat sie gegerbt. Dazu wurde Gehirnmasse der ermordeten Frauen gekocht und in die Hautstücke einmassiert, danach hat er die Haut über Rauch gehängt und anschließend zu einer Decke zusammengenäht. Das ist kein Jungenstreich«, erwiderte Beate Kraus scharf.

Sie wussten mittlerweile, dass Paul ein Verfahren verwandt hatte, das tatsächlich den Namen Hirngerbung trug und von alten Naturvölkern zur Bearbeitung von Tierhäuten benutzt worden war. Paul hatte zum Schaudern der Ärzte und Beamten begeistert die Prozedur in allen Einzelheiten erklärt.

Klara Neller zuckte nur mit den Schultern, offenbar fehlte ihr jede Einsicht.

»Was war mit Timo Rober?«

»Der hat versucht, Leon zu erpressen. Aber mein Junge war schlau genug, sich das nicht gefallen zu lassen. Dieser Kerl hat sich immerhin widerrechtlich auf unserem Hof aufgehalten und Fotos gemacht. Leon hat sich mit ihm auf diesem Parkplatz verabredet, den Rest wissen Sie.« Dieses Mal drehte die Frau den Kopf in Richtung ihres Anwalts, der resigniert nickte.

»Wie hat Leon die Frauen kennengelernt?«, stellte die Beamtin ihre nächste Frage.

»Leon war ein hübscher Junge. Er hat sie eingeladen, mit ihm zu kommen, dann gab er ihnen Medikamente. Davon hatte er ja genug.«

Auch das hatten die Beamten mittlerweile bei der Durchsuchung des Hofes festgestellt. Leon Neller war ein Drogendealer gewesen. Interessanterweise hatten sich auch einige Ampullen mit nicht zugelassenen Neurotoxinen in seinem Besitz befunden. Die Verbindung zu Doktor Torgen war zwar offensichtlich, aber vermutlich würde die Staatsanwaltschaft das Verfahren wegen Geringfügigkeit einstellen. Zudem gab es keinerlei Hinweise, dass der Wissenschaftler etwas über das wahre Verhältnis von Klara und Gustav Neller oder die Morde gewusst hatte.

Beate Kraus wappnete sich für die letzte Frage. Sie war leider unvermeidlich, um die Ermittlungen abschließen zu können, auch wenn die Ergebnisse der kriminaltechnischen Untersuchung sie bereits beantwortet hatte.

»Was haben Sie mit den Leichen gemacht?«

»Verkauft«, antwortete Klara prompt. »Das war Leons Idee, er war wirklich gescheit«, fügte sie stolz an.

Der Anwalt neben Klara Neller sah überrascht auf, da er mit der Aussage seiner Mandantin nichts anfangen konnte.

»Und wie genau haben Sie das gemacht?«, hakte Beate Kraus freundlich nach.

»Unsere Wurstküche war ja noch eingerichtet. Wäre doch schade gewesen, die nicht zu nutzen. Außerdem sind die Leute doch so begeistert von Hausgemachtem. Unsere Blutwurst zum Beispiel, die hat sich immer gut verkauft, war ein Rezept meiner Großmutter. Und die Brühwürste …«

»Frau Neller, ich muss Sie das jetzt ganz direkt fragen: Haben Sie die Leichen zu Wurstwaren verarbeitet und verkauft?«

»Ja«, gab Klara Neller ohne Umschweife zu. »Meistens haben wir noch Schweinefleisch untergemischt, wegen der Menge.«

Der Anwalt an ihrer Seite sprang auf und stürmte kreidebleich aus dem Raum. Als er mit Schweiß auf der Stirn kurze Zeit später zurückkehrte, wurde das Verhör fortgesetzt.

»Die Knochen und Nägel wurden im Häcksler zermahlen und als Dünger auf den Feldern verteilt. Nur die Haare, die hat Leon unbedingt behalten wollen.«

* * *

Einige Wochen später

Beate Kraus wurde zusammen mit ihrem Kollegen Frank Kröner belobigt; immerhin hatten sie einen großen Fall aufgeklärt. Außerdem war nun auch über Timo Robers Tod die Wahrheit ans Licht gekommen.

Es hatte eine kleine Feier gegeben, und Anne hatte voller Stolz an der Seite ihrer Mutter gestanden. Danach hatte sie zu deren Entsetzen erklärt, sie wolle später auch zur Polizei gehen. Beate hatte aufgrund der Erfahrung, die sie mit den Plänen ihres Kindes in der Vergangenheit gemacht hatte, ihren ersten Impuls, zu widersprechen, unterdrückt und hoffte nun darauf, dass es sich Anne bald anders überlegen würde. Seither fragte sie sich jeden Abend vor dem Einschlafen, wann denn nun endlich der Tag käme, an dem sie sich keine Sorgen mehr um ihre Tochter machen müsste.

Carmen Raub und Hans Torgen hatten einen Neuanfang gewagt und wollten es sowohl beruflich als auch privat noch einmal miteinander versuchen.

Kelly hatte ihren ersten Besuch bei Paul mit einem mulmigen Gefühl angetreten, war aber letztlich erleichtert gewesen, diesen Schritt gewagt zu haben. Er fühlte sich in der Einrichtung wohl, und seine Prognosen waren laut den Ärzten vielversprechend. So hatte sie ihm für ihre Rettung persönlich danken können und hielt seither Kontakt mit dem jungen Mann, der sie sehr dafür schätzte, dass sie ihr Versprechen, für immer seine Freundin zu sein, einlöste.

Frank Kröner war ebenfalls über seinen Schatten gesprungen und hatte, nachdem der Fall abgeschlossen war, Kelly Miller um eine Verabredung gebeten. Keiner der beiden wusste natürlich, was die Zukunft bringen würde, aber dass sie gemeinsam auf einem guten Weg waren, das konnten sie bereits spüren.

Und vielleicht würde es Kelly eines Tages auch gelingen, die schrecklichen Ereignisse, die sie immer noch in ihren Träumen verfolgten, zu vergessen und ohne Angst weiterzuleben.

ENDE

Schlusswort und Anmerkungen

Alle Personen, Institutionen und Handlungen in meinem Buch, nebst Namen und Bezeichnungen, sind frei erfunden. Ähnlichkeiten mit lebenden oder toten Personen und deren Handlungen sind rein zufällig und nicht beabsichtigt. Die Dienststelle von Beate Kraus und Frank Kröner ist meiner Fantasie entsprungen.

Was die in meinem Psychothriller beschriebene Art der Leichenentsorgung angeht, möchte ich noch eine Geschichte aus der Vergangenheit erwähnen. 1924 wurde ein Mann namens Fritz Haarmann für die Morde an 24 Jungen und Männern zum Tode durch das Fallbeil verurteilt. Der in Hannover lebende Haarmann ist als einer der brutalsten deutschen Serienmörder in die Kriminalgeschichte eingegangen. Seine Opfer hat er nach den Morden – er biss ihnen die Kehle durch –, zerlegt und die Leichenteile in der Leine entsorgt. So weit die grausame Wahrheit. Gerüchten zufolge soll er gelegentlich das Fleisch seiner Opfer in Wurstdosen verarbeitet und anschließend an Gaststätten ausgeliefert haben. Dafür gibt es jedoch keine Beweise.

In meinem Psychothriller »Verdorbene Ernte« habe ich unter anderem die Stadt Tübingen als Schauplatz gewählt. Die Studentenverbindung von Katja Preiwald, das Institut von Doktor Torgen und der Hof der Nellers sind natürlich frei erfunden. Aber einige echte Sehenswürdigkeiten habe ich ebenfalls in mein Buch einfließen lassen wie den Hölderlinturm, das Schloss Hohentübingen oder den Alten Botanischen Garten. Leider war es mir nicht möglich, auf die vielen beschaulichen Ecken und beeindruckenden Bauwerke einzugehen, die Tübingen zu bieten hat. Das hätte den Rahmen des Buches gesprengt. Aber trotzdem möchte ich es mir nicht nehmen lassen, im Schlusswort darauf hinzuweisen, wie zauberhaft die Stadt am Neckar ist. Und auch die Fahrt in einem der berühmten Stocherkähne ist ein echtes Erlebnis. Für mich wird Tübingen immer eine Reise wert sein.

Herzlichen Dank, dass Sie sich die Zeit für meinen Psychothriller »Verdorbene Ernte« genommen haben. Ich hoffe, ich konnte Ihnen auch mit diesem Buch ein schaurig-schönes Lesevergnügen bereiten, und würde mich freuen, wenn Sie sich gut unterhalten gefühlt haben.

Herzliche Grüße
Ihre Ilona Bulazel

Weitere Titel der Autorin

Bitterblutige Wahrheit (Kriminalroman)
http://www.amazon.de/dp/B0716MQZXZ

Ufer der Angst (Psychothriller, Band 5)
http://www.amazon.de/dp/B01NCTUIFX

Schmutzige Tränen (Psychothriller)
http://www.amazon.de/dp/B01H92SI1Y

Lautloser Hass (Psychothriller, Band 4)
http://www.amazon.de/dp/B01CTAO28E

Sepsis – Showblut (Psychothriller, Band 3)
http://www.amazon.de/dp/B01ADMWI8G

Sepsis – Das Schandmaul (Psychothriller, Band 2)
http://www.amazon.de/dp/B015WUW2QM

Sepsis – Verkommenes Blut (Psychothriller, Band 1)
http://www.amazon.de/dp/B00V0R616E

Das Geheimnis von Herculaneum (Historischer Roman)
http://www.amazon.de/dp/B06XR29T4J

Blutiger Schein (Thriller)
http://www.amazon.de/dp/B01J2WXQ6Q

Projekt Todlicht (Thriller)
http://www.amazon.de/dp/B011AKKO22

Die Akte Aljona (Thriller)
http://www.amazon.de/dp/B00Q5KOL2M

Operation Castus (Thriller)
http://www.amazon.de/dp/B00IDI70R2

world: reset – Nach den Aschentagen (Krimi/Science-Fiction-Thriller)
http://www.amazon.de/dp/B00CG8G79W

Mystery-Geschichten (Kurzgeschichten)
http://www.amazon.de/dp/B00LOVB5K8

Scifi-Geschichten (Kurzgeschichten)
http://www.amazon.de/dp/B00M4E48P8,

Alle Titel erhalten Sie als E-Book (die Shops finden Sie auf der Website der Autorin unter http://www.autorib.de) oder als Taschenbuch über Amazon!

19212321R00162

Printed in Poland
by Amazon Fulfillment
Poland Sp. z o.o., Wrocław